Littérature d'Amérique

Collection dirigée par
Normand de Bellefeuille et
Isabelle Longpré

Vous êtes ici

Du même auteur chez Québec Amérique

Adultes
Les Black Stones vous reviendront dans quelques instants, coll. Littérature d'Amérique, 1991.
Ostende, coll. Littérature d'Amérique, 1994. Coll. QA compact, 2002.
Miss Septembre, coll. Littérature d'Amérique, 1996.
Vingt et un tableaux (et quelques craies), coll. Littérature d'Amérique, 1998.
Fillion et frères, coll. Littérature d'Amérique, 2000. Coll. QA compact, 2003.
Je ne comprends pas tout, coll. Littérature d'Amérique, 2002.
Adieu, Betty Crocker, coll. Littérature d'Amérique, 2003.
Mélamine Blues, coll. Littérature d'Amérique, 2005.

Jeunesse
Granulite, coll. Bilbo, 1992.
Guillaume, coll. Gulliver, 1995.
    • MENTION SPÉCIALE PRIX SAINT-EXUPÉRY (FRANCE)
Le Match des étoiles, coll. Gulliver, 1996.
Kate, quelque part, coll. Titan+, 1998.
Lola superstar, coll. Bilbo, 2004.

SÉRIE KLONK
Klonk, coll. Bilbo, 1993.
    • PRIX ALVINE-BÉLISLE
Lance et Klonk, coll. Bilbo, 1994.
Le Cercueil de Klonk, coll. Bilbo, 1995.
Un amour de Klonk, coll. Bilbo, 1995.
Le Cauchemar de Klonk, coll. Bilbo, 1997.
Klonk et le Beatle mouillé, coll. Bilbo, 1997.
Klonk et le treize noir, coll. Bilbo, 1999.
Klonk et la queue du Scorpion, coll. Bilbo, 2000.
Coca-Klonk, coll. Bilbo, 2001.
La Racine carrée de Klonk, coll. Bilbo, 2002.
Le Testament de Klonk, coll. Bilbo, 2003.
Klonk contre Klonk, coll. Bilbo, 2004.

SÉRIE SAUVAGE
La Piste sauvage, coll. Titan, 2002.
L'Araignée sauvage, coll. Titan, 2004.
Sekhmet, la déesse sauvage, coll. Titan, 2005.
Sacrilège, coll. Titan, 2006.
Les Horloges de M. Svonok, coll. Titan, 2007.

François Gravel
Vous êtes ici

roman

QUÉBEC AMÉRIQUE

Catalogage avant publication de Bibliothèque et Archives nationales
du Québec et Bibliothèque et Archives Canada

Gravel, François
Vous êtes ici
(Littérature d'Amérique)
ISBN 978-2-7644-0566-6
I. Titre. II. Collection: Collection Littérature d'Amérique.
PS8563.R388V68 2007 C843'.54 C2007-940848-6
PS9563.R388V68 2007

 Conseil des Arts   Canada Council
du Canada   for the Arts
                                                       Québec ::

Nous reconnaissons l'aide financière du gouvernement du Canada par
l'entremise du Programme d'aide au développement de l'industrie de
l'édition (PADIÉ) pour nos activités d'édition.

Gouvernement du Québec – Programme de crédit d'impôt pour
l'édition de livres – Gestion SODEC.

Les Éditions Québec Amérique bénéficient du programme de subvention
globale du Conseil des Arts du Canada. Elles tiennent également à
remercier la SODEC pour son appui financier.

Québec Amérique
329, rue de la Commune Ouest, 3e étage
Montréal (Québec) Canada H2Y 2E1
Téléphone: 514 499-3000, télécopieur: 514 499-3010

Dépôt légal: 3e trimestre 2007
Bibliothèque nationale du Québec
Bibliothèque nationale du Canada

Mise en pages: André Vallée – Atelier typo Jane
Révision linguistique: Michèle Marineau
Direction artistique: Isabelle Lépine
Adaptation de la grille graphique: Célia Provencher-Galarneau

À Michèle, une fois de plus!

(Et pourquoi pas?)

Ce n'est pas tant ce monde qui me plaît tant
C'est le mystère qui est dedans

Alain Souchon

1

Le tounnel

— Ils sont partis par là, régardez, ils ont enlévé ouné touile et ils ont pris la fouite dans lé tounnel.

C'est une histoire sens dessus dessous, pense aussitôt Viateur, une histoire qui commence avec trop de *ou*. D'abord, on ne dit pas un *tounnel*, monsieur Dimitri, mais un *tunnel*. Ensuite, on ne pointe pas le doigt vers le plafond quand on veut montrer un tunnel : un tunnel se creuse sous la terre, et il n'y a pas de terre dans un centre commercial, ou alors il s'agit de cette terre synthétique qu'on dispose autour des arbres de plastique. Ce n'est donc pas un *tounnel*, mais un *trou dans le plafond*. Commençons par employer les bons mots, ça nous évitera des torticolis.

Pour le reste, il faut admettre que le commerçant a raison : le voleur est bel et bien descendu du plafond pour s'introduire dans le magasin, il a dérobé une dizaine de manteaux, si on en juge par l'espace laissé sur la tringle, puis il est reparti en empruntant le même chemin. Il est donc jeune et athlétique : un quinquagénaire bedonnant comme monsieur Dimitri n'aurait jamais pu ramper dans un conduit d'aération, et encore moins y remonter. Comment le voleur s'y est-il pris, au fait? Il n'y a pas d'escabeau, ni même de chaise... Imaginons donc un complice : le premier voleur reste dans le plafond tandis que l'autre lui donne les manteaux. Le complice tend ensuite la main à son ami, il l'aide à grimper... Ça se tient. Ainsi, nous aurions affaire à une paire de voleurs, tous deux jeunes et athlétiques. À la liste de leurs qualités, ajoutons une certaine dose d'intelligence : il faut être futé pour penser à un coup comme celui-là. S'ils avaient replacé le panneau acoustique une fois leur forfait accompli, ils auraient commis un crime parfait. Le mystère de la chambre close, comme dans les bons vieux romans policiers que Viateur lisait quand il était jeune. Les cambrioleurs étaient des gentlemen, dans ces romans-là, et les détectives, de fins limiers qui utilisaient leur matière grise plutôt que des AK-47... Mais revenons à la réalité : le but de nos voleurs n'était pas d'inventer une nouvelle énigme, mais de voler des manteaux. Pourquoi se seraient-ils donné la peine de remettre le panneau en place?

Quoi qu'il en soit, le problème est suffisamment intéressant pour qu'on se penche sur lui, ou plutôt pour qu'on s'élève jusqu'à lui. C'est vraiment une histoire à l'envers.

— Ils ont pris mes plous beaux manteaux, il y en avait pour... pour dix mille dollars, au moins dix mille, c'est sour.

Prenez le temps d'y penser, monsieur Dimitri : ils vaudront sûrement vingt mille dollars quand les policiers arriveront, et trente mille quand viendra le temps de réclamer une indemnité à la compagnie d'assurances.

Peut-être que nos voleurs ne sont pas si intelligents que ça, à bien y réfléchir, se dit Viateur tandis que le commerçant n'en finit plus de se désoler. S'ils sont vraiment passés par le plafond, ils sont nécessairement sortis quelque part. Peut-être ont-ils fui par le toit, mais peut-être aussi ont-ils abouti ailleurs dans le centre commercial... Imaginons qu'ils entreposent leurs manteaux dans l'arrière-boutique d'un autre magasin en attendant de les sortir en douce par une entrée de service... Dans ce cas, il n'est peut-être pas trop tard pour les retrouver.

— Pensez-vous qué la vraie police va arriver, monsieur Viateur ?

Monsieur Dimitri a raison une fois de plus : c'est une affaire pour la vraie police, et Viateur n'est pas un vrai policier, mais un vieux professeur de maths recyclé en agent de sécurité, plus habile pour repérer des tricheurs aux examens que pour arrêter des voleurs professionnels.

— J'ai prévenu la Sûreté du Québec aussitôt que vous m'avez téléphoné, ne vous inquiétez pas. Mais, comme il n'y a pas eu de crime violent, ce n'est pas une urgence pour la police. Les voleurs n'ont rien pris d'autre que des manteaux ? Il n'y avait pas d'argent dans la caisse ?

— Jouste dou change pour commencer la journée. Deux cents dollars. Ils y ont pas touché. Tout cé qui les intéressait, c'étaient les manteaux dé couir. Il y en avait pour vingt mille dollars, au moins...

— Il y a un accès au toit dans l'arrière-boutique du magasin de sport. Je vais aller y jeter un coup d'œil en attendant les policiers. Michel et Sébastien ne tarderont sûrement pas à rappliquer. Dites-leur que je reviens tout de suite.

2

Novembre

— Écoute-moi bien, Viateur : tu viens de divorcer, tu n'as rien à faire de tes journées et tu sors d'une dépression. Tu ne vas pas passer le mois de novembre enfermé dans ta maison à regarder la télévision – des plans pour déprimer encore plus. Tu vas venir travailler avec nous, ça va te faire du bien.

— Je te remercie de penser à moi, cher beau-frère, mais je déteste les centres commerciaux. C'est laid, ça pue le pop-corn, il fait trop chaud, il n'y a pas d'air, et je ne parle pas de la musique. Deux minutes là-dedans, et j'ai envie de tuer. J'ai passé trente ans dans une école secondaire, Michel. Pour ma retraite, je ne vais tout de même pas m'enfermer dans un endroit encore plus malsain !

— Ton aversion pour les centres commerciaux prouve que tu es un mâle normal. Les hommes sont programmés pour chasser les aurochs dans des terres lointaines pendant que les femmes cueillent les aubaines autour de la grotte, tout le monde sait ça. Mais je ne te propose pas d'être un client, Viateur, je te propose de travailler. Ça fait toute la différence.

— Si je ne peux pas supporter de passer deux minutes dans un centre commercial, imagine huit heures par jour !

— La durée change tout. D'ailleurs, ce n'est même pas un vrai travail : tu te promènes, tu regardes, tu aides les gens... Accorde-moi une semaine, et tu verras les centres commerciaux d'un tout autre œil. Peut-être aussi que tu ne verras plus tes semblables de la même façon, qui sait.

— C'est un travail que tu me proposes, ou une thérapie ?

— Les deux. Écoute, je suis passé par là, moi aussi, je sais de quoi je parle. La meilleure façon de s'en sortir, Viateur, c'est de sortir de soi-même, justement ; et pour sortir de soi-même, il faut regarder plus loin que le bout de son nombril. Je suis sûr que tu ferais du bon travail : tu n'es pas né de la dernière pluie, tu es calme, tu as une bonne bouille et tu es plutôt costaud, c'est rassurant pour nos vieux clients. Et si tu as réussi à mater des classes d'adolescents pendant trente ans, ça signifie que tu as su faire preuve d'autorité bien tempérée. Tu n'as pas peur des jeunes, tu as appris à négocier avec eux, tu as sûrement développé des trucs pour reconnaître les menteurs, les tricheurs et les manipulateurs... Et si tu n'aimes pas travailler avec les jeunes, ce n'est pas plus grave que ça, je viens d'engager une jeune fille qui sait comment leur parler. J'ai une super-équipe, tu vas voir.

— Je n'ai rien contre les jeunes, Michel. Je m'entendais même plutôt bien avec eux, ça n'a jamais été ça, le problème... Combien vous êtes, au juste, dans votre équipe ?

— Cinq pendant le jour, deux pour la nuit. Nous avons plus de dix millions de visiteurs par année, mais c'est malgré tout un centre commercial tranquille. Il n'y a pas d'école secondaire dans les environs, donc pas d'arcades de jeux, donc pas de prostitution juvénile. De la drogue de temps en temps, mais c'est rare. L'essentiel de notre clientèle, ce sont des vieillards qui se droguent au café et aux billets de loterie, des jeunes filles qui suivent la mode, des parents pressés... Pour te dire à quel point c'est tranquille, nous n'avons même pas senti le besoin d'installer des caméras dans les aires communes : il n'y a pas suffisamment de vols pour que ça en vaille la peine. C'est décidé : tu commences demain, à neuf heures. Ça tombe bien, on annonce de la pluie. Chez nous, il ne pleut jamais. Il fait toujours plein soleil aux Galeries de la Rive-Sud.

— On dirait un slogan.

— *C'est* un slogan, Viateur. Ne me dis pas que tu ne l'as jamais entendu à la télévision ?

— Il faut croire que je ne regarde pas les bonnes émissions... Écoute-moi bien, Michel : je n'ai jamais rêvé de jouer au policier, j'ai même toujours préféré les bandits...

— Qui te parle de jouer au policier ? Tu as passé trente ans de ta vie à enseigner les maths, non ? Je te propose maintenant de résoudre de vrais problèmes, dans la vraie vie. Des problèmes qui se renouvellent toujours et pour lesquels tu ne trouveras jamais de réponse dans le manuel du maître. Je te donne un exemple : hier matin, on a reçu un appel du gérant de *Sport Plus*. Il avait trouvé un iguane dans le rayon des articles de camping.

— ... Qu'est-ce qu'il faisait là ?

— Il y a une animalerie tout près du magasin de sport. Je suis allé voir la gérante avec la bête et je lui ai demandé ce qu'elle en pensait. Elle m'a raconté qu'un client avait récemment acheté l'iguane dans son magasin, mais qu'il était revenu une semaine plus tard pour demander un remboursement, vu qu'il avait aussi un chat et que ledit chat, qui avait une psyché délicate, ne supportait pas la concurrence affective du reptile. La gérante a expliqué au client qu'elle n'était pas responsable de la détresse psychologique de son chat, que sa marchandise à elle n'était pas défectueuse et qu'elle ne pouvait pas reprendre l'animal. Le client est donc reparti avec son iguane sous le bras et il a sans doute décidé de l'abandonner chez *Sport Plus,* ni vu ni connu. J'ai facilement convaincu la gérante de l'animalerie de reprendre l'iguane – elle va sans doute le revendre, pour elle c'est une bonne affaire. Fin de l'enquête. Pas besoin d'être Sherlock Holmes, comme tu vois. Mais j'avais tout de même réglé un problème, et c'est au moins aussi satisfaisant pour l'esprit que de résoudre un problème de mathématiques. Un autre exemple : la semaine dernière, on a reçu un appel d'une caissière dans une boutique de vêtements. La jeune fille a dix-huit ans, mais elle en paraît douze. Avoir l'air naïf à ce point-là, c'est presque un péché. Une véritable invitation à la fraude. Un fraudeur s'est donc présenté, comme de raison. Ils ont le pif pour ça. Notre fraudeur donne un billet de vingt dollars à la jeune fille et lui demande de la monnaie, tout en lui déversant un flot de paroles pour la distraire : je parie que vous avez le même âge que ma fille, vous devez être aussi gentille, quel beau sourire, et bla bla bla. La jeune fille lui donne deux billets de dix dollars, mais le fraudeur demande de nouveau de la monnaie pour un des deux billets tout en ne cessant jamais de baratiner, puis il fait semblant de changer d'idée, il te me l'emberlificote comme un prestidigitateur, le résultat c'est que la fille lui a rendu cinquante dollars de monnaie sur un billet de vingt, qui était d'ailleurs un faux. C'est la troisième fois que ça arrive cette semaine.

— Avez-vous arrêté le gars ?

— Nous ne sommes pas des policiers, Viateur. Notre travail est plutôt de désamorcer les conflits au moment où ils apparaissent, et même avant si possible. Mon problème à moi, c'était que le gérant du magasin ne voulait pas croire son employée. Il n'arrêtait pas de gueuler après elle, la pauvre fille avait peur, elle pleurait tellement que ça lui a pris une heure pour me raconter son histoire pendant que le gérant continuait de crier comme un déchaîné... J'ai fini par le convaincre que sa caissière disait la vérité, qu'elle n'était pas la première à s'être fait avoir par ce fraudeur et que la description qu'elle avait donnée correspondait à celle qu'on avait recueillie auprès des autres victimes : un homme dans la quarantaine, très élégant, avec juste ce qu'il faut de gris sur les tempes... La solution, c'était 1) d'arrêter de gueuler contre votre la caissière, ça ne sert à rien, et 2) d'appeler la police pendant que la jeune fille se souvient encore du visage du fraudeur : les policiers lui montreront des photos, peut-être qu'elle le reconnaîtra. Mais en attendant, ON SE CALME. Nous sommes dans un centre commercial, monsieur Dugré – il faut toujours s'adresser à eux par leur nom, ça les tranquillise, j'imagine que ce n'est pas à un prof d'expérience que je vais apprendre ce vieux truc –, nous sommes donc dans un centre *commercial,* monsieur Dugré, et le commerce est incompatible avec la colère... Notre travail, Viateur, c'est de fournir de la paix aux commerçants. Nous produisons de la sécurité. Nous sommes des casques bleus d'un centre commercial de banlieue. Nous n'avons pas arrêté le fraudeur aux tempes grises, mais nous avons ramené la paix dans le secteur, c'est déjà ça de pris. Avant-hier, tu vois, c'était plus animé : j'ai calmé un client qui avait acheté un rasoir défectueux et qui voulait s'en prendre au vendeur, j'ai convaincu un voyeur fétichiste qui passait ses journées dans un magasin de sous-vêtements féminins d'aller baver plus loin, j'ai appelé les ambulanciers pour s'occuper d'une jeune femme qui faisait une crise d'épilepsie, j'ai discuté avec un employé congédié qui voulait se venger de son ancien patron en sabotant son stock, j'ai calmé une mère qui avait perdu son fils de cinq ans et qui était persuadée qu'on avait arraché un rein à l'enfant pour le vendre à des Américains...

— ... Qu'est-ce que vous faites, dans un cas comme celui-là ?

— Je suis resté avec la mère pour la rassurer pendant que deux autres membres de l'équipe allaient à la recherche de l'enfant. Sébastien s'est rendu tout droit à l'animalerie, et Francine au magasin de jouets le plus proche : c'est là que nous retrouvons quatre-vingt-dix pour cent des enfants disparus. Sébastien a trouvé le petit garçon à l'animalerie, devant la cage des chiens... L'affaire a été réglée en moins de deux minutes. C'est difficile pour les nerfs, mais c'est tellement gratifiant qu'on souhaiterait presque que ça arrive plus souvent. Je te le répète, Viateur, notre travail, ce n'est pas de jouer à la police. Il faut plutôt observer, parler, rassurer, négocier, faire baisser la pression... Il faut aussi repérer les voleurs à l'étalage, les fraudeurs et les exhibitionnistes, comme de raison, mais ce n'est pas à nous qu'il revient de les arrêter. Je suis sûr que tu t'intégrerais à merveille dans notre équipe, Viateur.

— Ça m'étonnerait.

— Présente-toi au bureau demain matin, à neuf heures. Je te prends à l'essai pour une semaine. Tu as intérêt à avoir de bonnes chaussures.

Un mois plus tard, Viateur est toujours là, marchant sur le toit du centre commercial, à la recherche d'empreintes dans la neige, et il se dit que son beau-frère avait raison : c'est aussi satisfaisant que de résoudre un problème de mathématiques, et même un peu plus.

3

Vue aérienne

Le toit du centre commercial est un vaste désert de goudron où poussent des cheminées et des tuyaux d'aération. Un paysage désolé et désolant, sur lequel souffle un vent glacial qui fait virevolter quelques sacs de plastique. Le magasin de monsieur Dimitri est situé presque à l'extrémité de l'aile B, tout juste à côté du magasin de sport. Viateur fait quelques pas dans la neige – il a l'impression d'explorer une planète déserte et étrangement silencieuse –, puis il se retourne pour regarder derrière lui : si quelqu'un était venu ici la nuit dernière, il aurait laissé des traces dans cette neige couverte d'une mince croûte friable, impossible de faire autrement. Viateur se rend tout de même jusqu'au rebord du toit et il se penche pour regarder le mur, au cas où il y découvrirait une improbable fenêtre, mais il ne voit rien d'autre que des briques et des enseignes lumineuses. Les voleurs sont donc ressortis ailleurs dans le centre commercial, ça ne fait plus aucun doute. Allons retrouver les autres pour voir où ils en sont.

Avant de redescendre, Viateur prend le temps de regarder encore un peu ce décor insolite. Il n'y a strictement rien à voir sur le toit d'un centre commercial, et c'est ce rien, justement, qui est si troublant.

Il n'y a rien à voir non plus dans l'immense stationnement, rien d'autre que des automobiles interchangeables dont sortent des clients tout aussi interchangeables, qui remontent leur col pour affronter le froid avant de se précipiter vers l'entrée, tête baissée. La seule personne qui s'attarde dans ce lieu que tout le monde fuit, c'est Jean-Guy, qui patrouille inlassablement son domaine.

Ancien gardien de prison, Jean-Guy fait partie de l'équipe de sécurité et passe tout son temps à essayer de prendre sur le fait les voleurs d'autos, de radios et de disques compacts. Michel lui a parfois proposé de faire des rondes à l'intérieur, comme les autres employés du service de sécurité, mais Jean-Guy tient mordicus à rester dehors : il a passé sa vie enfermé, et il n'aura pas assez de toute sa retraite pour respirer de l'air frais. Ses collègues ont beau lui faire valoir que l'air du stationnement est saturé de monoxyde de carbone, Jean-Guy ne veut rien savoir : c'est *son* stationnement, et il ne consent à le partager qu'avec les quelques étudiants qu'il engage comme surnuméraires pour gérer la circulation dans le temps des fêtes, et avec Mirabeau, le fidèle adjoint qui le remplace les rares fois où il s'accorde un congé.

Quelques clients ont attaché des balles de styromousse ou des mouchoirs sur leur antenne pour repérer leur automobile de loin. Sage précaution, mais qui n'est pas d'un grand secours lorsqu'on a laissé son automobile dans le stationnement sud et qu'on la cherche du côté nord. Persuadé d'avoir été victime d'un voleur, le client distrait se précipite au bureau des renseignements, et rien au monde n'est alors plus urgent que de retrouver son auto : si on l'écoutait, il faudrait sur-le-champ appeler la police et lancer une chasse à l'homme. Michel calmera le client, puis il contactera Jean-Guy sur son cellulaire ; Jean-Guy fera alors le tour de tous les stationnements dans sa voiturette de golf jusqu'à ce qu'il retrouve enfin la boule de styromousse... Quelqu'un doit se charger de ce genre de travail, et Jean-Guy est sans conteste l'homme de la situation. Avant de le rencontrer, Viateur aurait juré qu'aucun être humain normal ne pouvait passer toute sa vie dans un stationnement de centre commercial et adorer son travail. Il lui faut admettre qu'il avait tort.

Au-delà du centre commercial proprement dit s'étendent des quincailleries géantes entourées d'autres immenses stationnements, des magasins de meubles non moins géants ceinturés de stationnements tout aussi immenses, puis des autoroutes, des carrefours, des rues de plus en plus petites, bordées de milliers de maisons bourrées de bibelots, de vêtements jamais portés et de souliers à peine usés qui ont été achetés par des hommes et des femmes qui ne prennent congé de leur métier de client que pour s'installer devant leur téléviseur, où ils peuvent regarder des publicités des Galeries de la Rive-Sud, là où il fait toujours plein soleil...

Au-delà de ces maisons s'étendent des champs de maïs qui fournissent les cinémas en pop-corn, des pylônes électriques qui alimentent en énergie les enseignes lumineuses, et enfin, très loin à l'horizon, les courbes bleutées des Appalaches. De l'autre côté des montagnes, on peut encore imaginer d'autres champs de maïs, puis des maisons, des autoroutes, des stationnements, des centres commerciaux, et ainsi de suite jusqu'à la frontière du Mexique, que traversent chaque jour des milliers de personnes rêvant de travailler dans un de ces centres commerciaux et d'y gagner des tas d'argent qu'elles pourront dépenser dans les magasins, le soir venu... « Tu ne verras plus tes semblables de la même façon », disait Michel ? Pas sûr que ce soit une bonne idée !

Pas sûr non plus que ce soit une bonne idée de s'enfermer dans un centre commercial pour se remettre d'une dépression. Y a-t-il un endroit au monde qui soit plus impersonnel, plus inhumain, plus déprimant ?

Les archéologues du futur seront sans doute fascinés par les pylônes électriques, équivalents modernes des aqueducs romains, mais on les imagine mal s'intéresser aux centres commerciaux. Un centre commercial n'est qu'un amoncellement de briques, de verre, de poutrelles d'acier et de fils électriques agencés de telle sorte que personne ne les regarde. On y entre tête baissée, sans prêter la moindre attention à l'architecture du bâtiment. Les touristes ne prennent d'ailleurs jamais de centres commerciaux en photo, et Dieu sait pourtant s'ils photographient n'importe quoi, y compris des panneaux de signalisation routière. Personne ne regrette les centres commerciaux lorsqu'ils disparaissent, et aucun militant ne songerait à créer un comité de sauvegarde du patrimoine pour les protéger. Un centre commercial ne se recycle pas, ne pourrit pas, ne se transforme pas en humus. Un centre commercial abandonné, ça n'existe tout simplement pas : soit il dégage des profits, soit il est démoli. Si on se retrouve enfermé dans un centre commercial fantôme, c'est qu'on est dans un cauchemar, ou alors dans une nouvelle de Stephen King.

Les centres commerciaux sont imperméables à toute forme de nostalgie. Ce sont des temples de la nouveauté où le passé est aboli par décret de l'Association des marchands, des trous noirs qui absorbent toutes les lumières et toutes les musiques qui les entourent. À l'extérieur, tout est toujours gris, même les quelques arbres rabougris plantés çà et là dans le stationnement. Mais aussitôt qu'on ouvre la porte – et le choc est encore plus grand quand on descend du toit, comme le fait Viateur –, on pénètre dans un univers ahurissant de couleurs et de lumières reflétées par mille miroirs, et on a bientôt l'impression de se promener à l'intérieur d'un arbre de Noël. Dehors, on n'entend que le bruit étouffé des automobiles sur les autoroutes. Mais une fois la porte franchie, c'est un bourdonnement perpétuel de cellulaires, de caisses enregistreuses, de jeux vidéo, de musiques et de conversations qui s'entrecroisent et s'entremêlent ; tout s'embrouille, les musiques se mélangent aux couleurs, et bientôt vos pas ralentissent, vos yeux s'écarquillent, vous êtes à la fois étourdi et disponible, et plus rien n'a d'importance que ces marchandises qui feront de vous un homme heureux pour autant que vous acceptiez de confier votre carte de crédit à une jolie vendeuse. Il suffit d'y entrer, et vous êtes *centrecommercialisé*, comme dit Michel, ce que Viateur vérifie une fois de plus en refermant derrière lui la trappe qui lui a permis d'accéder au toit : dehors, il n'y avait rien d'autre que de la grisaille. Toutes les lumières du monde sont rassemblées ici, aux Galeries de la Rive-Sud.

～

Quand Viateur revient dans le magasin de monsieur Dimitri, celui-ci discute avec un client tandis que Michel et Sébastien, le nez en l'air, font la conversation avec un homme qui est juché sur un escabeau et dont on n'aperçoit plus que les jambes.

— J'ai consulté les hommes de la ventilation, dit Michel. D'après eux, il est impossible de passer par les conduits d'aération. Mais, au-delà du faux plafond, les magasins ne sont séparés que par des panneaux de placoplâtre qui servent de coupe-feu. Un voleur pourrait facilement passer d'un magasin à l'autre armé d'une simple scie ou même d'un couteau de cuisine.

— Je parierais pour un couteau, répond l'homme dont on ne voit que les jambes. Ça laisse moins de poussière qu'une scie et ça fait moins de bruit... Et vous avez raison : les voleurs ont simplement découpé une ouverture dans le placoplâtre et ils sont passés directement dans le plafond de l'autre magasin. Ils ont peut-être continué comme ça un bon bout de temps, mais je ne pourrais pas suivre leur trace sans agrandir le trou. Bon, j'ai vu ce que j'avais à voir. Je descends.

Viateur aperçoit alors la deuxième moitié de l'homme. Très jeune, vêtu d'un jean et d'un tee-shirt – il a laissé son manteau *Kanuk* sur le comptoir pour grimper dans l'escabeau –, il a l'air tout frais sorti du cégep.

— Une chose est sûre, reprend le jeune homme en balayant de la main son tee-shirt saupoudré de poussière de plâtre, c'est que les voleurs sont minuscules : je n'aurais pas pu passer dans le trou qu'ils ont percé dans le placoplâtre, et je ne suis pas très gros. Un enfant y parviendrait peut-être. Ou alors un adolescent vietnamien...

— Ou un singe, intervient Sébastien. Dans une histoire d'Edgar Poe...

— ... il y avait un singe qui passait par une cheminée, c'est vrai, enchaîne l'autre. Ce n'était pas sa meilleure nouvelle, à mon avis. Je pense qu'on peut oublier l'hypothèse d'un singe dressé pour voler les manteaux de cuir.

— Un Chinois contorsionniste au Cirque du Soleil ? suggère alors Sébastien, visiblement ravi qu'on lui donne l'occasion d'utiliser son imagination.

— Pourquoi pas un extraterrestre à tentacules ? conclut Michel sur un ton légèrement exaspéré. Bon, nos voleurs sont passés par le plafond, c'est certain. À partir de là, ils ont pu ressortir dans n'importe quel magasin de l'aile B : il suffit de ramper et de faire autant de trous qu'il le faut dans les parois.

— Ils ne sont pas sortis par le toit, en tout cas. J'en arrive...

— Viateur Raymond, s'empresse d'annoncer Michel au profit de l'homme qui vient de descendre de l'escabeau. Il travaille avec nous.

— Enchanté, monsieur Raymond. Moi, c'est Patrick. Patrick Harnois, Sûreté du Québec. Je suis inspecteur. Vous risquez de me revoir souvent dans votre centre : vous êtes dans mon secteur... Vous êtes sûr qu'il n'y a pas de traces sur le toit ?

Un inspecteur, ça ? Il passerait inaperçu dans une cafétéria d'école secondaire ! Et encore faudrait-il que le code vestimentaire ne soit pas trop strict, sans quoi le directeur le renverrait à la maison pour enfiler autre chose qu'un jean...

— ... Absolument sûr, répond Viateur. Le neige est parfaitement lisse sur le toit de l'aile B au complet, et comme il n'a pas neigé depuis deux jours, on peut être sûrs que les voleurs ne sont pas sortis par là. Dommage : j'aurais facilement imaginé qu'ils aient lancé la marchandise à des complices qui les auraient attendus en bas, puis qu'ils soient descendus du toit avec une échelle de corde, ou quelque chose comme ça.

— Trop compliqué pour rien, répond l'inspecteur. Il est plus probable qu'ils sont sortis par un autre magasin, et j'ai de bonnes raisons de croire qu'ils auront laissé des traces en sortant : c'est plein de poussière, là-dedans... Combien y a-t-il de commerces dans cette aile ?

— Quarante, répond Michel, qui connaît son centre commercial par cœur et qui n'a eu besoin que de trois secondes pour fournir le chiffre exact.

— Ça en fait dix pour chacun de nous, reprend Patrick. Voici ce que je propose : on inspecte les plafonds de tous les magasins et on se retrouve ici après avoir fait le tour. Il faut nécessairement que nos voleurs soient sortis quelque part. Si on regarde bien, on devrait retrouver leur trace. Je fais les magasins qui se trouvent de l'autre côté avec Sébastien pendant que Michel et Viateur s'occupent de ce côté-ci. Ça ne devrait pas être très long, et on saura à quoi s'en tenir. On y va ?

Patrick est peut-être jeune, mais il a le sens de l'organisation.

Viateur visite tour à tour un magasin de vêtements pour dames, une boutique de quétaineries médiévales, un opticien, un magasin de chaussures, un salon de coiffure et un magasin d'aliments naturels, demandant chaque fois au gérant la permission d'inspecter l'arrière-boutique, mais aucune tuile acoustique ne semble avoir été déplacée. Michel avait bien raison de me dire que je ne verrais jamais plus le monde de la même manière, songe-t-il en passant d'un commerce à l'autre, le nez en l'air. C'est la première fois que je me promène dans un centre commercial en ne regardant que les plafonds, après avoir examiné le toit...

Chose certaine, Michel a eu raison de lui recommander de porter de bonnes chaussures : l'essentiel du métier, c'est de marcher, marcher et encore marcher. *Tourner en rond en espérant qu'il n'arrive rien*, a un jour résumé Sébastien à la fin d'une journée tranquille. Viateur a aimé la formule : comme projet philosophique, c'est peut-être un peu court, mais comme description de tâche, c'est plutôt sympathique.

Viateur visite encore un minuscule magasin où on ne vend que des caleçons, un autre qui est spécialisé dans les chandelles – faut-il avoir de l'argent à gaspiller ! –, une boutique de vêtements pour jeunes filles à peine pubères mais déjà hyper-sexuées, et le voilà arrivé aux toilettes publiques. Peut-être pourrait-il s'accorder une pause pipi, avant de revenir chez monsieur Dimitri ? Passé la cinquantaine, il ne faut jamais laisser échapper une occasion de se libérer la vessie...

Il n'a qu'une petite envie, mais il s'installe tout de même dans un cabinet et referme la porte derrière lui. Pour quelque obscure raison, il n'a jamais réussi à se soulager dans un urinoir, ou alors il doit être absolument seul. Il suffit qu'un congénère muni d'un robinet frontal s'installe à ses côtés pour que ça lui coupe l'inspiration aussi sec, et c'est dix fois pire dans un centre commercial : il a entendu tellement d'histoires au sujet de transactions particulières qui s'y concluent, histoires pas toujours fausses, d'ailleurs, d'après ce que lui a raconté Michel... Il referme donc la porte derrière lui, la verrouille, et remarque bientôt, tout en faisant ce qu'il doit faire, un amas de poussière grisâtre sur le sol. Il lève les yeux : un panneau a été enlevé et il a été mal replacé par la suite... Se pourrait-il que... ?

Michel avait raison : il n'y a rien de plus satisfaisant pour l'esprit que la résolution d'un problème. Ça fait comme une bouffée d'air frais dans le cerveau et c'est meilleur que toutes les drogues, quoi qu'en pensent les élèves de la polyvalente.

Michel avait raison, oui. Peut-être Viateur devra-t-il se faire à l'idée que Michel a *toujours* raison, comme ce bon papa dans la vieille série américaine.

4

État-major

Lorsque Francine entre dans une boutique de vêtements, les jeunes vendeuses qui ne la connaissent pas cherchent instinctivement un crucifix sur le revers de son tailleur : une femme habillée de façon aussi ennuyeuse doit nécessairement être une religieuse, ça ne peut pas faire autrement, quoique certaines religieuses affichent un certain chic dans la sobriété... Celle-ci doit être une religieuse diplômée en bibliothéconomie qui aurait reçu ses vêtements en héritage de sa mère, elle-même bibliothécaire, et qui n'aurait pas pris la peine de les faire ajuster à sa taille. Non seulement elle est mal attriquée, mais elle passe devant les nouveautés de l'automne sans manifester le moindre intérêt et elle ne frémit même pas à la lecture du mot *solde*. Rien à faire avec elle, pensent donc les jeunes vendeuses. Aussi bien refaire soigneusement les piles de chandails pour s'occuper.

Ce que ces jeunes vendeuses ne savent pas, c'est que cette femme mal fagotée a un talent fou pour détecter les voleurs à l'étalage. Ses souliers plats, ses vêtements démodés et sa coiffure sans grâce font partie de sa tenue de travail et sont précisément destinés à ne pas attirer l'attention. Si les jeunes vendeuses préfèrent aller harceler d'autres clientes potentielles, tant mieux pour elle.

Ce que nos jeunes vendeuses ne remarquent pas non plus – et on ne peut pas leur en vouloir, puisque ce détail ne présente aucun intérêt commercial –, c'est le regard de Francine, qui peut passer instantanément de la lassitude la plus profonde à la bienveillance la plus apaisante. Cette combinaison est idéale pour arracher des aveux aux voleurs à l'étalage et autres magouilleurs : comme ces petits escrocs se croient toujours experts en mensonges, ils ne manquent jamais de soutenir son regard quand elle les interroge. Ils tombent alors sans le savoir dans son piège : elle les regarde d'un air tellement blasé qu'ils perdent bientôt intérêt à leurs propres mensonges, et il n'y a rien de pire pour le moral d'un baratineur. Quand ils sont mûrs, Francine passe au mode bienveillance. *À quoi bon résister, à quoi bon tout ça?* se dit alors l'escroc. *Autant avouer. Cette femme va me comprendre, c'est sûr : toutes les femmes finissent par me pardonner quand je leur fais mon sourire de petit garçon pris en faute...*

Ils en seront cependant pour leur peine : Francine est en effet imperméable à toute forme de séduction masculine, celle-là comme les autres. La simple association de ces deux mots lui semble d'ailleurs parfaitement incongrue. Les joues râpeuses, les odeurs de tabac, les bourrelets de graisse et l'haleine avinée ne l'excitent pas le moins du monde, non plus d'ailleurs que les poitrines épilées et les propos sur le théâtre postmoderne, et elle n'a jamais débordé d'enthousiasme à l'idée de se retrouver nue dans un lit avec un partenaire pour qui le summum de l'érotisme consiste à lui enfoncer la langue le plus loin possible dans l'oreille. Elle a essayé quelques fois, quand elle était plus jeune, et elle n'a pas la moindre envie de recommencer. À la rigueur, Francine aurait pu se laisser émouvoir par James Stewart ou Gregory Peck dans leurs jeunes années, et encore aurait-il fallu qu'ils gardent leur langue dans leur bouche. Croyez-vous que Dona Reed, Grace Kelly ou Audrey Hepburn auraient accepté de se faire comprimer sous des mâles en sueur qui gigotent en poussant des râles incongrus ? Poser la question, c'est y répondre.

Francine vit seule et s'en porte plutôt bien. Sa famille, c'est l'équipe de sécurité des Galeries de la Rive-Sud. Chaque fois qu'une des filles de Sébastien souffre d'un rhume ou d'une otite, elle lui offre un sac de pastilles parfumées à l'eucalyptus, en ne manquant jamais de répéter que c'est trois fois rien, mais que ça peut quand même faire du bien. Lorsqu'elle lit dans le journal un article qui pourrait intéresser Michel, elle le lui découpe et prend souvent la peine de le photocopier avant de le lui remettre : c'est moins salissant. Effacée et efficace, Francine n'ouvre la bouche que si elle a quelque chose à dire, si bien qu'elle peut passer toute une réunion sans parler. Et si elle doit rapporter un événement, elle ne se perd jamais en détails inutiles.

— Notre beau parleur a encore sévi. Cette fois-ci, c'est la caissière de *Ronsard* qui s'est fait prendre au piège. Toujours le même truc : il demande de la monnaie pour un billet de vingt et il ressort du magasin avec cinquante dollars, parfois plus. Ne me demandez pas comment il fait, je n'en ai aucune idée, mais je vais finir par l'attraper. La description est toujours la même : bien habillé, tempes grisonnantes, il parle sans arrêt. C'est tout ce qu'on sait de lui. Je vous demande d'ouvrir l'œil : un homme seul qui se promène dans un centre commercial, ce n'est quand même pas si courant…

— Un homme dans la quarantaine, précise Sébastien.

— C'est ce que disent ses victimes, reprend Francine, mais je n'en mettrais pas ma main au feu : il choisit toujours des caissières très jeunes. Pour des filles de cet âge-là, tous les hommes de plus de trente ans sont des vieux. Il vaut mieux ratisser plus large. Disons entre trente et soixante ans. Et il est très élégant, elles insistent toutes là-dessus. Le genre d'élégance qui peut impressionner une fille de dix-huit ans...

— On va ouvrir l'œil, répond Michel. Autre chose, Francine ?

— C'est tout.

— Parfait. Sébastien ?

— Ils ont installé des caméras chez *Petit Mousse*. Il était temps !

Les autres hochent la tête et affichent un air satisfait, mais Viateur n'est pas certain de saisir toute la portée de cette innovation.

— Chez *Petit Mousse*...? J'ai du mal à imaginer des voleurs de barboteuses ou de couches-culottes...

— Il s'en présente presque chaque jour, répond Sébastien. Des femmes enceintes, des grands-mères, des vieilles femmes qui n'ont jamais eu d'enfants et encore moins de petits-enfants, mais qui piquent quand même ; on dirait que c'est un réflexe, comme les oiseaux qui ramassent des bouts de laine... Il y a aussi des voleuses professionnelles, évidemment : une barboteuse à deux cents dollars, c'est bien plus facile à voler qu'un manteau de cuir, et ça rapporte autant. Il existe un réseau organisé pour ça : on retrouve ensuite les barboteuses dans une autre boutique, mais essayez de prouver qu'elles ont été volées... C'est ce qui a dû arriver aux manteaux de monsieur Dimitri, si vous voulez mon avis. Les voleurs savaient ce qu'ils voulaient. La preuve, c'est qu'ils n'ont pas touché à l'argent de la caisse. C'est comme pour les voleurs d'autos : on leur commande une Golf, ils volent une Golf, même s'il y a une BMW juste à côté...

— C'est ce que je pense, moi aussi, dit Michel. Le vol a été commandé, c'est sûr...

— On imagine toujours les voleurs à l'étalage comme des adolescents qui piquent des disques ou des tubes de rouge à lèvres, poursuit Sébastien à l'intention de Viateur. Mais les professionnels sont bien plus difficiles à repérer et ils font bien plus de dommages.

— Sébastien a raison, reprend Michel. Méfie-toi de tes préjugés favorables, Viateur, particulièrement envers les personnes âgées. La police ne leur fait pas peur : elles prennent un air un peu perdu, et le tour est joué. Impunité totale. Elles en profitent, crois-moi... Excellente idée, les caméras : la technologie, ça impressionne les vieux. Peut-être qu'il faudrait songer à en installer de fausses dans les aires communes. Ça ne coûterait pas très cher et ça aurait un effet dissuasif... Autre chose, Sébastien ?

— C'est tout.

Sébastien, c'est le Rambo de l'équipe, à condition toutefois d'imaginer un Rambo intelligent – le genre baraqué, sans une once de graisse, et bardé d'un attirail technologique dernier cri. Au contraire de Francine, il ne passe pas inaperçu, et c'est là tout l'intérêt du personnage. Les personnes âgées et les propriétaires des boutiques adorent le voir circuler : ça les rassure. N'essayez cependant pas de l'envoyer négocier avec des bandes d'adolescents : il projette une telle image de force tranquille que les jeunes se sentent obligés de le provoquer pour tester ses limites. Comme on le voit venir à des kilomètres à la ronde, il n'est pas très efficace non plus pour prendre les petits voleurs en flagrant délit, mais il a suivi tous les cours d'ambulancier qu'on peut imaginer, il est expert en prévention des incendies et il ne rate jamais une occasion de se perfectionner. Il a beau avoir un physique de lutteur, il ne caresse pas de plus grand rêve que d'utiliser le défibrillateur flambant neuf qui trône derrière sa vitrine, au-dessus de la table de réunion. Ajoutez à cela des yeux qui se mouillent quand il montre les photos de ses enfants – trois filles, dont la plus vieille n'est pas encore à l'école –, et vous avez un bon portrait de Sébastien. Une soie.

Une soie dont le travail est de produire cette curieuse marchandise qu'on appelle la sécurité, comme dit Michel. Puisque les tremblements de terre, les attaques terroristes et les éruptions volcaniques sont toujours possibles, la sécurité ne sera jamais rien d'autre qu'une fiction, tout le monde s'entend là-dessus, mais c'est une fiction qui vaut son pesant d'or. Les magasins ne vendent pas des marchandises, ils vendent des images, du rêve, du bonheur, de la magie. Et pour que la magie fonctionne, il faut que le client se sente aussi en sécurité aux Galeries de la Rive-Sud qu'à Disney World : il n'y a jamais d'orages dans les centres commerciaux, pas de verglas non plus, et vous ne vous ferez jamais piquer par un insecte, mordre par un chien ou frapper par une voiture ; vous pouvez donc ralentir le pas, en profiter pour admirer les vitrines et même vous payer un cornet de crème glacée format géant, pourquoi pas ? Vous n'ingurgiterez même pas de calories puisque vous n'êtes pas dans la vraie vie. La preuve, c'est que le temps n'existe pas : il y a toujours une pléthore de fontaines dans les centres commerciaux, mais jamais d'horloges ni de fenêtres. Et il n'y a pas non plus de vrais policiers, ce qui laisserait croire qu'il s'y produit de vrais crimes. Il n'y a que des braves types comme Sébastien, qui produisent de la sécurité par leur simple présence, et des hommes comme Michel, que personne ne remarque jamais et qui ne s'en portent que mieux.

Michel est le chef incontesté de l'équipe, le grand timonier, l'autorité suprême, le vieux sage qui a tout vu et tout entendu, mais qui ne se sent pas pour autant obligé de le raconter. La cinquantaine avancée, le ventre rebondi, les épaules affaissées, les lunettes démodées, il pourrait tout aussi bien être vendeur de meubles, agent d'assurances ou chauffeur d'autobus. Quand il fait sa ronde quotidienne avec Francine, ils forment un parfait vieux couple de banlieue qui n'a plus rien à se dire depuis des siècles, mais qui reste soudé par habitude. Peut-être est-ce d'ailleurs de Francine que Michel tient cette étrange lassitude, ce calme déroutant : personne n'a envie de l'embobiner. Il parle lentement, sans un mot de trop, en ayant toujours l'air de savoir où il va.

— Merci, Sébastien, dit Michel. Rien de nouveau de ton côté, Mélanie ?

— Rien de nouveau, sauf que j'ai ma petite idée pour l'affaire des manteaux de cuir. On peut établir qu'au moins un des voleurs connaît le centre commercial comme le fond de sa poche, *right* ? On ne peut pas se faufiler comme ça dans le plafond et redescendre dans une salle de toilettes sans avoir étudié les plans de l'édifice, c'est impossible.

— Tu sais déjà ce que je vais te répondre, Mélanie, répond Michel sur un ton légèrement impatient. À partir du moment où la police est prévenue…

— … ça ne nous regarde plus, c'est vrai, je sais, mais ça ne nous empêche pas de réfléchir, patron. On ne sait toujours pas qui sont les voleurs et on n'a toujours pas retrouvé les manteaux, mais on sait que l'un d'eux connaît les lieux. Il a bien fallu qu'ils se cachent quelque part une fois sortis du plafond, non ? On sait aussi qu'ils sont dans le genre minuscule, ce qui exclut l'équipe des concierges au complet : ces hommes-là sont tous plus gros les uns que les autres, ils engraissent d'au moins dix livres par année à cause de tous ces muffins qu'ils ingurgitent pendant la nuit, attention, je n'ai pas dit qu'ils les *volent*, ils attendent à la fin de la journée pour manger les restants, c'est tout, ça irait aux poubelles de toute façon, on peut donc dire que c'est de la récupération, genre, c'est bon pour la planète, rien n'empêche qu'ils passent la nuit à se gaver de pâtisseries, et comme ils ne font pas d'exercice...

— Viens-en aux faits, Mélanie.

— J'y arrive, j'y arrive, je disais donc qu'on peut éliminer les concierges, mais qu'est-ce que vous pensez de notre anarchiste? Ça ferait un bon suspect, non?

— ... Il y a un anarchiste au centre commercial? répond Michel en regardant Mélanie par-dessus ses lunettes pour bien montrer son étonnement.

— Vous ne connaissez pas Mathieu, le petit commis de la librairie? Aussitôt que la gérante tourne le dos, il enlève les piles de livres du dalaï-lama de la vitrine et il les remplace par des trucs altermondialistes, des livres de Michael Moore ou de Chomsky, genre. Avec lui, c'est toujours de la politique, rien que de la politique. Ça lui fait un mobile, en plus il est tout petit, on dirait un nain de jardin. Vous ne trouvez pas qu'il a une drôle de barbiche?

— ... Qu'est-ce que sa barbiche a à voir avec les manteaux de cuir?

— Rien, c'est juste parce que vous n'avez pas l'air d'allumer, alors je vous donne des détails pour que vous le reconnaissiez.

— Je sais de qui tu veux parler, Mélanie, mais je ne vois pas en quoi ses convictions politiques lui donnent un mobile.

— Peut-être qu'il veut dénoncer la cruauté envers les animaux? Quand on est militant, ce ne sont pas les causes qui manquent ! Si j'étais policier, c'est par là que je commencerais mon enquête.

— ... L'hypothèse de Sébastien me paraît plus vraisemblable, répond Michel. Ça a toutes les apparences d'un vol commandé. À mon avis, les manteaux doivent déjà être en vente dans un autre magasin, et on ne les retrouvera jamais. Quoi qu'il en soit, je te rappelle que c'est une affaire qui regarde la vraie police, Mélanie...

— ... et que notre travail à nous est de produire de la sécurité, je sais bien, mais je ne peux pas m'empêcher de réfléchir, ce n'est quand même pas ma faute, vous n'êtes pas comme ça, vous ?

— Il y a parfois des anarchistes ou des bolcheviques dans les romans d'Agatha Christie, remarque Sébastien, mais ils ne sont jamais coupables. Ce serait trop facile. C'est juste pour ajouter des suspects à la liste, sinon il n'y aurait pas assez de pages, et le lecteur aurait le sentiment qu'il n'en a pas pour son argent.

— Tu connais Agatha Christie, toi ? demande Francine. Je ne pensais pas que les jeunes lisaient encore ça !

— J'adore Hercule Poirot. Un peu moins Miss Marple...

— ... Agatha Christie ou non, reprend Mélanie, Mathieu aurait très bien pu se glisser dans le plafond. Je ne connais personne de plus petit que lui dans tout le centre, du moins chez les hommes. On pourrait aussi imaginer une équipe féminine, évidemment, genre amazones du crime, mais...

Michel enlève ses lunettes pour se caresser l'arête du nez, et Mélanie se tait aussi sec. Ça marche à tout coup : sitôt qu'il fait ce geste, il a droit à un silence respectueux de deux ou trois minutes. S'il lui faut davantage de temps, il essuie les verres avec un chiffon en poussant un profond soupir. Il obtient alors un silence un peu plus long, ce qui est généralement suffisant pour clore la réunion.

Mélanie est jeune, blonde, pimpante. On l'imaginerait volontiers animatrice dans une colonie de vacances : rien ne la rendrait plus joyeuse, *réellement joyeuse*, que de monter une tente sous la pluie puis de faire un feu de camp avec du bois mouillé avant d'aller dormir dans une flaque d'eau. Les difficultés ont le don de la stimuler. Elle n'a pas pu terminer son cours de techniques policières au cégep, c'est son seul et grand regret, et elle s'est rabattue sur le service de sécurité des Galeries de la Rive-Sud, où Michel doit sans cesse lui répéter qu'elle n'est pas une détective, que son travail est de produire de la sécurité et qu'elle n'est pas obligée de parler tout le temps ni d'émettre toutes les hypothèses qui lui passent par la tête...

Elle est un peu bavarde, c'est vrai, mais elle ne travaille aux Galeries que depuis deux mois : normal qu'elle doive s'ajuster au style de Michel. Quel intérêt y aurait-il à être jeune si on ne peut pas commettre d'erreurs de temps à autre ? Mélanie déborde d'enthousiasme, elle a un talent certain pour désamorcer les conflits et elle veut apprendre. Des employés comme ça, on les garde. En attendant qu'elle installe un filtre sur son moulin à paroles, Michel pourra toujours se réjouir d'avoir des lunettes propres.

— J'aimerais vous faire part de quelque chose d'important, reprend Michel après avoir replacé ses lunettes. Nous aurons de la grande visite samedi prochain. Audrey viendra dédicacer ses disques.

— La vraie Audrey ? En chair et en os ? demande Sébastien. Il va y avoir du monde !

— Audrey ! ! ? Wow ! ! ! enchaîne Mélanie, les yeux écarquillés.

— Moi, si j'étais sa mère, je lui dirais d'aller se rhabiller, reprend Francine, visiblement moins enthousiaste.

— Il paraît qu'elle est moins grande qu'on pense, ajoute Mélanie. C'est presque toujours le cas, pour les vedettes de la télévision.

— Pardonnez mon ignorance, mais… est-ce que je suis censé connaître cette Audrey ? demande Viateur, qui semble tomber des nues.

Tout le monde se tourne vers lui en souriant, comme s'il avait fait une bonne blague, mais personne ne tente d'éclairer sa lanterne. On se met plutôt à parler du service d'ordre privé qui accompagnera certainement la jeune vedette et avec lequel il faudra composer. D'après ce que saisit Viateur de la discussion qui suit, la tâche risque d'être difficile : les gardes du corps des vedettes aiment se gonfler d'importance en se donnant des airs de caïds et ils ont l'habitude de regarder de très haut les employés du service de sécurité du centre commercial, qui ne sont pourtant pas plus mal payés qu'eux.

— Pardonnez-moi de revenir avec ma question, reprend Viateur, mais je ne connais vraiment pas cette Audrey. C'est une chanteuse ?

— Mais voyons, Prof, *tout le monde* connaît Audrey ! répond Mélanie. Audrey *Sinclair* !

Convaincue que son complément d'explication est plus que suffisant, elle se tourne ensuite vers Michel :

— Savez-vous si William sera là, lui aussi ? Il paraît qu'ils sortent ensemble, j'ai vu ça dans un magazine. D'habitude, je ne lis jamais ce genre d'article, mais c'était sur la page couverture, je ne pouvais pas ne pas le voir.

— William ne sera pas là, non, répond Michel en approchant la main de ses lunettes. Il y aura Audrey et son orchestre, c'est tout. Elle arrivera à onze heures, elle interprétera deux chansons, elle signera des autographes jusqu'à midi. Ensuite, bye-bye, Audrey !

— Juste deux chansons ?

— C'est ce qui est prévu. Le magasin de disques a obtenu la permission de faire jouer ses disques à plein volume dans tout le centre commercial pendant qu'elle signera ses autographes, j'aime autant vous prévenir... On n'aura pas vraiment besoin de nous, mais j'aimerais quand même que tout le monde traîne un peu dans les environs. Essayez de repérer les hommes seuls : il devrait y avoir quelques pédophiles dans le lot, qu'on risque de revoir autour du père Noël dans quelques semaines...

— ... Pourquoi les pédophiles s'intéresseraient-ils à une chanteuse ?

— Parce qu'Audrey a quatorze ans, Viateur. Ça ne l'empêche pas de s'habiller comme... comme une vedette, disons. L'idée générale, si je comprends bien, c'est de dégager le plus d'espace possible autour du nombril, vers le haut comme vers le bas.

— Treize, précise Mélanie. Audrey a treize ans, pas quatorze, elle est née à la fin de décembre, c'est pour ça que tout le monde se trompe, mais c'est vrai qu'elle est habillée plutôt sexy. L'avez-vous vue la semaine dernière, à la télévision ? Les cameramen avaient de la misère à faire la mise au point, surtout quand elle se caressait les seins et qu'elle faisait comme un piston avec ses fesses, genre...

— Fin de la réunion ! décrète Michel. Je fais ma ronde habituelle avec Francine ; Mélanie et Sébastien vont se promener ; Viateur tient le fort. Je viendrai te remplacer dans une heure... Ça va comme ça ?

Viateur regarde l'horloge : la réunion a duré vingt minutes. Il n'en revient pas : du temps où il était professeur, il aurait fallu au moins une journée pédagogique pour aborder autant de questions, et aucune n'aurait sans doute été réglée.

5

Tenir le fort

Tenir le fort, c'est rester au bureau du service de la sécurité, qu'on appelle aussi le QG, pour centraliser les informations. Le bureau est une pièce plutôt petite, sans fenêtres ni le moindre équipement électronique. Les employés de la sécurité communiquent entre eux par téléphone cellulaire, et tant pis si on ne comprend qu'un mot sur deux aussitôt que les piles faiblissent. Pour le reste, le local ressemble à un bureau de professeurs d'une école secondaire, en plus propre : des murs en blocs de ciment, une table, six chaises, un classeur, une trousse de premiers soins, un évier, un four à micro-ondes, une machine à café, et c'est tout. Partout ailleurs que dans un centre commercial, ce décor minimaliste serait désolant. Mais dans un monde où les magasins rivalisent de couleurs et changent leurs vitrines chaque semaine, cette austérité est apaisante.

Viateur aime bien tenir le fort, après la réunion du matin : comme les appels sont rares à cette heure-là, il lave les tasses, nettoie l'évier, feuillette le journal, complète un sudoku, fait les mots croisés et se paie même un mot mystère, si l'occasion se présente. Seul chez lui, il aurait l'impression de tourner en rond. Mais ici, les mêmes gestes prennent un autre sens : il est payé pour perdre son temps, et ça change tout. Mieux encore, il peut se persuader assez facilement que sa présence sur cette terre est vraiment importante, et elle l'est effectivement pour les autres membres de l'équipe. Si seulement il réussissait à s'habituer au fonctionnement du téléphone cellulaire, tout serait parfait. Avec Mélanie qui télécharge une nouvelle sonnerie chaque semaine, on ne sait plus si c'est un téléphone ou un jeu vidéo… Et pourquoi les boutons sont-ils si petits ? On dirait un jouet pour enfants.

— Salut, Prof ! Ici Sébastien… Tout va bien ?

— Très bien, oui. Pourquoi ce ton inquiet ?

— Parce que vous avez mis longtemps avant de répondre… Je me demandais si…

— Je pense que je ne m'habituerai jamais à ces cellulaires. Pourquoi sont-ils aussi minuscules ? Ça me prendrait des épingles à la place des doigts... Qu'est-ce que je peux faire pour toi, Sébastien ?

— On a essayé de forcer la serrure d'*Atlantide Électronique*, cette nuit. Rien d'urgent, mais parlez-en quand même à Michel. J'aimerais qu'il aille faire un tour après sa ronde.

— C'est noté.

— Parfait. Maintenant, écoutez bien : 34-12, 34-12. Code bleu, code bleu.

— … Tu as repéré une bande de jeunes et tu essaies de les impressionner, c'est ça ?

— Cinq sur cinq, Prof ! Code bleu… 34-12, 34-12…

— Très bien, je raccroche… Bonne journée, 34-12 !

Viateur note le message de Sébastien sur une feuille de papier quadrillé avant de détacher celle-ci de la tablette puis de la poser au centre de la table, pour que Michel ne puisse pas la manquer. Il regarde ensuite la tablette, puis le crayon, et une drôle d'idée lui traverse l'esprit. Il trace d'abord une ligne verticale pour séparer la page en deux et trace un signe *plus* du côté gauche et un signe *moins* du côté droit. Pourquoi a-t-il tracé le *plus* à gauche ? Sans doute parce que c'est par là qu'il voulait commencer, et peu importe si ce n'est pas de cette manière qu'on trace des plans cartésiens.

+	−
• Réunions courtes.	• Musique d'ambiance.
• Personnel sympathique.	• Téléphone cellulaire.
• Marcher vingt kilomètres par jour. Perdu trois kilos en deux semaines, malgré les multiples tentations. Excellent pour la régularité. Même l'humeur s'en ressent.	• C'est tout ? C'est tout. • On continue ? • On continue. D'ailleurs, y a-t-il d'autres options ?
• Chaque jour est différent. Michel avait raison. D'ailleurs, Michel a toujours raison.	
• J'aime bien que les jeunes m'appellent Prof, alors que je me sens comme un élève qui apprend chaque jour de la matière nouvelle.	

6

Tarentules

Le client a toujours raison, telle est la première loi du commerce. Il n'y a donc pas à revenir là-dessus. Le seul ennui, c'est que tous ceux qui fréquentent le centre commercial, vendeurs comme acheteurs, veulent consommer de la sécurité. Ce sont donc tous des clients, et ils ont tous raison en même temps. Un spécialiste de la sécurité doit en conséquence être expert en arbitrages, compromis et accommodements de toutes sortes.

Selon Michel, le meilleur moyen de résoudre les conflits est généralement de confronter les protagonistes, de leur résumer la situation tout en suggérant subtilement des pistes de solution, puis de les laisser faire leur bout de chemin en jouant la carte de l'exaspération soft, histoire de bien leur faire comprendre que les disputes sont une perte de temps totale. L'affaire *Animalerie contre Trisomiques*, telle que rapportée et commentée par Michel à Viateur et à Mélanie pour les instruire de ses méthodes, en fournit un bon exemple.

Du côté droit, madame Désormeaux, gérante de l'animalerie. Personnalité détestable, mais cliente tout de même et désirant de ce fait consommer de la sécurité. Elle a donc toujours raison même quand elle a tort, et c'est dommage.

Du côté gauche, Nathalie, sympathique accompagnatrice d'un groupe d'enfants trisomiques, qui a tout autant besoin de sécurité, pour elle comme pour ses protégés. Elle a toujours raison, elle aussi, cela va sans dire. Les trisomiques de Nathalie adorent les chats, les chiens, les oiseaux et les iguanes, comme tous les enfants, et ils sont particulièrement fascinés par les tarentules. Ils ont évidemment raison, eux aussi : les goûts ne se discutent pas, c'est un corollaire de la première loi du commerce, et nulle part n'est-il plus pertinent que dans un centre commercial. S'il n'en tenait qu'à eux, les enfants passeraient leurs journées à contempler ces araignées. Nathalie a beau essayer de leur proposer d'autres sorties, rien n'y fait : ils aiment bien le cinéma mais trouvent souvent les films trop longs, l'aquarium c'est cool mais le voyage en autobus est interminable, le planétarium bof ça ne bouge pas assez.

Des tarentules qui dévorent des insectes vivants, par contre, ça c'est du spectacle, et c'est encore meilleur accompagné d'un de ces cornets de crème glacée au tourbillon de chocolat et de caramel fondant qu'on vend juste en face. Nathalie entasse donc ses trisomiques dans sa fourgonnette trois fois par semaine pour les conduire au centre commercial, et tout le monde est content... Tout le monde, sauf madame Désormeaux.

Madame Désormeaux n'a rien contre les enfants trisomiques, comprenez-la bien, c'est juste qu'ils passent *des heures* devant l'aquarium des tarentules, ce qui empêche les autres clients d'admirer la marchandise. Il faut comprendre qu'elle gère un *commerce*, pas un zoo ni une œuvre de charité. Elle n'a rien contre les enfants trisomiques, elle tient à le répéter, mais ils restent plus longtemps que les autres, ils parlent fort, ils mettent souvent les doigts sur les vitres et, comme ils ont mangé de la crème glacée, ils en beurrent partout, et qui c'est qui doit nettoyer, vous pensez, alors il faudrait trouver une solution, vu qu'elle a son quota et qu'elle paie assez cher de loyer.

— Je vous ai bien entendu, madame Désormeaux, dit Michel. Qu'est-ce que vous en pensez, mademoiselle Nathalie ?

— Comprenez-moi bien, monsieur : je ne demande pas mieux que d'emmener les enfants ailleurs. Les araignées, moi... Ils vont sûrement finir par s'en fatiguer un jour ou l'autre, et le plus tôt sera le mieux. En attendant, si nous pouvions trouver un compromis...

— Excellente idée. À quel genre de compromis pensez-vous, mademoiselle Nathalie ?

— Si ce n'est qu'une affaire de lavage de vitres, je peux très bien m'en occuper. La prochaine fois, j'apporterai du Windex et des essuie-tout...

— Qu'est-ce que vous en pensez, madame Désormeaux ?

(C'est ici que Michel commence à jouer la carte de l'exaspération soft.)

— Ça ne règle pas mon problème : vos enfants n'achètent jamais rien !

— Quand vous mettez des chatons dans une cage à l'entrée du magasin, vous devez vous attendre à ce que des enfants viennent les voir, non ? réplique Nathalie sur un ton sec.

— Ce n'est pas la même chose : la plupart des enfants sont normaux, et ils viennent ici avec leurs parents...

— Voulez-vous insinuer que mes enfants ne sont pas normaux ?

— Ne me faites pas dire ce que je n'ai pas dit !

— Un enfant normal est un enfant qui achète, c'est ça ?

— Certains enfants n'achètent rien, c'est vrai, mais leurs parents vont peut-être finir par se laisser convaincre, un jour ou l'autre. Et puis les enfants normaux ne passent quand même pas *des heures* devant les aquariums... (Aussi bien l'avouer, il y a des jours où l'exaspération soft ne produit pas les effets escomptés. La meilleure solution est souvent de tenter une diversion.)

— Ce serait quand même dommage que cette histoire parvienne à l'oreille des journalistes, dit Michel sur le ton de celui qui réfléchit à voix haute.

— Quelle histoire ? Quels journalistes ? réplique aussitôt madame Désormeaux, tendue comme une corde de violon. Qu'est-ce que vous voulez dire ?

— Je me disais simplement qu'il y aura sans doute beaucoup de journalistes pour couvrir la performance d'Audrey, la semaine prochaine, et que ce serait vraiment dommage que leur attention soit distraite par cette histoire d'enfants trisomiques à qui on interdit de regarder des animaux... Ce ne serait pas très bon pour notre image... Tout finit par se savoir, madame Désormeaux, et les journalistes sont tellement fouineux... Est-ce qu'on ne pourrait pas trouver un compromis satisfaisant pour tout le monde ? Supposons que Nathalie vienne le matin, par exemple. Il n'y a jamais foule dans votre magasin, le matin...

Michel enlève ses lunettes, il les examine, puis il fait semblant de les nettoyer pour signifier que le reste ne le regarde pas. Madame Désormeaux et Nathalie finissent bientôt par s'entendre : les trisomiques viendront désormais tôt le matin, à l'ouverture du centre, et ils iront acheter de la crème glacée *après* leur visite. Affaire classée.

— J'aurais préféré pour ma part que madame Désormeaux serve de repas à la tarentule, conclut Michel, mais il vaut parfois mieux s'abstenir de dire le fond de sa pensée. Un bon médiateur doit d'abord apprendre à se taire au bon moment... Quoi qu'il en soit, c'était un bon compromis. La preuve, c'est qu'il dure encore. C'est tout ce qu'on demande à un compromis, non ?

— Je faisais pareil avec les élèves qui se battaient dans la cour de récréation, dit Viateur. Si on réussit à leur faire chercher des solutions par eux-mêmes, la partie est gagnée.

— Est-ce que je peux vous poser une question, patron ?

— Vas-y, Mélanie.

— Pourquoi est-ce que vous répétez toujours le prénom ou le nom de votre interlocuteur quand vous lui adressez la parole ? C'est systématique, chez vous.

— C'est un vieux truc de vendeur, Mélanie. Si je connais le prénom de mon client, il est plus qu'un client. Ça vaut aussi pour les interrogatoires : un voleur qu'on nomme n'est pas seulement un voleur, c'est un être humain...

— Est-ce que ça vaut aussi pour vos employés ?

— Qu'est-ce que tu veux dire, Mélanie ?

— Quand vous dites « Qu'est-ce que tu veux dire, Mélanie ? » ou « Viens-en au fait, Mélanie ! » en prenant un air exaspéré et en replaçant vos lunettes, ça signifie que je suis plus qu'une employée à vos yeux ?

— ... J'imagine que oui...

— Mélanie. Il aurait fallu répondre : « J'imagine que oui, *Mélanie.* »

— ... Je suis sûr que oui, Mélanie.

— Je vous ai un peu forcé la main, mais ça en valait la peine : je suis *vraiment* contente ! Yes !

7

Pudeurs

— J'ai besoin de quelqu'un pour aller chez *Rubens +*, dit Michel à la fin de la réunion matinale. Il paraît qu'elles ont des problèmes dans une cabine d'essayage. Rien d'urgent. Ça me p araît un travail tout indiqué pour toi, Sébastien...

— Pas question que je mette les pieds dans ce magasin-là ! Je tiens à ma vertu !

— ... Ta *vertu* ? Comment as-tu réussi à faire trois enfants sans perdre un peu de ta vertu, Sébastien ?

— Je n'ai pas parlé de *virginité*, patron, j'ai parlé de *vertu*. Vous ne devriez jamais envoyer un homme seul chez *Rubens +*. C'est un lieu de perdition.

— ... Tu ne penses pas que tu exagères ?

— Vous avez vu les deux nouvelles filles que madame Germain a engagées ? Chaque fois que je mets le pied dans leur magasin, elles manœuvrent pour m'entraîner dans un coin. Je me sens comme un quart arrière victime d'un blitz. Donnez le ballon à quelqu'un d'autre, pour une fois... Pourquoi n'envoyez-vous pas le Prof ? Peut-être qu'elles auront du respect pour l'autorité ?

— Bonne idée! Va donc faire un tour chez *Rubens +*, Viateur, et essaie de voir ce qui cloche dans leur cabine d'essayage.

— … Est-ce que je devrais me munir d'une ceinture de chasteté?

— Mais non, Sébastien exagère toujours. Les filles qui travaillent là assument leurs rondeurs, c'est tout. Le fait est qu'elles sont plutôt… entreprenantes, disons, mais personne ne va te violer, Viateur, n'aie pas peur.

— Elles ne veulent pas seulement *entreprendre*, patron. Elles veulent conclure!

— Pas besoin d'en rajouter, Sébastien, Viateur va finir par te croire…

— Je peux y aller, moi aussi, propose Mélanie. Je pourrai défendre le Prof si jamais on l'attaque : j'ai déjà fait du judo!

— J'aimerais voir ça : judo contre sumo…

— Ça suffit, Sébastien! réplique Michel. Bon, allez-y donc tous les deux, c'est une bonne idée. Tu assures l'intendance, Francine? De mon côté, je pense que je vais aller faire un tour chez *Presque rien*, au cas bien improbable où il s'y passerait quelque chose. La réunion est levée.

Il n'y a qu'une dizaine de magasins entre le QG et la boutique *Rubens +*, mais Viateur a le temps d'apprendre, en se rendant à la boutique de madame Germain, tout ce qu'il faut savoir sur les régimes, qui ne servent à rien puisqu'on reprend encore plus de poids après, c'est prouvé, les exercices c'est un peu mieux mais il faut en ramer un coup pour perdre un kilo, au fond ça revient toujours au métabolisme, la mère de Mélanie n'a jamais suivi de diète, même qu'elle reprend toujours du dessert et qu'elle utilise son auto pour aller acheter ses cigarettes au coin de la rue, ça n'empêche pas qu'elle est encore mince comme un fil, il faut dire qu'elle est musicienne, peut-être que les gènes sont liés, avez-vous remarqué que les musiciens sont rarement obèses et d'ailleurs la sœur de Mélanie, qui s'appelle Émilie et qui tient plutôt de son père, la preuve c'est qu'elle est tout aussi nulle en musique, eh bien sa sœur Émilie n'a qu'à regarder un morceau de fromage pour engraisser, elle regarderait une branche de céleri ce serait pareil, mais ce n'est qu'une façon de parler, évidemment, avez-vous déjà entendu parler des oméga-3, Prof ? Je viens tout juste de lire un article là-dessus, et il paraît que…

Viateur n'écoute Mélanie qu'à moitié en ne pouvant s'empêcher de penser à un texte qu'il a lu dans une revue scientifique à propos des papillons, dont le vol nous paraît souvent désordonné. Quand on sait que ces insectes sont aveugles, mais que leur odorat est en revanche très développé, on comprend que leurs manœuvres, loin d'être erratiques, sont très efficaces puisque les papillons explorent ainsi un maximum d'espace olfactif. Les humains n'agissent pas différemment quand ils cherchent d'où provient une odeur : plutôt que d'aller en ligne droite, comme ils le font habituellement quand ils aperçoivent quelque chose qu'ils désirent, ils hument vers la gauche, puis vers la droite, reviennent vers la gauche… Ça vaut aussi pour la pensée, apparemment, se dit Viateur : celle de Mélanie papillonne, ce qui permet à la jeune femme d'explorer le maximum d'espace… Viateur aime les bavards : ils se chargent de la conversation, et c'est parfait pour lui.

Il se sent tout de même un peu étourdi par le monologue de sa coéquipière quand il franchit les portes de *Rubens +, le centre de l'élégance pour les femmes qui aiment trop la vie,* mais il retrouve vite ses esprits lorsque deux jeunes femmes bien en chair s'approchent de lui et l'emportent dans un tourbillon de sourires, de parfums et de roucoulements. Jamais Viateur n'a autant eu l'impression d'être un objet de convoitise. Ce n'est pas désagréable du tout, bien au contraire, d'autant que ces demoiselles n'ont rien à voir avec les joueurs de football évoqués par Sébastien, et encore moins avec des lutteurs de sumo : ce sont de belles femmes rondes, qu'on pourrait facilement imaginer en déesses dans un paradis païen. Viateur en oublierait sa mission si la patronne de l'établissement ne venait à sa rescousse.

— Monsieur… ?

— Raymond. Viateur Raymond. Je travaille à la sécurité.

— Enchantée. Je suis Liette Germain, c'est moi qui vous ai appelé. Vous êtes nouveau ? Michel n'a pas pu venir ?

Un rien de suspicion dans cette voix, mêlé d'un zeste de déception. Liette Germain a une grande confiance en Michel, c'est certain. Tablons là-dessus, et tâchons d'avoir l'air professionnel…

— Je suis nouveau, vous avez raison, mais je connais Michel depuis *très* longtemps. Il y a quelque chose qui ne va pas dans votre cabine d'essayage ?

— Suivez-moi, je vais vous montrer ça.

La gérante est plutôt ronde, elle aussi, mais un peu moins que ses jeunes employées. Ses courbes n'en sont pas moins très harmonieuses au goût de Viateur, qui doit s'efforcer de penser à autre chose pour dissimuler son trouble.

Personne ne semble avoir remarqué la présence de Mélanie. Les deux employées se sont empressées de disparaître aussitôt que la gérante a pris la situation en main, et la gérante elle-même regarde à travers la jeune fille, comme si celle-ci n'existait pas. Si l'univers appartient aux femmes minces, il existe aussi, fort heureusement, des lieux où les rôles sont inversés.

Il y a quelque chose d'intéressant dans les yeux de ce Viateur, se dit pour sa part madame Germain. Quelque chose qui ressemble à un beau malheur. Ce cher Michel a toujours eu un don pour choisir ses employés...

— Nous y sommes. Je vais maintenant vous dire pourquoi je vous ai fait venir, monsieur Raymond. Hier soir, vers dix-sept heures trente, un homme s'est installé dans une de nos cabines d'essayage et il y est resté longtemps. Beaucoup trop longtemps. Presque jusqu'à la fermeture, en fait. Ça a attiré l'attention de mes employées, évidemment. Les hommes ne traînent pas dans mon magasin, d'habitude. Ils...

— Excusez-moi de vous interrompre, madame Germain, mais qu'est-ce qu'un homme allait faire dans une cabine d'essayage de vêtements féminins ?

— Ce que font les clients avec leurs vêtements ne nous regarde pas, monsieur. Une vente est une vente. Nous avons deux ou trois clients réguliers dans ce genre-là, et ils sont très discrets. Ils viennent le plus souvent magasiner le matin, quand il n'y a pas trop d'achalandage. Ce ne sont pas de grandes folles, si vous voulez tout savoir. Je vends des vêtements pour les vraies femmes, comme vous avez dû le remarquer. Pour les paillettes et les plumes d'autruches, il faut aller voir ailleurs... Bref, un homme est entré dans la cabine avec une robe qu'il voulait essayer pour son épouse, qui a supposément la même taille que lui – ils disent tous ça – et il est resté là un peu trop longtemps à mon goût. Ensuite, il est sorti de la cabine, il a payé la robe et il a disparu. Jusque-là, pas de problème. Mais une de mes employées est entrée dans la cabine un peu plus tard et elle a remarqué de la poussière sur le banc, un peu comme du bran de scie. Alors elle s'est dit que le client n'était peut-être pas un vrai travesti, qu'il avait peut-être installé une caméra dans la cabine pour envoyer des images sur Internet... Vous comprendrez qu'il ne faudrait surtout pas que ça nous arrive : c'est déjà assez difficile pour certaines de nos clientes de se déshabiller, s'il fallait en plus qu'elles se mettent à avoir peur de caméras cachées…

— C'était une poussière plutôt légère ? grisâtre ? comme du carton déchiqueté, disons ?

— On pourrait dire ça, oui…

— Vous permettez que je jette un coup d'œil ?

Viateur entre dans la cabine et regarde le plafond, qui est recouvert de tuiles acoustiques, comme tous les plafonds du centre commercial. Aucune de ces tuiles ne semble avoir été déplacée.

Mélanie vient bientôt le rejoindre et regarde attentivement le plafond, elle aussi.

— Il me semble que celle-là est bombée, Prof.

— Tu as peut-être raison, oui…

— Restez ici, je reviens tout de suite avec un escabeau. Je veux en avoir le cœur net.

Quelques instants plus tard, Mélanie est juchée sur un escabeau et entreprend de déplacer la tuile bombée.

— Elle est vraiment lourde. Il y a certainement quelque chose là-dessus… Je vais essayer de la glisser vers la droite. Ne restez pas là, ça pourrait tomber…

Elle exerce une poussée vigoureuse et, aussitôt, la tuile s'écarte et une pluie de manteaux de cuir tombe sur la tête de la jeune fille. Un, deux, trois, quatre manteaux, puis l'orage se calme et se transforme en une averse de poudre grise qui vient se déposer sur ses cheveux, s'infiltrer dans son nez et lui brûler les yeux, si bien qu'elle doit redescendre pour tousser et tenter de cracher toute cette poussière.

— Prenez ces kleenex, dit madame Germain. Je vais vous chercher de l'eau fraîche…

— Pas besoin, répond Mélanie, qui, les yeux encore rougis, remonte dans l'escabeau, se glisse dans le trou et disparaît complètement.

Elle ressort du trou quelques instants plus tard, couverte de poussière mais radieuse.

— C'est bien vrai, dit-elle. On peut passer d'un magasin à l'autre en passant par les trous qui ont été découpés dans les cloisons. Je pourrais passer par là pour aller chercher des livres à la librairie, ou un manteau de cuir chez Dimitri, ou n'importe quoi, en fait. Ça demande juste un peu de souplesse. Il vaut mieux de ne pas souffrir d'allergies, évidemment... Avez-vous encore des kleenex, madame Germain ? Merci...

— Pourquoi les voleurs ont-ils laissé les manteaux derrière eux ? demande Viateur. Ils auraient dû les emporter avec eux, non ?

— Peut-être qu'ils voulaient venir les chercher plus tard, dit madame Germain, qui garde les yeux rivés sur le plafond tout en tendant sa boîte de kleenex à Mélanie, qui n'en finit plus de se moucher. J'ai déjà été victime d'un vol semblable dans un magasin de Laval. Les voleurs avaient caché la marchandise dans une poubelle et ils ont attendu quelques jours avant de la récupérer.

— Le vol a eu lieu la semaine dernière, réplique Viateur. Ça n'a aucun sens d'attendre si longtemps. Et pourquoi avoir abandonné les manteaux ici précisément ?

— Peut-être que les voleurs ont filé avec d'autres manteaux et qu'ils ont oublié ceux-là derrière eux, répond Mélanie. Peut-être qu'ils n'ont pas pu retourner dans le plafond à cause de leurs allergies. Peut-être que les complices se sont disputés entre eux. Peut-être qu'un des voleurs a voulu rouler l'autre en lui dissimulant le nombre exact de manteaux volés. Peut-être qu'un des voleurs est mort et qu'on va retrouver son cadavre coincé plus loin dans le plafond. Peut-être que...

Un éternuement irrépressible interrompt les suppositions de Mélanie, ce qui permet à madame Germain d'émettre une hypothèse encore plus surprenante :

— Peut-être qu'ils ont fait comme les écureuils, qui cachent des noix n'importe où et qui ne les retrouvent jamais.

— Je savais qu'il y avait des écureuils volants, dit Viateur, mais c'est la première fois que j'entends parler d'écureuils voleurs... Je me demande ce que Michel va penser de tout ça.

— Je peux vous le dire tout de suite, Prof! réplique aussitôt Mélanie avant de modifier sa voix pour imiter son patron. «Notre travail est de produire de la sécurité, pas d'arrêter les voleurs...» Ça me chicote, moi, cette histoire-là, poursuit-elle de sa voix normale. Pas vous?

Ce qui me chicote, moi, pense madame Germain, *c'est que Mélanie appelle monsieur Raymond « Prof ». Il aurait été professeur avant de venir travailler ici? Un vrai professeur? Drôle de parcours professionnel... Il faut que j'en apprenne plus à son sujet.*

8

Déjà-vu

— Quel âge as-tu, mon petit bonhomme ?

— Onze ans, monsieur, dit le garçon en essuyant une larme.

— Tu n'as pas d'école, aujourd'hui ?

Le garçon ne dit rien, ou alors quelque chose d'à peine audible qui s'adresse à ses souliers et qui finit par «gique», ce qui produit un déclic dans la tête de Viateur. Michel nous avait prévenus, ce matin : c'est une journée pédagogique, et comme certains parents ont la géniale idée de transformer le centre commercial en garderie géante, ces jours-là...

Revenons à notre petit bonhomme qui a été pris en flagrant délit de vol à l'étalage par la gérante de la librairie. Viateur est allé le cueillir et l'a ramené au bureau pour lui faire un brin de morale. Il n'est évidemment pas question de le livrer à la police : les voleurs de cet âge-là, on se contente de leur faire un petit sermon, puis on les laisse aller, en leur laissant toutefois entendre qu'à la moindre récidive...

Onze ans... L'âge où les garçons jouent encore avec de petites autos et s'échangent des cartes de hockey pendant que les filles enlèvent les kleenex de leur soutien-gorge pour faire de la place à leurs vrais seins. L'âge où les garçons traînent dans les magasins de jeux vidéo ou dans les animaleries pendant que les filles vont chez *Cindy's* acheter du maquillage fluo, des bijoux pour décorer leur nombril ou alors des stylos garnis de plumes avec lesquels elles écriront des numéros de téléphone dans la paume de leur main...

Le petit bonhomme a piqué une de ces bandes dessinées japonaises bourrées d'onomatopées que Viateur n'a jamais réussi à comprendre. Il n'a même jamais réussi à déterminer s'il fallait lire les cases de gauche à droite ou de droite à gauche, ou alors en commençant par la fin.

— Tu aimes ça, ce genre de livre?

Pas de réponse. Le petit bonhomme regarde encore ses souliers, mais ses épaules sont secouées de spasmes, et on devine que son menton est agité de tremblements.

— À ton âge, je lisais des *Tintin*. Tu connais *Tintin*?

Le garçon fait oui de la tête. *Très bien,* se dit Viateur. *S'il commence à penser que la communication est moins terrifiante que le silence, on va peut-être bâtir quelque chose...*

— Tu voulais ce livre-là, mais tu n'avais pas de quoi le payer, c'est ça?

— Je voulais le payer, monsieur, c'est juste que...

La suite de la phrase se perd dans un gros sanglot.

— Tu voulais le payer, d'accord. Tu l'as mis dans ton sac à dos, tu t'es dirigé vers la caisse, tu as soudainement oublié que tu avais le livre, alors tu t'es mis à courir...

Deux grosses larmes tombent sur le sol, une troisième atterrit sur le soulier du garçon. *Tu n'es pas obligé de serrer l'étau, Viateur, ce n'est qu'un enfant qui a piqué un livre. Bon Dieu, donne-lui une chance!*

— C'est la première fois que tu fais ça?

— Oui, monsieur.

Je t'ai un peu aidé, mais c'est quand même une bonne réponse. Nous sommes sur la bonne voie.

— Je pourrais appeler la police, dit Viateur en regardant le téléphone.

Deux autres gouttes tombent sur le sol, et l'enfant renifle comme s'il venait d'attraper le rhume du siècle. Que tant de mucus soit produit en si peu de temps par une si petite tête, cela tient du miracle. *Pauvre petit bonhomme, il a déjà été assez humilié par les larmes, on ne va pas le laisser se noyer dedans…*

— Tiens, prends ce kleenex… Je pourrais appeler la police, mais je ne le ferai pas. Tu n'es quand même pas un criminel, tu as juste… emprunté un livre, c'est tout. On se comprend bien ?

Le garçon hoche la tête, tout va bien. *Toujours garder la communication, quelle qu'elle soit.*

— Je pourrais appeler tes parents pour qu'ils viennent te chercher. Crois-tu qu'ils sont à la maison ?

Viateur approche sa main du téléphone, juste pour observer la réaction de l'enfant : le garçon fait la tortue, la tête rentrée dans les épaules, et tout son corps est agité de spasmes… *Pauvre petit bonhomme, qui craint ses parents encore plus que la police. Ça suffit, Viateur, ça suffit.*

— Si tu me dis que c'est la première fois, je te crois. Je n'appellerai pas la police, je ne téléphonerai pas à tes parents, je ne prendrai pas ta photo et je ne te demanderai même pas ton nom. Je ferai comme s'il ne s'était rien passé, d'accord ? Disons que c'était un mauvais rêve. Mais si jamais je te revois…

— Je recommencerai pas, monsieur, c'est promis !

— Je te crois… C'est bon, tu peux partir.

L'enfant part en courant, un peu plus il s'envolerait, et Viateur s'envolerait avec lui s'il ne se sentait pas si vieux.

— Pourquoi n'as-tu rien dit? demande-t-il ensuite à Francine, qui a observé toute la scène en silence.

— Je voulais voir comment tu te débrouillerais.

— ... Et alors?

— Tu as bien fait de passer l'éponge. Espérons qu'il a eu sa leçon.

— Tu crois? Je me suis dit que...

— Tu n'as pas besoin de te justifier, Viateur. Tu as bien fait. Peut-être que le garçon se souviendra toute sa vie que tu lui as donné une chance, comme Jean Valjean s'est souvenu de l'évêque qui lui avait donné les candélabres.

— C'était une belle histoire, ça! Dommage qu'on en ait fait une comédie musicale... Il faut que je te dise quelque chose, Francine. Ça va peut-être te sembler étrange...

— Quoi donc?

— Pendant un quart de seconde, j'ai eu l'impression que c'était moi qui avais été pris en faute. C'est lui qui pleurait, mais ses larmes coulaient sur mes joues. Je lui donnais l'absolution, mais c'est moi qui me sentais libéré. Comprends-tu ce que je veux dire?

— Je comprends très bien, Viateur, très bien. Et je comprends de mieux en mieux pourquoi Michel t'a offert de travailler ici. Bienvenue parmi nous, Viateur.

9

Sénat

Il y a des jours où il ne se passe rien, mais *vraiment* rien, pas même un petit gars qui a piqué une manga, une acheteuse qui s'est foulé la cheville ou une ampoule électrique qui a éclaté dans une vitrine. Alors on se promène, on fait connaissance avec les marchands, on regarde distraitement les tout-petits qui se balancent sur les manèges ou qui réclament des boules de gomme géantes, les mères fatiguées qui enfilent de la monnaie dans les fentes des machines, les adolescentes qui s'empilent dans le photomaton pour battre un record Guinness, à moins que ce ne soit simplement un prétexte pour se sentir plus proches les unes des autres, ou même pour s'exciter un peu, mine de rien – sans doute y a-t-il un peu des trois –, les maris exaspérés qui n'en peuvent plus d'attendre leur épouse, les couples d'amoureux fusionnels qui veulent être *toujours* ensemble, même pour acheter des filtres à café, les concierges qui mettent beaucoup d'efforts à travailler le plus lentement possible, les employées du rayon des cosmétiques, poudrées comme des geishas, qui se font bronzer sous les néons, les trisomiques de Nathalie qui se bourrent de crème glacée après leur visite matinale à l'animalerie, un étalagiste qui place un mannequin sans tête sur une pile de bidons d'huile à moteur pour vendre des chaussures – c'est tellement postmoderne, tellement tendance, où est-ce que je vais chercher tout ça, ce n'est pas une simple vitrine, attention, c'est une *installation* –, et enfin ces grappes de petits vieux qui tètent leur café sur la *terrasse*, si du moins on peut appeler ainsi ces quelques centaines de tables et de chaises conçues pour être inconfortables, regroupées dans un enclos délimité par des plantes de plastique, et cernées par des comptoirs offrant du *fast food* japonais, libanais, grec, chinois, thaïlandais ou italien, sans oublier le *PFK*, le *Subway* et le *McDo*.

À l'heure du midi, on a du mal à trouver une place libre dans cet enclos, mais à dix heures du matin, il n'y a personne d'autre que des vieillards qui délimitent leur territoire, comme le feraient des élèves dans une cafétéria de polyvalente.

Viateur aime bien observer ces vieillards, mine de rien. Il y a d'abord celui que Michel appelle le Caporal, un militaire à la retraite qui n'a jamais renoncé à jouer au mâle dominant. C'est lui qui parle le plus fort, qui choisit les sujets de conversation et qui a un avis arrêté sur chacun d'eux. Il sait par exemple de source sûre que tous les athlètes professionnels ne sont maintenant motivés que par l'argent, que les syndicats étaient autrefois des agents de progrès mais qu'ils sont devenus rétrogrades, que les jeunes ne savent plus écrire, bref que tout était *meilleur avant*. Il serait sans doute difficile de trouver lieux plus communs que ceux-là, mais ce qui distingue notre Caporal du premier radoteur venu, c'est qu'il peut vous dire en quelle année *exactement* ces changements irrémédiables ont eu lieu. Tout était meilleur avant, bien sûr, mais avant *quoi*, au juste? *That is the question,* et vous pouvez toujours compter sur lui pour y répondre.

Le Caporal est toujours entouré de sa cour de disciples, exclusivement masculins, qui hochent la tête à chacun de ses énoncés, ce qui ne signifie pas pour autant qu'ils les approuvent : il y a tellement longtemps qu'ils entendent ces litanies qu'ils les connaissent par cœur, et la plupart sont de toute façon à moitié sourds. Mais ils opinent quand même du chef, ça fait partie du rituel. Peut-être veulent-ils confirmer ainsi qu'ils connaissent leur rang dans la hiérarchie, ou alors qu'ils existent, tout simplement, qu'ils sont encore vivants et qu'ils ont même des opinions.

Lorsqu'il sent que son public se lasse de ses fines analyses historiques, le Caporal aborde LE sujet qui fera bientôt l'unanimité : Avez-vous vu Maria, la nouvelle vendeuse latino chez *Espace Jeans*? Quand elle se penche, on lui aperçoit le string, allez jeter un coup d'œil par vous-mêmes si vous ne me croyez pas, je vous garantis que ça vaut le détour...

Certains, émoustillés, partent alors en expédition, tandis que les plus vieux gardent leur place en attendant qu'ils reviennent faire leur rapport.

L'un d'eux est si vieux que Viateur s'étonne chaque jour qu'il soit encore là. Jamais il n'avait vu autant de rides et de plis sur un seul visage, sans parler des taches de son, des touffes de poils, des lunettes aux montures de corne et aux verres épais comme des loupes, et enfin des deux appareils qui semblent fichés en permanence dans ses oreilles. La tête est digne de figurer dans un manuel de médecine, au chapitre portant sur les méfaits de l'âge, et le reste du corps est à l'avenant : le vieil homme se déplace à un rythme de tortue, une tortue incroyablement voûtée, qui prend appui sur d'étranges cannes de longueur inégale. Il se déplace à grand-peine, mais il est pourtant là chaque matin que le bon Dieu amène, fidèle au poste, et hochant la tête avec ravissement chaque fois que le Caporal profère un nouveau lieu commun. Il passera toute sa journée au centre commercial et ne rentrera chez lui qu'à la fermeture des magasins, quand le véhicule adapté viendra enfin le chercher.

Habite-t-il seul? Est-il marié? Vit-il avec ses enfants? Ceux-ci l'ont-ils placé en résidence? Personne ne le sait, et cela importe peu : le centre commercial est devenu sa maison, son foyer, son village, il est ici parmi les siens, avec ces autres vieillards qui viennent y marcher, l'hiver, parce qu'ici, au moins, ils ne risquent pas de glisser sur un trottoir gelé et de se fracturer une hanche ; ici, les vendeurs sont obligés de les écouter, ou du moins de faire semblant, ça leur fait toujours quelqu'un à qui parler ; et même s'ils ne trouvaient personne, il y aurait toujours de jolies vendeuses avec des jeans à taille basse et des décolletés plongeants qu'on peut regarder tant qu'on veut, et pourquoi se gênerait-on vu que c'est Dieu lui-même qui les a faites comme ça, ce qui est d'ailleurs une preuve de Sa grande bonté. Ces jeunes filles doivent quand même vouloir qu'on les admire un peu, sinon elles ne dépenseraient pas des fortunes pour mettre leurs formes en valeur, non ?

Aux Galeries de la Rive-Sud, c'est toujours l'été, il y a des magasins à perte de vue, tout plein de jeunes filles à admirer, c'est moins cher que la Floride, et il fait moins froid que dans les églises, qui sont d'ailleurs toujours fermées. Pourquoi les vieillards n'en profiteraient-ils pas ?

Les vieillards sont les piliers du centre, comme le répète souvent Michel. Ils voient tout, ils entendent tout et ils ne demandent pas mieux que de se rendre utiles : peut-on rêver d'une meilleure équipe d'informateurs ? Quelqu'un qui aurait eu de la poussière sur ses vêtements, vous dites, et peut-être un manteau de cuir sur les bras ? Ça ne me dit rien, non, mais avez-vous vu la nouvelle petite vendeuse chez *Espace Jeans*?

Viateur doit admettre que le Caporal possède en ces matières un coup d'œil certain et une expertise indéniable. On ne saurait imaginer meilleur pusher d'images gratuites.

Je vais aller faire un tour par là, histoire de vérifier si ça vaut le détour, se dit Viateur. D'autant plus que je serai obligé de passer devant *Rubens +* et que madame Germain aura peut-être le temps d'aller prendre un café, sait-on jamais...

Il y a des jours où il ne se passe rien, et c'est très bien.

10

Philo 101

— La seule chose qui soit certaine, monsieur Raymond, conclut madame Germain en avalant la dernière gorgée de son café, c'est que personne n'achète de vêtements parce qu'il en a vraiment besoin. Des vêtements, on en a plein nos garde-robes et on ne sait pas quoi en faire. Si on en achète encore et encore, c'est parce qu'*on a envie d'en avoir besoin*, et si on a envie d'en avoir besoin, c'est souvent parce qu'on a un grand vide à combler, alors on va au plus facile...

— Je me souviens d'un de mes profs de philo, au cégep, qui répétait toujours que dans l'expression *société de consommation*, les trois dernières syllabes étaient de trop.

— *Consommation, piège à cons...* On vient de la même époque, vous et moi... Mais avez-vous remarqué que personne ne revendiquait jamais de baisse de salaire, ce qui aurait pourtant permis d'être moins cons ? On condamne toujours la consommation des autres, jamais la sienne... Me permettez-vous de vous raconter une histoire, monsieur Raymond ?

— ... Allez-y, je vous en prie.

— Une de mes employées était championne de natation quand elle était jeune. Sa spécialité, c'était le cent mètres papillon. Première au Québec, troisième au Canada, médaillée de bronze aux Jeux du Commonwealth, elle aurait pu se classer pour les Olympiques. Un jour, elle s'étire un muscle, la guérison tarde à venir, elle se blesse de nouveau… Les entraîneurs, les subventions, les amies, les rêves de médailles, tout s'écroule. Elle a seize ans, et le monde entier l'abandonne. Elle se tape une dépression, qu'elle essaie de surmonter en ingurgitant des tonnes de calories pour combler le vide. Aujourd'hui, elle travaille chez *Rubens +*. C'est une de mes meilleures vendeuses, mais elle se considère encore comme une perdante.

— … C'est un peu triste, non ?

— Je n'ai jamais dit que c'était une histoire drôle. Mais attendez, je n'ai pas fini. J'ai une autre employée qui est son exact opposé. À dix-huit ans, elle était déjà ronde, mais ça ne l'empêchait pas d'aimer la vie, de sortir avec de beaux jeunes hommes, d'avoir du plaisir et d'en donner. La seule chose qui la frustrait, c'était de ne pas pouvoir s'habiller à son goût. À l'époque, les femmes fortes s'habillaient en noir, comme des veuves italiennes, ou alors avec des tissus imprimés à motifs de grosses fleurs, à la mode américaine. Sinon, il n'y avait pour elles que les robes indiennes dont le tissu décolorait au premier lavage, ou alors les vêtements pour hommes. Encore fallait-il avoir envie de se déguiser en hippie ou en camionneur… Un jour, elle en a eu assez. Elle a suivi des cours d'administration, et comblé le vide en fondant son propre commerce. Elle se considère comme une gagnante.

— Je vois… La morale de vos deux histoires, c'est que tout se résume à une question d'attitude ?

— En fait, il n'y a pas deux histoires, mais une seule. J'ai déjà été championne de natation, j'ai dû arrêter la compétition à seize ans et je me suis payé une solide dépression qui a duré deux ans. La perdante, c'est moi. La gagnante aussi : quand j'ai enfin réussi à remonter la côte, je me suis lancée dans le commerce et j'ai gravi tous les échelons jusqu'à devenir propriétaire de mon magasin. Je me suis peut-être exprimée un peu maladroitement, mais je voulais vous faire le meilleur résumé possible de ce que je suis.

— ... Pourquoi avez-vous dit que la gagnante et la perdante étaient vos *employées*?

— Parce qu'elles sont encore là, toutes les deux. Elles se réveillent ensemble, chaque matin. Moi, je suis la gérante qui essaie d'arbitrer leurs conflits comme elle peut... Je n'ai jamais compris pourquoi les catholiques considéraient la Sainte Trinité comme un mystère. Tous, nous avons deux ou trois personnes en nous, et parfois même beaucoup plus, non? Pourquoi Dieu serait-il différent?

— ... Peut-être qu'il est un peu schizo. Ça expliquerait bien des choses...

— À votre tour, maintenant. Vous étiez professeur?

— ... Comment le savez-vous?

— Mélanie vous a appelé *Prof*...

— J'aurais dû y penser... J'enseignais les maths au secondaire, oui...

— Et comment avez-vous atterri ici?

— C'est une longue histoire, mais j'ai bien peur qu'on manque de temps : la pause est presque finie...

— Vous avez raison. Ça passe vite...

— On peut remettre ça, si vous voulez...

— Je ne demande pas mieux. Au fait, vous n'étiez pas supposé me donner des nouvelles de nos écureuils?

— ... Nos *écureuils*?

— Ceux qui stockent des manteaux dans le plafond de mon magasin...

— Ah oui, c'est vrai! On ne sait toujours pas qui a fait le coup et encore moins la raison pour laquelle ils ont abandonné leur butin derrière eux. Il semble que toute la marchandise était là, entreposée dans votre plafond. Il ne manque rien, ils n'ont rien emporté... Plutôt absurde, non ?

— J'avoue que je ne comprends pas.

— Moi non plus. Mélanie a reçu des félicitations des policiers : c'est grâce à sa perspicacité qu'on a retrouvé les manteaux. Si elle n'avait pas vu qu'une des tuiles était bombée...

— C'est une gentille fille, Mélanie... Un peu frêle à mon goût, mais...

— Ça va finir par lui passer : elle est encore jeune... Une équipe technique est venue chercher des empreintes, mais ça n'a rien donné. D'après l'inspecteur, il suffit d'attendre que les voleurs récidivent. Aussitôt qu'ils ont trouvé un truc qui fonctionne, ils recommencent. Ce qui les perd, c'est le manque d'imagination.

— Ça ne manque pas seulement aux cambrioleurs, si vous voulez mon avis. Bon, il faut vraiment y aller, monsieur Raymond, mes filles vont s'inquiéter... Préférez-vous que je vous appelle *Prof*, comme Mélanie ?

— Laissez ça aux jeunes. Pourquoi pas Viateur ?

— Moi, c'est Liette. Je n'ai jamais aimé mon prénom. Je trouve que ça fait... Ça fait trop jeune, trop mince. On dirait une petite liane...

— Je n'ai jamais aimé mon prénom, moi non plus. On imagine tout de suite un frère enseignant, avec une vieille soutane... Je vous raccompagne jusqu'à votre magasin ?

— Pourquoi ce vouvoiement ? On pourrait aussi se tutoyer, tant qu'à faire...

— Si vous voulez... Je veux dire : si tu veux.

— ... Me trouves-tu trop vite en affaires ?

— Pas du tout, non. Vraiment pas... On se retrouve demain, même heure, même poste? Je passe te prendre à ton magasin, si tu veux.

— Ça va faire jaser les filles, j'aime autant te prévenir.

— Ce serait plutôt flatteur pour moi... Et puis elles vont jaser de toute façon, non?

— Tu es plutôt rapide en affaires, toi aussi, Viateur.

11

Le jour d'Audrey

Il y a des jours où il ne se produit rien de rien, et des jours où tout arrive en même temps. Il semble que la vie ne sache pas faire autrement, dans les centres commerciaux comme ailleurs. Mais, de mémoire de Michel, qui y a passé la moitié de sa vie, il n'y a sans doute jamais eu de jour plus fou que le jour d'Audrey.

Le ton a été donné dès l'ouverture du centre, le samedi matin, quand les deux étalagistes-vedettes en sont venus aux coups. L'affaire couvait depuis longtemps, et Michel n'avait jamais réussi à la désamorcer. L'un des deux étalagistes, qui se faisait appeler Serge, se vantait d'avoir étudié à Londres et à Paris, et d'avoir fait un stage chez Bloomingdale. Personne n'a jamais su à quelles écoles européennes il avait étudié, au juste, et il est fort probable que son expérience new-yorkaise se soit résumée à quelques heures passées devant la vitrine du célèbre magasin, mais il en avait sûrement tiré des leçons. Il réussissait en effet à étonner les clients semaine après semaine dans un domaine où on croit pourtant avoir tout vu. Il pouvait mettre une robe en valeur en la faisant sortir d'un tuyau d'aspirateur, évoquer le Londres de Jack l'Éventreur pour vendre des lunettes, ou répandre des tonnes de *Froot Loops* pour présenter la nouvelle collection de bottes de pluie. S'il jouait parfois la carte du dénuement total, il vous étonnait la semaine suivante avec un tourbillon de neige mauve poussé par une puissante soufflerie. On ne voyait pas toujours le lien avec la marchandise, mais ça avait de la gueule, tout le monde en convenait, y compris Viateur et Michel, qui n'avaient jamais mis les pieds dans une galerie d'art moderne, préférant nettement regarder le football à la télévision.

L'autre étalagiste se faisait appeler Pierre – ces gens-là ne semblent avoir que des prénoms, comme les coiffeurs, et c'est leur faire insulte que de leur demander leur nom de famille – et il était le grand rival de Serge. La rumeur voulait que Pierre ait été l'assistant de Serge, autrefois, mais qu'il n'ait jamais réussi à devenir son associé. Il en avait conçu quelque rancœur et décidé de lancer sa propre entreprise en empiétant sur les plates-bandes de l'autre. Le conflit personnel s'était ensuite transformé en controverse esthétique, avec toutes les implications habituelles : plagiats, jalousie, sabotage, guerre de prix, vol de clients...

Serge créait toujours ses vitrines le mercredi après-midi, et Pierre le jeudi matin. Ils ne se croisaient donc jamais, sauf ce samedi matin-là, où ils étaient tous les deux venus par hasard espionner les vitrines de l'autre. Ils s'étaient trouvés en même temps devant la vitrine de *Big Ben*, le magasin de vêtements pour hommes mûrs et bien nantis. Or, la vitrine de *Big Ben*, réalisée par Pierre, ressemblait étrangement à celle que Serge avait créée quelques mois plus tôt pour *F. X. Hilton*, un magasin de sacs à main pour dames. Selon les témoignages recueillis plus tard par Michel, c'est Serge qui aurait sauté à la gorge de Pierre sans le moindre avertissement, mais l'autre aurait répliqué avec une rare sauvagerie.

Un commerçant témoin de la scène avait aussitôt contacté le service de sécurité, et Sébastien s'était précipité sur les lieux. Il avait essayé de séparer les protagonistes, mais l'un d'eux avait réussi à le mordre à l'avant-bras – une véritable morsure de bête féroce, qui avait fait perler quelques gouttes de sang et que Sébastien avait ressentie jusqu'à l'os. Incapable de supporter la vue du sang, Pierre s'était alors évanoui, ce qui avait instantanément mis fin au combat. Serge était aussitôt allé chercher de l'eau fraîche pour réveiller Pierre, sans se soucier le moins du monde de Sébastien, qui était tout bonnement retourné au quartier général avec l'idée de panser lui-même sa plaie.

— Pas question, a dit Michel quand il l'a vu arriver. Je veux que tu ailles à l'hôpital.

— Vous n'y pensez pas, le jour d'Audrey...

— Audrey n'a pas besoin de nous, Sébastien. Tu t'en vas tout de suite à l'urgence, ce n'est pas négociable. Et ça n'en restera pas là, je t'en passe un papier : les étalagistes ont beau être des artistes, ça ne leur donne pas le droit de mordre un de mes hommes. Vas-y avec lui, Francine : je préfère qu'il ne conduise pas...

Francine et Sébastien venaient à peine de quitter le centre qu'un fou furieux entreprenait de s'attaquer systématiquement à toutes les autos du stationnement nord, fracassant les vitres à grands coups de pied-de-biche. Il mettait parfois la main sur quelques CD, d'autres fois sur une poignée de petite monnaie destinée aux parcomètres, souvent sur rien du tout, mais il continuait quand même à briser les vitres les unes après les autres, sans se soucier du concert de sirènes d'alarme qu'il avait déclenché.

Aussitôt prévenu, Jean-Guy, qui se trouvait à ce moment-là dans le stationnement sud, a utilisé son téléphone cellulaire pour prévenir les policiers, puis il a traversé le centre

commercial au pas de course pour rejoindre le stationnement nord. Jean-Guy ne voulait pas tenter de maîtriser
physiquement le voleur – ce qui aurait été suicidaire –, mais
il espérait s'en approcher suffisamment pour pouvoir lui
parler et essayer de le raisonner en attendant l'arrivée des
vrais policiers. Du moment qu'une automobile se trouvait
entre lui et le forcené, croyait-il, il ne courait aucun danger.

Mais plutôt que de s'enfuir, le jeune homme s'est lancé
à la poursuite de Jean-Guy, qui a malheureusement glissé
sur le sol glacé. L'autre l'a rejoint et l'a frappé de toutes ses
forces avec son pied-de-biche. Il aurait sans doute continué
longtemps si une policière, qui venait d'arriver, n'avait pas
réussi à le maîtriser en lui tirant une balle dans la cuisse.

— Je n'avais pas le choix, dira-t-elle par la suite. Le
forcené frappait et frappait encore, il aurait pu le tuer, j'ai
essayé de lui parler mais il n'entendait rien de ce qu'on lui
disait, en plus il y avait tous ces systèmes d'alarme qui fonc-
tionnaient en même temps, je lui criais d'arrêter mais il
continuait de frapper, le gars venait de sortir d'une cure de
désintox et il avait besoin de sa dose, il avait les yeux fous,
j'avais peur qu'il fracasse le crâne du responsable du stationnement, alors je lui ai tiré une balle dans la cuisse, et il a fini
par lâcher son arme…

L'agente était une jeune femme d'à peine vingt-deux
ans, fraîche émoulue de l'école de police. En plus des félicitations de ses supérieurs, elle a eu droit à trois jours de
congé pour se remettre de ses émotions et à l'assistance d'un
psychologue spécialisé dans ce genre de traumatisme.

Aurait-on offert ces avantages à Jean-Guy qu'il n'en
aurait pas voulu.

— Je suis tellement chanceux de ne pas avoir été blessé
aux jambes ! a-t-il dit à Michel quand celui-ci est allé le voir
à l'hôpital, ce soir-là. Aussitôt qu'ils m'auront opéré, je

pourrai reprendre le travail. C'est bientôt Noël, tous mes stationnements vont être pleins, c'est la pire période de l'année. Mirabeau me remplacera en attendant, je l'ai déjà contacté, pas besoin de vous en faire avec les stationnements, patron, ils seront surveillés, vous pouvez dormir tranquille. Avez-vous vu Audrey? Est-ce que c'est vrai qu'elle est plus petite qu'elle a l'air à la télévision? Je m'en veux tellement d'avoir manqué ça!

— Elle est plus petite qu'elle n'en a l'air, c'est vrai, mais je peux t'assurer qu'elle chante fort... Commence par te rétablir avant de nous revenir, mon vieux. Personne ne va te voler ton stationnement, n'aie pas peur.

Revenons maintenant à cette matinée de fous: à dix heures trente, Audrey n'est pas encore arrivée, mais des hordes de jeunes descendent des autobus réservés pour l'occasion et s'emparent des meilleures places, tout juste derrière Nathalie et ses trisomiques, déjà installés aux premiers rangs; des grappes de jeunes filles courent dans tous les sens, excitées par quelque rumeur voulant que leur vedette entre par la porte numéro deux plutôt que par la porte quatre, à moins qu'elle n'arrive par le toit, comme le père Noël... Chaque nouvelle rumeur est accueillie par un concert de cris, bientôt suivis de courses folles d'une extrémité à l'autre du centre.

Mélanie et Viateur en ont plein les bras à tenter de calmer ces jeunes filles, qui risquent à tout moment de bousculer des personnes âgées.

À dix heures quarante-cinq, Michel reçoit un appel de Francine, qui lui apprend que Sébastien devra rester à l'hôpital pour attendre les résultats des tests. Comme rien ne l'oblige à rester avec lui toute la journée, elle compte rentrer immédiatement au centre commercial: avec un peu de chance, elle arrivera à temps pour le spectacle d'Audrey.

Deux minutes plus tard, Michel contacte Viateur pour lui faire part d'un cas étrange.

— Qu'est-ce qui se passe? demande Mélanie quand Viateur éteint son cellulaire. J'espère qu'il n'est rien arrivé à Audrey, on va avoir une émeute…

— Ce n'est pas ça, non, répond Viateur. C'est difficile à croire, mais il paraît qu'on a volé une toile à *La Galerie du cadre*. Michel veut que j'aille voir de quoi il retourne.

— On a au moins un premier indice concernant le voleur, dit Mélanie. Son goût est très sûr… et très mauvais. Allez-y, Prof. Je m'occupe de calmer les jeunes…

Quand la poussière sera retombée sur cette journée de fous, c'est de ce vol que l'équipe de sécurité parlera le plus longtemps : le voleur est entré dans le magasin en plein jour, il a décroché le tableau et il est reparti avec celui-ci sans que personne remarque quoi que ce soit, ni dans le magasin ni dans le reste du centre commercial. Le tableau, une croûte qui faisait presque deux mètres de large sur un mètre de haut, représentait une petite bohémienne aux yeux immenses tenant dans ses bras un chiot aux yeux non moins démesurés. Personne n'a jamais retrouvé le tableau, et le voleur court toujours.

— J'essaie encore d'imaginer le gars qui essaierait de refiler ça à un prêteur sur gages, dira Michel en réprimant à grand-peine un sourire. Je me demande combien il pourrait en obtenir.

— Peut-être que c'était pour faire une blague, répliquera Sébastien. Imaginez quelqu'un qui invite des amis pour pendre la crémaillère et qui reçoit *ça*…

— Je parie plutôt pour une plaisanterie d'étudiants, rétorquera Viateur. Des étudiants des Beaux-Arts, qui feraient un *party* kitsch…

— Et si le vol avait été commis par un esthète ? proposera Francine. Il aurait emporté l'œuvre chez lui et il y aurait mis le feu. Si Serge et Pierre ne s'étaient pas battus ce matin-là, mes soupçons auraient pu se porter sur eux.

— Moi, je vote pour un collectionneur arabe ou japonais, ripostera Mélanie. Un homme super-riche et super-fou, genre, qui aurait mis sur pied un réseau international de voleurs pour lui fournir des paysages d'hiver et des femmes nues sur fond de velours noir… J'avais une tante qui faisait ce genre de toiles. Tout le monde riait d'elle dans la famille, n'empêche qu'elle passait ses hivers en Floride.

Mais revenons encore une fois au jour d'Audrey, tandis que Michel fait mine d'enlever ses lunettes : il est maintenant onze heures pile, Audrey est enfin sur la scène et elle interprète avec conviction l'une de ces chansons qu'on appelle des *power ballads* et qui semblent destinées à tester la résistance des haut-parleurs.

Viateur, qui vient de quitter *La Galerie du cadre* et qui se dirige vers la scène, aurait envie de se boucher les oreilles, mais il se console en se disant qu'Audrey n'a accepté d'interpréter que deux chansons. Restons zen, et souvenons-nous que les Beatles n'étaient pas si extraordinaires, eux non plus, à leurs débuts, quand ils chantaient *A Taste of Honey…* Et puis Audrey n'a-t-elle pas droit à sa période de gloire, elle aussi ? Espérons seulement qu'elle ne dépassera pas les quinze minutes réglementaires, et qu'on pourra vite passer à autre chose…

À la deuxième chanson, Viateur est déjà plus bienveillant : Audrey déborde d'énergie, ce qui est un point en sa faveur. Quelques décibels en moins, et ses chansons seraient même écoutables.

Si Viateur ne sait plus trop quoi penser de la chanteuse, il n'a aucun mal à déterminer que l'organisation qui l'entoure est d'une efficacité renversante. Les quatre musiciens ne se contentent pas de faire semblant de jouer, et ils sont assistés par des ingénieurs du son qui pourraient aisément se recycler dans le dynamitage d'édifices : les vitrines des magasins vibrent dangereusement, mais résistent cependant à cet assaut. Le service d'ordre est encore plus impressionnant : Viateur dénombre au moins trois Rambos en imperméable, portant lunettes noires et écouteurs fichés dans les oreilles, qui communiquent constamment entre eux en prenant des allures de conspirateurs. Le fan qui voudrait s'approcher du nombril de la star pour vérifier s'il est encore humide n'a qu'à bien se tenir.

Viateur se tient à l'écart, essayant de repérer les pédophiles, comme le lui a recommandé Michel, mais il semble n'y avoir que des jeunes filles de douze ans dans l'assistance, parfois accompagnées de leur mère ou de leur grand-mère.

Audrey descend maintenant de l'estrade et s'installe derrière une table pour signer des autographes. Les jeunes filles, les mères et les grands-mères font sagement la file, et les Rambos sont encore une fois d'une efficacité exemplaire : les admiratrices qui ont des disques à faire signer passent en premier, et celles qui n'ont que des carnets d'autographes sont reléguées au deuxième rang.

À midi pile, l'équipe d'Audrey lève le camp comme prévu, et son tour de chant express n'apparaîtra, *a posteriori*, que comme un intermède un peu tapageur dans cette journée de fous.

À midi seize, Michel reçoit un appel d'un magasin de vêtements pour femmes qui a été entièrement dévalisé pendant le spectacle d'Audrey. Quand on dit *entièrement*, on veut vraiment dire *entièrement* : les voleurs sont entrés à douze dans le magasin, ils ont tout raflé, puis ils ont filé à la vitesse de l'éclair avant que la vendeuse ait eu le temps de penser à téléphoner au service de sécurité. Elle est encore bouche bée quand Michel arrive pour lui expliquer qu'elle a été victime d'une bande d'Asiatiques spécialisée dans ce genre de pillage minute, et qu'il n'y a rien à faire pour s'en protéger.

— Tiens, c'est vrai, ils étaient asiatiques, dit la vendeuse. Ça s'est passé tellement vite que je ne l'avais même pas remarqué.

— À l'heure qu'il est, ils ont mis toute la marchandise dans une fourgonnette et ils ont déjà quitté le stationnement. Si Jean-Guy avait été là, on aurait pu l'alerter, mais... Voulez-vous que j'appelle la police?

Michel compose le numéro du poste de police à midi vingt-sept, comme il ne manquera pas de le vérifier plus tard sur son relevé, soit au moment exact où Francine réussit à photographier l'homme aux tempes grises, qui vient tout juste de faire une autre victime.

Francine pensait justement au fraudeur en revenant de l'hôpital : si j'étais ce genre de beau parleur, se disait-elle, je profiterais sûrement de la visite d'Audrey pour tenter d'emberlificoter une jeune caissière inexpérimentée. Le hasard a voulu qu'un homme pénètre en même temps qu'elle dans le centre et qu'il lui tienne même la porte avec une galanterie un peu appuyée. Un homme aux tempes grises, bien habillé, le genre d'homme cent pour cent artificiel qui pourrait jouer les avocats dans les *soaps* américains ou les pères dans les catalogues des grands magasins, et qui ne serait crédible dans aucun de ces rôles. Elle l'a suivi discrètement pendant près d'une heure, elle a assisté de loin à son truc de prestidigitation et elle a immortalisé sa binette au moment où il quittait le magasin.

— C'était comme un safari-photo, dit-elle un peu plus tard. Je l'ai eu, je sais que c'est lui, je l'ai vu dans ses yeux au moment où je l'ai photographié avec mon cellulaire, il me regardait comme un animal pris au piège, il est resté figé pendant deux secondes, ensuite il a filé par la première sortie. Le pire, c'est que la jeune fille ne s'était même pas aperçue qu'elle avait été victime d'une fraude : j'ai dû lui faire recompter trois fois le contenu de sa caisse pour qu'elle admette qu'il manquait cinquante dollars. « Il était si gentil, il me disait que j'étais plus belle qu'Audrey… » Elle venait de se faire escroquer, et c'est tout juste si elle ne se trouvait pas chanceuse d'avoir rencontré un homme aussi charmant… En tout cas, il ne reviendra pas ici, c'est certain : il sait qu'on l'a repéré.

— Tu devrais développer le film au plus vite et apporter la photo à Patrick, dit Michel. Peut-être qu'il va réussir à faire des recoupements…

— Tu es vraiment vieux jeu, Michel : je t'ai dit que je l'avais photographié avec mon *cellulaire*. Je vais envoyer la photo au poste de police par Internet, c'est tout. Pas besoin de la faire *développer*…

— Attends une minute avant de l'envoyer, j'ai justement un appel… C'est Mélanie… Du vandalisme chez *Atlantide*? J'arrive… Peux-tu tenir le fort, Francine? Ça me paraît sérieux, cette affaire-là…

— Parfait! J'en profiterai pour envoyer la photo…

Atlantide Électronique est à l'autre bout du centre, si bien que Viateur et Michel sont essoufflés quand ils arrivent devant un mur complètement couvert de téléviseurs, tous allumés au même poste, qui montrent vingt-quatre golfeurs réussissant l'exploit incroyable de faire le même coup roulé en parfaite synchronie. Il est cependant impossible de voir les vingt-quatre balles tomber en même temps dans les vingt-quatre trous, puisqu'une dizaine d'écrans, situés à la hauteur de leurs yeux, sont barbouillés de grands *A* rouges qui dégoulinent jusque sur la tablette.

— De la peinture en aérosol, résume Mélanie à l'intention de Viateur et de Michel. Le vandale a fait ça pendant le spectacle d'Audrey. Personne ne l'a vu. Il a travaillé au pochoir : tous les *A* sont pareils, regardez. Il n'y a que les coulisses pour les différencier.

— Pourquoi des *A*? demande Viateur.

— Peut-être que c'est une sorte de tag, risque Michel. Ça ne veut rien dire, des tags. C'est comme des signatures d'artistes, sauf que ce sont des artistes qui ne veulent pas qu'on les reconnaisse...

— Ma théorie, c'est que le vandale était un anarchiste, reprend Mélanie. Et s'il a travaillé au pochoir, il y a des chances qu'il ait encore du rouge sur les doigts ou sur les manches. On pourrait donc le retrouver, si on se grouillait un peu.

— Il doit avoir mis les voiles depuis longtemps, ton anarchiste...

— Pas nécessairement, patron. Peut-être qu'il travaille ici... Me donnez-vous la permission d'aller faire un tour à la librairie? J'ai ma petite idée là-dessus...

— Tu soupçonnes encore notre libraire à barbiche, Mélanie?

— Attendez un peu, dit Viateur en s'approchant d'un des téléviseurs. Il n'y a pas seulement des *A*. Regardez ça, on dirait un petit *R* dans un cercle... Ça ressemble au symbole d'une marque déposée...

— Il y a bien un *R*, tu as raison, Viateur, dit Michel. Il y en a même un à côté de chacun des *A*. Je pense qu'on peut oublier les anarchistes, Mélanie... Et si c'était une sorte de publicité débile pour une nouvelle marque de jeans? Ils aiment bien jouer la carte rebelle, surtout quand il s'agit de vendre des pantalons à deux cents dollars...

— C'est un *A* pour *Anarchie*, réplique Mélanie. Vous pouvez dire ce que vous voulez, je n'en démords pas. Ça prend des anarchistes pour s'attaquer à des téléviseurs. Me donnez-vous oui ou non la permission d'aller enquêter à la librairie, patron ?

— Pourquoi pas ? On n'a rien à perdre... En attendant, il faut que j'appelle Patrick. C'est encore une affaire pour la vraie police. Il va commencer à me trouver fatigant, celui-là...

Mélanie file en direction de la librairie, tandis que Michel téléphone à la Sûreté du Québec avant de contacter le QG, au cas où il y aurait eu une nouvelle attaque de folie ailleurs dans le centre. Francine rassure son chef : aucun appel depuis trente minutes, je me suis même demandé si le téléphone était défectueux...

— Et si on en profitait pour casser la croûte ? propose Viateur. Je commence à avoir faim, moi...

Quelques instants plus tard, assis à une table du *Café Équateur*, les deux hommes engouffrent un sandwich à toute vitesse, persuadés qu'ils n'auront pas le temps de le terminer. Ils sirotent ensuite un café, abasourdis d'être si longtemps désœuvrés, tandis que les clients défilent autour d'eux sans jamais venir leur demander de renseignements. Cette tranquillité est tellement étrange que Michel passe son temps à vérifier son cellulaire : l'aurait-il éteint par mégarde ?

— Il ne sonnera pas, dit Viateur d'un ton assuré.

— ... Comment le sais-tu ? demande Michel.

— Un téléphone ne sonne jamais quand on le regarde. C'est une loi scientifique. Tous les ados savent ça...

Mélanie arrive au moment où les deux hommes, encore étonnés de cette accalmie, songent à retourner au QG.

— Et alors ? demande Michel.

— Mon anarchiste préféré était là, mais il n'a pas quitté sa librairie de la journée, la gérante me l'a confirmé, et il n'y a pas de traces rouges sur ses manches. Fausse piste. Je peux prendre un sandwich avec vous ? Je n'ai rien mangé depuis ce matin…

— Bien sûr, dit Michel. On va te faire une place, Mélanie.

Mélanie va se chercher un sandwich et revient s'asseoir avec les deux hommes, qui la regardent manger sans rien dire, s'attendant à tout moment à ce qu'elle prenne en charge la conversation. Mais le temps passe, et Mélanie ne dit toujours rien. Elle mastique lentement, les yeux dans le vague, comme si elle était assise sur une banquette d'autobus pour se rendre au travail, un lundi matin…

Il ne se passe rien d'autre pendant le reste du repas, et rien de plus pendant le reste de l'après-midi. Les clients se contentent d'acheter, les gérants de calculer des pourcentages, et les maris de s'ennuyer pendant que leur épouse compare les prix des chaussures.

Il ne se passe rien non plus jusqu'à la fermeture, une fois que le centre commercial s'est vidé tranquillement de ses derniers clients. La musique s'arrête, les stores métalliques se referment, la fontaine crache son dernier jet d'eau, et le silence tombe enfin sur les Galeries de la Rive-Sud, cet étrange silence qui n'est accessible qu'à ceux qui travaillent au centre commercial – un silence de bibliothèque, un silence de cathédrale, qui les récompense de leur journée. C'est chaque jour pareil, et c'est pourtant chaque fois aussi surprenant.

Quelques instants plus tard, il n'y aura plus dans tout le centre que les deux agents de sécurité de l'équipe de nuit, les employés de l'entretien ménager et cette vieille femme solitaire assise sur un banc, comme un fantôme qui se serait trompé de lieu et d'époque : nous ne sommes pas dans un château écossais, madame, mais dans un centre commercial, et les fantômes ne sont malheureusement pas admis...

Attends une minute, Viateur, qu'est-ce qu'elle fait là, cette vieille femme ?

Plutôt petite, le cheveu rare et blanc, elle se tient la tête droite, mais son corps est bizarrement tordu, comme si ses vertèbres avaient décidé de se souder n'importe comment. Elle doit avoir au moins quatre-vingts ans, peut-être même quatre-vingt-dix. Elle regarde à droite et à gauche sans jamais arrêter son attention sur quoi que ce soit, et elle ne réagit pas quand Viateur s'approche d'elle.

— Le centre est fermé, madame... Madame ?

Un sourire figé sur les lèvres, la femme ne le regarde même pas.

— ... Avez-vous besoin d'aide ?

Toujours rien.

Bien qu'elle ne paraisse pas entendre les questions, elle ne semble pas souffrir d'un problème de surdité, étant donné qu'elle ne porte pas d'appareil auditif. Viateur passe la main devant ses yeux, mais la vieille dame ne réagit toujours pas. Elle regarde droit devant elle, la tête agitée de légers tremblements, et continue de sourire à quelque interlocuteur invisible avec lequel elle aurait une conversation silencieuse : elle fronce parfois les sourcils, comme si elle essayait de saisir une question, puis elle hoche la tête et paraît soudainement plus détendue. On dirait qu'elle réagit à une voix intérieure qui lui tient des propos parfois étonnants, d'autres fois rassurants.

— Madame ?... Est-ce que vous m'entendez, madame ?

Rien à faire. Continuant à sourire à ce quelqu'un qu'elle est la seule à voir, elle ne manifeste pas la moindre intention de quitter le centre commercial.

Elle n'a pas de sac à main, ni aucun signe qui permettrait de l'identifier : un manteau ouvert sur un tailleur sobre, un foulard de soie, une blouse blanche, une broche représentant un chat (à quel âge commence-t-on à porter ce genre de broche?), une chaîne en or, une montre au poignet gauche, une alliance... Elle tient sa main gauche serrée sur son poignet droit, comme si elle voulait cacher quelque chose... On dirait un bracelet de plastique, comme on en porte dans les hôpitaux...

Viateur voudrait bien lui délier les doigts, mais il hésite à toucher à la vieille dame.

— Tout va bien, Viateur?

Michel et Francine viennent d'arriver derrière lui, à son grand soulagement : ils ont sans doute l'expérience de ce genre de situation, ils sauront mieux que lui comment réagir.

— J'essaie d'établir le contact, mais je n'y arrive pas...

— *Can I do something for you, Miss?* demande Michel.

Toujours pas de réaction.

— Laissez-moi voir votre bras, demande Francine en s'assoyant doucement à côté de la femme. N'ayez pas peur, je veux seulement voir votre bracelet, vous pouvez desserrer les doigts, comme ça, voilà... *Marguerite Légaré, Foyer Jouvence...* Nous allons téléphoner chez vous, madame Légaré, et quelqu'un viendra bientôt vous chercher... En attendant, nous restons avec vous, vous n'avez rien à craindre... Elle est jolie, cette broche. Vous aimez les chats?

Francine lui parle de ses chats, du temps qu'il fait, de la fontaine, de n'importe quoi. Des paroles qui ne veulent pas dire grand-chose, mais qui produisent un bourdonnement rassurant.

Michel, pendant ce temps-là, s'est éloigné de quelques pas pour téléphoner au Foyer Jouvence.

— C'est bien ce que je pensais, dit-il en revenant près du groupe. Elle est venue en minibus avec les pensionnaires de son foyer, et ils l'ont oubliée là.

— Ils l'ont *oubliée*? Comment peut-on oublier une personne de son âge? demande Viateur.

— Il paraît qu'elle n'était pas autorisée à sortir, mais qu'elle a réussi à déjouer tout le monde et à se glisser dans le minibus, ni vu ni connu... Ça me paraît difficile à croire, si vous voulez mon avis... Je soupçonne plutôt les responsables d'avoir fait une bête erreur de calcul, au moment du retour dans l'autobus. Le spectacle d'Audrey a dû troubler les accompagnateurs, et...

— Le spectacle d'Audrey? Tu veux dire que...

— Qu'elle a passé la journée ici, oui. Elle a dû errer d'un banc à l'autre tout ce temps-là, et, comme elle semble inoffensive, personne ne l'a remarquée... Ce sont des choses qui arrivent, Viateur. Tous ceux dont on ne veut pas finissent par se retrouver ici : les iguanes, les enfants, les vieillards... Le pire, c'est que personne du Foyer Jouvence ne peut venir la chercher : le chauffeur du minibus est parti, aucun employé ne peut se libérer, et le budget de taxi du centre est épuisé pour ce mois-ci... J'irai la reconduire avec Francine, nous avons l'habitude. Je vais chercher mon auto pendant que vous me l'amenez à la porte numéro cinq, ça va?

— Pas de problème.

Viateur et Francine attendent quelques minutes, puis ils prennent la vieille dame par le bras, chacun de son côté, et l'invitent à se lever. Marguerite Légaré ne résiste pas et se laisse guider lentement jusqu'à la porte numéro cinq en marchant à pas de souris. Ils doivent s'arrêter fréquemment pour lui permettre de se reposer, ce qui donne amplement le temps à Michel d'aller chercher son automobile. Cette femme-là, qui a du mal à avancer, aurait réussi à déjouer tous les employés d'un centre d'accueil et à monter dans un minibus sans que personne s'en aperçoive? À d'autres!

Francine boutonne le manteau de la vieille dame tandis que Viateur tient ouverte la porte numéro cinq. Michel conduit ensuite madame Légaré à sa grosse voiture américaine, chaude et accueillante.

— Merci, monsieur, dit la vieille dame en se tournant vers Viateur tout juste avant de laisser la portière se refermer sur elle. Vous avez été très gentil. Merci mille fois.

Tout le monde reste étonné. Sursaut de conscience ou pur réflexe? S'adressait-elle vraiment à Viateur ou à quelque voix intérieure? Et pourquoi avoir choisi Viateur? Pourquoi agir comme si les deux autres n'avaient rien fait?

La Chrysler s'éloigne, emportant Michel, Francine et la vieille dame, et Viateur contemple un moment l'immense stationnement sud, presque désert, avant de se diriger enfin vers son automobile, qui ne lui a jamais semblé aussi petite, là, toute seule sous la lumière jaune d'un réverbère, comme un enfant abandonné au milieu de l'univers.

12

Avent

— L'ordre du jour n'est pas trop chargé, dit Michel le lundi matin en faisant cliqueter son stylo. On devrait s'en tirer en moins de quinze minutes. Commençons tout de suite par le bulletin de santé. Jean-Guy vient de me téléphoner. Il a trois côtes cassées et l'humérus fendu dans le sens de la longueur. Pour les côtes, il n'y a rien d'autre à faire que d'attendre, mais pour le bras, c'est plus grave. Il faudra sans doute qu'on lui visse une plaque de métal...

— Combien de temps va-t-il rester à l'hôpital ? demande Francine.

— Je ne sais pas trop. Quelques jours, probablement. Sa femme va prendre soin de lui pendant sa convalescence. Pauvre Jean-Guy : il se désespère pour *ses* stationnements, comme il dit…

— On pourrait lui envoyer des fleurs, suggère Francine. Ce serait gentil.

— Bonne idée. Peux-tu t'en occuper, s'il te plaît ?

— Pas de problème.

— Jean-Guy sera donc absent pendant quelque temps. Notre ami Mirabeau est déjà à l'œuvre pour le remplacer.

Tu ne l'as pas encore rencontré, Viateur, mais tu le reconnaîtras facilement s'il vient prendre son café au bureau. Il s'appelle Mirabeau Toussaint. Il est Haïtien...

— Merci de la précision : je ne l'aurais pas deviné...

— J'ai toujours su que tu étais perspicace. Imagine l'ex-président Aristide dans un manteau d'hiver deux fois trop grand pour lui...

— Je dirais plutôt le professeur Tournesol en version noire, précise Mélanie.

— Il n'a vraiment pas le physique de l'emploi, reprend Michel, mais il est très efficace. Si jamais il t'offre du café, Viateur, refuse-le : c'est de la dynamite. Je ne te conseille pas non plus d'entreprendre un débat philosophique avec lui. Contente-toi de parler de la pluie et du beau temps, ça vaut mieux. Deuxième point à l'ordre du jour : les congés. Sébastien a décidé de prendre le sien demain plutôt que vendredi...

— Ma plus vieille fait une otite, explique Sébastien. La deuxième a les oreillons, et ma femme se tape une gastro. Imaginez un peu ce que ce sera quand elles vont commencer à se prêter leurs microbes... Je pense qu'elles vont avoir besoin de moi...

— Mélanie a bien voulu échanger son congé avec Sébastien, l'affaire est donc réglée. Autre sujet : Francine est convoquée au poste de police vendredi matin pour une séance d'identification. On a arrêté l'homme aux tempes grises dans un centre commercial de Laval grâce à la photo que Francine a fournie à la police, et Patrick suit l'affaire. Il s'agit d'un certain Gendron, et il était déjà fiché comme un monsieur Pompier.

— ... Monsieur Pompier ?

— Le genre de gars qui se prétend pompier, ou policier, ou curé, peu importe, et qui vend aux commerçants de faux espaces publicitaires dans de faux journaux de fausses associations, qui émet de faux reçus pour l'impôt, mais qui se fait payer avec de vrais chèques qu'il s'empresse de falsifier en ajoutant quelques zéros... Fraudes, impostures, manipulations en tout genre...

Michel fait circuler la photo, que tout le monde observe attentivement : un visage aux traits nets, des yeux rieurs décorés de jolis faisceaux de rides, juste ce qu'il faut de gris sur les tempes, des dents éclatantes... Un séducteur-né, qui a le réflexe de sourire même quand il se fait arrêter par la police. Il a beau se tenir devant une échelle graduée avec un numéro d'identification sur le torse, ce qui suffit habituellement à métamorphoser n'importe quel innocent en bandit, on lui donnerait quand même le bon Dieu sans confession.

— Toujours se méfier de ses préjugés favorables, conclut Michel. Autre chose : nous avons eu un acte de vandalisme dans la nuit de samedi à dimanche. Quelqu'un s'est attaqué à l'enseigne du *McDo*. Je ne parle pas de la grosse enseigne extérieure, mais de celle qui se trouve sur le mur de brique, à côté du comptoir. Il paraît qu'on l'a fait fondre avec un chalumeau...

— Les anarchistes ! s'exclame Mélanie. Je mettrais ma main au feu que c'est encore eux !

— ... Peut-on savoir pourquoi ?

— *Come on*, patron ! Tous les manifestants du monde font une fixation sur *McDo*, une vraie monomanie ! Pour eux, c'est le symbole parfait de tout ce qu'ils n'aiment pas : *McDo* est contre les syndicats, *McDo* déforeste l'Amazonie, *McDo* contribue à l'épidémie d'obésité, *McDo* pollue la planète, *McDo* lave les cerveaux des enfants, *McDo* répand la culture américaine partout sur la terre... *McDo*, c'est le Mal par excellence, genre. Chaque fois qu'il y a une manifestation quelque part, on s'attaque aux *McDo*, mais jamais aux *Burger King* ni aux *Subway*, je ne sais pas si vous avez remarqué, il y a pourtant bien plus de *Subway* que de *McDo*, mais le symbole n'est pas aussi fort, il faut dire aussi qu'il n'y a pas de frites chez *Subway*, alors c'est moins pire pour le cholestérol. Moi, si j'étais anarchiste, j'attaquerais les *PFK* : leur poulet frit est tellement gras !

— … Je n'aime pas tellement le poulet frit, moi non plus, répond Michel, mais là n'est pas la question, Mélanie. Ce n'est pas parce que *McDonald* est la cible préférée des groupes antimondialisation qu'on peut conclure que notre *McDo* à nous a nécessairement été attaqué par des anarchistes. Ça peut tout aussi bien être le fait d'un employé frustré, ou d'un concurrent, ou d'un fou…

— Un instant, patron, un instant ! rétorque aussitôt Mélanie. D'abord, ce n'est pas *notre McDo*. Je n'ai jamais mis les pieds là depuis que je travaille ici, je tiens à le signaler. Je le tolère parce qu'il était ici avant moi, un point c'est tout. Je vous fais remarquer deuxièmement qu'on ne parle plus de groupes antimondialisation, mais plutôt de mouvement altermondialiste. Il y a plein de nuances importantes, mais je ne veux pas vous donner un cours de politique, ça nous retarderait et puis ça ne nous regarde pas. Ce qui nous regarde, par contre, c'est que c'est la troisième fois en moins d'un mois que nous sommes victimes de vandalisme politique. Il serait peut-être temps qu'on réagisse.

— … La troisième fois ?

— La peinture sur les téléviseurs, ça ne donne rien à personne, nous sommes d'accord ? C'est donc un geste politique.

— … Tu as une drôle de conception de la politique, mais admettons que tu aies raison. Et quel serait le troisième événement ?

— Les manteaux de Dimitri.

— J'ai peur de ne pas te suivre, Mélanie. Qu'est-ce que les manteaux de cuir viennent faire dans cette histoire ?

— Pensez-y un peu, patron : le voleur se casse la tête pour voler des manteaux, mais il les laisse dans le plafond. En connaissez-vous beaucoup, vous, des voleurs à but non lucratif ? Si on se dit que c'est un geste politique, ça prend tout son sens : si je voulais dénoncer la société de consommation, moi, c'est comme ça que je m'y prendrais. J'avais un professeur de philo, au cégep, qui nous répétait tout le temps qu'il y avait trois syllabes de trop dans l'expression *société de consommation*. Il me perdait dans la brume aussitôt qu'il essayait de s'expliquer, mais rien n'empêche que la meilleure façon de s'attaquer à la société de consommation, c'est de détruire les marchandises, non ?

— À quel cégep allais-tu, Mélanie ? demande Viateur.

— Ahuntsic. Pourquoi ?

— J'y suis allé, moi aussi, mais il y a très longtemps… Ce serait difficile à croire, vu notre écart d'âge, mais ton professeur s'appelait-il Massicotte, par hasard ? André Massicotte ?

— … Vous le connaissez ?

— J'ai suivi son cours, moi aussi ! C'est incroyable, non ?

— Désolé d'interrompre vos retrouvailles, mais il me semble qu'on s'éloigne encore du sujet, reprend Michel. Ton raisonnement m'apparaît un peu tiré par les cheveux, Mélanie : si le but des voleurs avait été de dénoncer la société de consommation, comme tu dis, ils auraient revendiqué leur geste, non ?

— Peut-être qu'ils n'ont pas eu le temps. Peut-être que monsieur Dimitri n'a pas tout dit. Peut-être aussi que ce sont des anarchistes un peu simples d'esprit. Ce n'est pas nécessairement incompatible. Et avant que vous enleviez vos lunettes en me répétant que ce n'est pas notre travail de faire des enquêtes policières et que notre métier à nous c'est de produire de la sécurité, je veux simplement vous dire que c'était juste une hypothèse, patron. Vous n'êtes pas obligé de la partager. Tout ce que je vous demande, c'est d'y penser.

— ... Message enregistré. Merci, Mélanie. J'ai maintenant une mauvaise nouvelle. Je vous rappelle que le père Noël arrive samedi prochain par hélicoptère...

— ... Ça nous laisse cinq jours de répit, glisse Francine.

— Pas exactement, car voici ma mauvaise nouvelle : l'Association des marchands a décidé de commencer la diffusion de la musique de Noël dès demain. On annonce de la neige, ce qui fait automatiquement augmenter les ventes d'au moins dix pour cent. Avec de la musique de Noël en plus, c'est un autre dix pour cent en prime. Je suis désolé de ne pas avoir pu vous prévenir plus tôt...

Michel pousse un long soupir, Francine prend un air de chien battu, et Sébastien semble vieillir de vingt ans.

— ... Est-ce vraiment si pénible ? demande Viateur.

— C'est pire que pénible, Prof, répond Sébastien, c'est... je ne sais pas quoi dire, il n'y a pas de mot pour ça... Ça va être mon neuvième Noël, et ça va faire neuf Noël de trop. Avez-vous déjà écouté *Le petit renne au nez rouge* deux cents fois de suite ? Même John Lennon, je ne suis plus capable. *I wish you a merry Christmas...*

— Et *Petit papa Noël* ? poursuit Francine. Et *Mon beau sapin* en version disco ?

— On finit par ne plus les entendre, poursuit Michel, mais c'est encore pire : ça s'enregistre dans notre cerveau, et on se surprend à les chanter quand on revient à la maison. J'avais un excellent employé qui a démissionné à cause de ça. Il entendait *Jingle Bells* en musique de fond dans ses rêves érotiques, et ça lui causait des problèmes érectiles.

— Je ne savais pas que les hommes avaient une trame musicale dans leurs rêves érotiques, remarque Mélanie. C'est plutôt rassurant.

— *Rassurant?* demande Francine en fronçant les sourcils.

— Je les pensais plus primaires... Vous n'exagérez pas un peu votre problème avec la musique? Il suffit de se mettre les oreilles à *off*... Je faisais ça souvent, à l'école.

— J'allais le dire, intervient Viateur. Mes élèves étaient champions pour se mettre hors circuit. Aussitôt que j'ouvrais la bouche, ils devenaient sourds. Je vous jure qu'ils n'entendaient rien, même pas dans leur inconscient.

— Tu as de la chance d'être jeune, Mélanie, poursuit Michel. Quand j'ai commencé à travailler ici, il y avait chaque semaine des démonstrations d'orgues électroniques. Si j'avais été un anarchiste, moi, c'est à ça que je me serais attaqué. Une touche piégée, une bombe bien placée, et bang!

— Vous voyez bien que mon hypothèse n'est pas si bête, glisse Mélanie.

— Il y avait une scène dans ce genre-là dans un roman d'Ed McBain, intervient Sébastien. Le gars a viré fou après avoir entendu trop de cantiques et il est devenu *sniper*.

— C'était dans les chroniques du 87e District, j'imagine? demande Mélanie.

— Il me semble, oui. Je ne savais pas que tu aimais McBain...

— J'adore ses dialogues. Même traduits, ils ont du punch. As-tu lu le dernier Mary Higgins Clark?

— C'est bon pour les filles, ça! Aussitôt qu'elle se met à décrire les vêtements de son héroïne, je décroche. Veux-tu bien me dire à quoi ça sert de savoir que l'avocate porte des chaussures en suède brossé de chez *Cartier*?

— Bon, je pense qu'on peut lever la réunion, coupe Michel. Je propose que Mélanie et Sébastien aillent perdre leur temps chez *Presque rien*, ça leur donnera l'occasion de peaufiner leurs critiques littéraires. Tu viens faire une ronde avec moi, Francine? Pendant ce temps-là, Viateur fera des mots croisés. Ça te va, Viateur?

Perdre son temps chez *Presque rien*, se promener, remplir des grilles de mots croisés… Il y a des jours, comme ça, où on n'a vraiment pas l'impression de travailler, se dit Viateur. Il y en a même de plus en plus souvent, et c'est sans doute le meilleur signe qu'on a trouvé sa place.

13

Salon de thé

— ... Ça n'avait absolument rien à voir avec les élèves ni avec l'enseignement, Liette. Rien de rien. Imagine un homme et une femme, mariés depuis vingt ans. Il n'y a pas de conflit majeur entre eux, juste de l'ennui ordinaire, cette sorte d'ennui qui donne à l'homme l'envie d'aller voir s'il ne s'ennuierait pas un peu moins ailleurs. Il rencontre une femme qui a envie d'aller voir ailleurs, elle aussi, ils se démarient tous les deux pour aller vivre ensemble, mais voilà qu'un an plus tard cette femme s'aperçoit qu'elle a peut-être fait une erreur. Elle retourne avec son ex, laissant son nouveau conjoint le bec à l'eau... Notre homme pédale dans le vide pendant un an, comme ces personnages de dessins animés qui continuent de marcher au-dessus du Grand Canyon jusqu'à ce qu'ils *s'aperçoivent* qu'ils défient les lois de la physique.

— Je connais ça : on finit toujours par tomber, un jour ou l'autre. Et aussitôt qu'on s'imagine avoir touché le fond, on reçoit un rocher sur la tête...

— Sans oublier l'enclume ACME qui arrive un peu plus tard.

— Mais on finit toujours par s'en sortir, comme les personnages de dessins animés.

— Exact. J'avais vécu deux ruptures consécutives, la première dont j'étais l'auteur, la seconde dont j'étais la victime. Je me sentais à la fois coupable et abandonné, ce qui n'est pas une position très confortable. Puisque j'étais le seul responsable de ce qui m'était arrivé, je ne pouvais m'en prendre qu'à moi-même, ce que j'ai fait en me tapant une dépression. Certains réagissent en dormant vingt-quatre heures par jour, d'autres adoptent des comportements suicidaires. Moi, j'ai pleuré. Trente, quarante, cinquante fois par jour : je pleurais en sortant du lit, je pleurais en me brossant les dents, en préparant mes rôties… J'ai lu quelque part que les glandes lacrymales ne peuvent pas produire de larmes pendant plus de trois minutes. Impossible d'aller au-delà, même avec un entraînement de pleureuse sicilienne. Au bout d'un certain temps, on finit par regarder sa montre en attendant que ça passe. Ensuite, on part pour l'école, on pleure encore un coup pendant que l'auto est immobilisée à un feu rouge, on se paie une autre séance de larmes dans les toilettes, puis on entre en classe en espérant que le surplus d'adrénaline compensera le déficit de sérotonine. Ça marche pendant un moment, mais, à l'instant où on s'y attend le moins, ça repart pour une autre crise de trois minutes… Un plombier peut sans doute se débrouiller sans que ça paraisse trop. Mais un professeur qui pleure devant sa classe, c'est zéro. Je me sentais comme le coyote, au fond du canyon : qu'est-ce qui va encore me tomber sur la tête ?

— Tu as cherché de l'aide ?

— Mon médecin m'a prescrit des antidépresseurs, un psychologue m'a expliqué le fonctionnement de la pompe à larmes – c'est comme une longue mèche qui plonge dans le passé, si j'ai bien compris –, et, en janvier, j'étais prêt à reprendre le collier, ou plutôt la craie. La veille du premier jour de classe, je me sentais bourré d'énergie. «Vous n'avez jamais compris la trigonométrie, les équations du deuxième degré vous paralysent, les logarithmes vous tétanisent? Ouvrez vos livres et sortez vos cahiers, je vais vous montrer que vous êtes plus brillants que vous ne le pensez.» Mais les élèves n'ont pas eu le temps d'ouvrir leur cahier que, paf, ça s'est remis à couler... C'est à ce moment-là que j'ai décidé d'abandonner : j'avais cinquante-cinq ans pile et j'avais droit à une pension équivalant à la moitié de mon salaire. Ce n'est pas le Pérou, mais ce n'est pas l'Éthiopie non plus. J'ai remis ma démission.

— On dit pourtant qu'il ne faut pas prendre de décisions précipitées dans des périodes comme celle-là...

— C'est ce que tout le monde m'a répété : la directrice de la polyvalente, les collègues, le médecin, le psychologue, les amis, la famille – ils m'ont tous recommandé de prolonger mon congé de maladie. Certains de mes collègues m'ont relancé jusque chez moi pour que je revienne sur ma décision, mais je n'ai pas changé d'idée. J'avais le sentiment d'avoir fait le tour de mon métier, je ne voulais pas vivre aux crochets des autres... J'ai remis ma démission et je suis rentré à la maison, sans avoir la moindre idée de ce que je ferais par la suite. J'ai ensuite passé un bien bel été. Je ne m'étais jamais senti aussi léger, à vrai dire. Mais quand l'automne est arrivé, j'ai commencé à trouver le temps long... C'est à ce moment-là que Michel est venu me recruter.

— Ça ne m'étonne pas de lui : il a toujours eu du flair pour ça.

— ... Qu'est-ce que tu veux dire?

— Michel, Francine, Jean-Guy, Mélanie, Mirabeau... Ils ont tous plongé au fond du canyon, un jour ou l'autre.

Sébastien est la seule exception à la règle, mais peut-être que Michel sent que ce serait un bon candidat...

— ... Attends un peu, Liette, j'ai peur de mal comprendre : es-tu en train de me dire que Michel ferait de la discrimination positive en faveur des dépressifs ?

— On peut appeler ça de la *discrimination*, oui, si tu y tiens, mais à condition de préciser tout de suite que tout le monde en fait autant. Regarde autour de toi, Viateur. Chez *Subway*, le gérant n'embauche que des jeunes filles qui portent du 36 D – ne viens pas me faire croire que tu ne l'as pas remarqué. Chez *Jeans en folie*, les vendeuses doivent avoir la jambe longue et la fesse haute. Ce sont des publicités ambulantes. Chez *Chelsea*, tous les vendeurs sont gay. *Leïla Petite* n'engage aucune vendeuse qui mesure plus de cinq pieds. Tu imagines un peu la petite personne qui se ferait servir par une joueuse de basket ? Impensable. À la librairie, ceux qui sont nés sous le signe du Bélier, du Sagittaire ou du Lion peuvent être libraires ou caissiers, mais ils ne deviennent jamais gérants. Le propriétaire est Scorpion, signe d'eau, et il prétend ne pas pouvoir s'entendre avec les signes de feu. Veux-tu que je continue ? Bienvenue dans le secteur privé, Viateur ! Ici, tout le monde discrimine à tour de bras, c'est la règle, et j'en fais autant dans mon magasin : mes clientes n'aimeraient pas essayer des robes devant des anorexiques. Mes vendeuses doivent donc avoir le look taille forte, c'est mon premier critère d'embauche. Et si, en plus, elles ont fait une dépression, ça ne leur nuit pas, même que ça leur donne parfois un petit surcroît d'humanité. Jasmine est passée par là, Denise aussi, Julie en est à son troisième épisode...

— Et Liette ?

— Je t'en ai déjà parlé, non ? À seize ans, j'étais championne de natation. À dix-huit ans, je m'habillais dans les rayons pour hommes des grands magasins. Entre les deux, j'ai ingurgité des quantités phénoménales de calories. Tout le monde n'a pas la chance de pleurer, Viateur... Maintenant, j'ai l'œil pour repérer les déprimées anonymes. Je forme justement une nouvelle employée, ces jours-ci. Elle s'appelle Mégane. Comme elle a un véritable talent pour la vente en plus d'être une belle ronde, j'ai fait de la discrimination positive à son endroit, oui, je l'avoue sans honte. Son seul handicap, c'est qu'elle est Bélier, ascendant Poissons. Je ne pourrai donc pas la payer autant que les autres, malheureusement.

— ... Mais...

— C'est une blague, voyons! Je n'ai jamais vu quelqu'un pâlir aussi vite! Rassure-toi, Viateur, je la paierai autant que les autres, et même plus : les Béliers sont d'excellents employés...

— Je t'ai crue pendant un moment, c'est vrai. Mais si j'ai pâli, c'est que j'étais surpris d'être déçu à ce point-là.

— ... Est-ce qu'on t'a déjà dit que tu as un don pour faire des compliments involontaires?

— Qui te dit qu'ils sont involontaires?

— ... C'est encore mieux... Merci, Viateur.

— As-tu aimé le thé, toi? Le mien avait un arrière-goût de mauvais café instantané...

— Je n'osais pas le dire, mais le mien n'est pas fameux non plus... Drôle d'idée, aussi, d'ouvrir un salon de thé dans un centre commercial. Le bambou est en plastique, les tables sont en plastique, le thé goûte le plastique... Pour les mystères de l'Orient, on repassera. La citation de Lao Tseu que j'ai trouvée dans mon biscuit chinois vaut le détour, par contre.

— ... Qu'est-ce que ça dit?

— «Si tu peux trouver une parcelle de bonheur dans un centre commercial, te voilà bien engagé sur le chemin de la sérénité.» C'est bien dit, non? Et sans la moindre faute d'orthographe. C'est rare, dans ce type de message...

— ...

— J'adore ça.

— ... Quoi donc?

— Les quelques secondes que tu mets à comprendre que je t'ai fait marcher... Je commence à penser que nous sommes faits pour nous entendre, Viateur.

14

Shit a boum

Chez *Pulsion*, la musique fait *boum boum tchic a boum, boum boum tchic a boum, boum boum tchic a boum boum boum* de dix heures du matin jusqu'à la fermeture du magasin. Ça suffit pour chasser les plus de quarante ans des environs, ce qui est sans doute le but de l'opération. Lorsqu'il y a des paroles sur cette musique, elles sont débitées à toute vitesse par un jeune homme qui semble avoir beaucoup d'injustices à dénoncer et de conseils à donner. C'est du moins ce que Viateur arrive à déduire des intonations du chanteur : à l'exception des *fuck you* et des *shit man* qui ponctuent chaque phrase, il ne comprend pas grand-chose aux paroles, et il ne s'en porte pas plus mal. Viateur accepte en effet sans la moindre difficulté de se sentir dépassé : quand on revendique le droit de ralentir, il faut accepter que d'autres passent devant, c'est un corollaire obligé. Ses propres parents n'avaient-ils pas les oreilles écorchées quand il faisait jouer *I Can't Get No Satisfaction* à tue-tête, ou quand Jimi Hendrix massacrait l'hymne national américain ? Si on ne veut pas entendre des *boum boum tchic a boum fuck you tchic a boum* qui ne vous sont pas destinés, il suffit après tout de changer de poste, ou alors d'éviter à tout prix d'entrer chez *Pulsion,* un magasin spécialisé dans les jeans cloutés et les camisoles minimalistes, et dont le gérant fait de la discrimination positive en faveur des vendeuses vulgaires. Selon Mélanie, qui a encore l'âge de supporter les *boum boum tchic a boum,* la marchandise est de bonne qualité mais très chère, et il est impossible de négocier les prix :

— Il y a une tache sur ce pantalon, pourriez-vous m'accorder un rabais?

— ... Un quoi?

— UN RABAIS!

— UN QUOI?

— C'est bon, je le prends...

Le service de sécurité a été appelé pour régler un conflit, et tout le monde est occupé ailleurs : Francine est en congé, Sébastien et Mélanie suivent à la trace un groupe de jeunes Asiatiques que personne n'avait encore jamais vu dans le centre, et Michel, qui a déjà éprouvé des problèmes cardiaques, ne peut même pas *imaginer* entrer chez *Pulsion.* Si on a généralement l'âge de ses artères, on a aussi celui de ses tympans.

— Désolé de t'imposer ça, Viateur, mais essaie de régler l'affaire le mieux possible, c'est tout ce que je te demande...

À droite de *Pulsion* se trouve un magasin de bibelots, et les *boum boum tchic a boum* font vibrer les murs du magasin à un point tel que les angelots tremblent sur les tablettes. La propriétaire a donc porté plainte.

En face, il y a *Princesse,* une boutique spécialisée dans la mode pour pré-préadolescentes. Les fillettes de sept ans et demi qui fréquentent ce magasin pourraient facilement supporter les *boum boum tchic a boum fuck you man shit,* mais pas les mères, et ce sont quand même celles-ci qui défraient la note. La gérante a porté plainte, elle aussi, et deux fois plutôt qu'une.

À gauche, c'est la librairie, et il y a dans cette librairie un commis qui s'appelle Mathieu, et ce Mathieu a porté plainte lui aussi, mais *contre son gré*, comme il n'a jamais cessé de le répéter à Viateur quand celui-ci est allé l'interroger. Comment peut-on porter plainte *malgré soi*? C'est un peu difficile à comprendre, mais Viateur y est arrivé en essayant de décoder l'étrange discours de ce petit bonhomme hypernerveux qui ne finit jamais ses phrases et qui parle presque aussi vite qu'un chanteur de rap.

— C'est moi qui ai appelé pour porter plainte, c'est vrai, je ne peux pas le nier, mais c'est juste que… La gérante est absente, c'est elle qui m'a dit de… Jamais je n'aurais fait ça de moi-même, je veux dire, parce que moi, les forces de l'ordre, on peut se demander de quel ordre il s'agit vu que c'est toujours le capital qui mène, c'est la pensée unique, Big Brother, ou GI Joe, ou Mario Bros, je veux dire, c'est toujours du pareil au même, Mario Bros c'est Big Brother en culottes courtes, quand on y pense, et même du Big Brother intense, Disney avec des grosses bottes de SS, c'est ça l'enjeu, je veux dire, les adorateurs du dieu Dow Jones qui jouent nos vies à la Bourse, la culture US, ça n'arrête jamais, c'est comme un bulldozer sur toute la planète, je veux dire, rien qu'à voir ce qui se passe ici, *Gap*, *Nike*, *McDo*, Danielle Steel, le bulldozer ne manque jamais d'essence, parce que c'est quand même un peu ça, l'industrie de la pop, c'est de la culture américaine mâchée d'avance, de la culture *Big Mac*, vous allez me dire que le rap vient des ghettos, n'empêche que c'est totalement récupéré par le système, je ne peux quand même pas laisser passer ça sous prétexte que c'est un sous-produit de l'aliénation, je veux dire… Qu'est-ce que vous en pensez, vous?

— … De l'aliénation?

— Mais non, je parle du bruit. Les gens devraient être libres de faire ce qu'ils veulent, mais ça joue un peu fort, quand même, non ?

On aurait pu commencer par là, s'est dit Viateur en ouvrant son calepin pour noter quelques mots : « <u>Résumé du conflit</u> : musique trop forte.» Il a ensuite continué à faire semblant d'écrire pour se donner une contenance tandis qu'il réfléchissait à cette troublante impression de déjà-vu qu'il a éprouvée aussitôt que Mathieu a commencé à parler. *Le petit garçon qui avait volé une bande dessinée japonaise, Viateur. Il te fait penser à ce petit garçon qui regardait ses chaussures et qui ne disait pas un mot. Imagine que le voleur de mangas ait ingurgité une potion magique qui l'aurait fait vieillir très vite et parler encore plus vite. Le voilà devenu Mathieu. Imagine maintenant un Mathieu tranquillisé et quinquagénaire : il prend des notes dans son calepin, tout en se disant qu'il a déjà été voleur de bandes dessinées dans une vie antérieure avant de se muter en révolutionnaire hyperactif, puis en prof de maths, puis en employé d'une agence de sécurité... Est-ce normal, quand on vieillit, d'avoir presque chaque jour cette impression que les plus jeunes reprennent vos rôles, quasiment mot à mot ?*

Referme ton carnet et reviens un peu sur terre, Viateur : Michel ne te paie pas pour réfléchir à la pérennité des comportements d'une génération à l'autre, mais pour régler les conflits qui surgissent entre ces générations. On prend une grande respiration et on entre chez Pulsion, *allez...*

Viateur hésite encore sur le seuil du magasin, espérant quelque miracle : une panne de courant subite, un tremblement de terre, un attentat terroriste qui détruirait le centre commercial, n'importe quoi plutôt que d'avoir à discuter avec ces deux vendeuses qui, tout en écoutant d'une oreille distraite les *boum boum tchic a boum fuck you, boum boum shit shit tchic a boum fuck you man*, mâchent de grosses chiques de gomme juteuses à côté de la caisse en attendant les clients.

Il faut y aller, Viateur, tu n'as pas le choix. Et tu n'as pas le droit de les obliger à jeter leur gomme ni de leur infliger des retenues parce qu'elles ne respectent pas le code vestimentaire. Tu en as vu des tonnes, à la polyvalente, de ces filles qui ont toujours la bouche ouverte, comme si elles imitaient des carpes... Il faut croire que c'est ici qu'elles aboutissent quand elles décrochent de l'école. Tu dois maintenant accepter qu'elles continuent à chiquer en te parlant, même si leurs chlic-chlic viennent se mêler aux boum boum tchic a boum, et tu dois supporter aussi qu'elles te regardent avec cet air profondément ennuyé qui vient en kit avec la bouche molle. Estime-toi heureux qu'elles ne te gratifient pas de la seule autre expression qu'elles connaissent, le dégoût profond, qu'elles réservent habituellement à leurs parents et à leurs professeurs... Dis-toi que tu ne changerais pas de place avec elles pour tout l'or au monde, Viateur, pas même en échange de trente ans de moins : ces filles-là sont déjà plus vieilles que toi...

— Pardon, mademoiselle, est-ce que je pourrais parler au gérant ?

La jeune fille ne semble pas comprendre, et Viateur ne sait pas si c'est à cause des *shit a boum shit shit* ou des *chlic-chlic* de sa chique, ou alors du temps qu'il faut à son cerveau pour décoder cette phrase pourtant simple. Il s'apprête à répéter en criant un peu plus fort lorsqu'elle fait un vague mouvement de la tête en direction de la porte. Viateur voit alors entrer un homme qui ressemble à une caricature de souteneur. Il a une chemise de soie ouverte sur un piment en or, la trentaine triomphante, il marche comme s'il voulait occuper le maximum d'espace, et chacun de ses gestes semble dire regardez-moi, la testostérone me sort de partout, je dois même me parfumer pour masquer toutes les phéromones qui émanent de ma personne sans quoi toutes les filles me sauteraient dessus, et je les comprends.

— Salut, *man,* c'est quoi ton problème? dit le gérant en donnant une grande claque dans le dos de Viateur.

Le *man* semble amical, mais pourquoi ce jeune homme semble-t-il penser que quelqu'un qui s'adresse à lui a nécessairement un problème? Est-ce un avertissement? Et cette claque dans le dos relève-t-elle de la camaraderie virile, de la menace voilée ou de l'agression caractérisée?

— Je m'appelle Viateur Raymond, je travaille au service de sécurité. Est-ce qu'on pourrait aller discuter dehors?

— Pas de problème, *man…* Moi, c'est Bob.

Viateur a eu le réflexe de chuchoter plutôt que de crier, l'autre en a fait autant, et ils se sont pourtant parfaitement compris malgré les *boum boum tchic a boum shit shit.* Question de fréquences, sans doute. Curieux phénomène.

Bob lui tourne maintenant le dos et se dirige vers la sortie, ce qui lui fournit une belle occasion de donner de l'exercice à ses trapèzes et à ses deltoïdes. La porte franchie, il fait quelques pas en direction de la librairie, puis se retourne vers Viateur.

— C'est quoi le problème, *man?*

Qu'est-ce que Michel disait, déjà, quand il m'a engagé? « Je te propose de résoudre des problèmes, mais dans la vraie vie… » Voilà l'occasion ou jamais de montrer de quoi tu es capable, Viateur. Essayons d'être subtil… Nourrir la bête, d'abord nourrir la bête…

— Je voulais vous avertir de la présence d'une bande d'Asiatiques dans le centre. Ils ont l'air d'aimer les jeans. Leur spécialité, c'est la coupe à blanc.

— La *quoi?*

— La coupe à blanc. Ils entrent à douze dans le magasin, ils piquent tout ce qu'ils peuvent en moins d'une minute, puis ils se sauvent. Ils comptent sur l'effet de surprise, et ça marche : personne n'a le temps de réagir.

— Ils feront rien si je suis là, *man*, pas de problème.

— Il faut quand même être vigilant. Vous allez prendre un café, et…

— OK, *man*, j'ai compris.

La bête est vorace, donnons-lui encore un morceau de steak. Trouver vite quelque chose d'un peu plus compliqué…

— Attention aux faux billets, aussi. La semaine dernière, c'étaient des vingt. Cette semaine, ce seraient plutôt des cent. Il paraît qu'ils sont parfaits. La mafia russe s'est mise à en fabriquer, et ils sont forts en technologie, les Russes. Et puis ils sont intelligents : ils ne demandent pas de monnaie, non, ça serait louche. Ils achètent, puis ils vont échanger les jeans dans un autre magasin de la chaîne, ou alors ils remplissent des conteneurs et ils vont les vendre en Russie… Prévenez vos vendeuses…

— OK, *man*. Merci du conseil.

Le voilà amadoué. Encore un petit morceau de moelle, mon toutou?

— Et attention aux cartes American Express. On a eu douze fraudes juste cette semaine. Encore les Russes. Ils sont très forts, les Russes. Très très forts.

— OK, *man*. Je vais parler à mes filles : les Chinois, les Russes, American Express, les faux billets… Grosse semaine, *man*…

— Tout le monde veut profiter de Noël, c'est normal… La musique ne vous dérange pas trop, au fait ?

— C'est correct pour moi, *man*. Pas de problème. La musique, c'est toujours bon pour la business. Quand ils partent les cantiques, moi je monte mon volume pis c'est toute.

— Justement, vous ne pensez pas que votre musique est… un peu agressive, disons? Certaines personnes pourraient ne pas aimer ça.

— Impossible. Je fais toujours jouer le *top ten, man.* Tout le monde aime ça : c'est le *top ten*!

Raisonnement imparable, Viateur. Le pire, c'est qu'il a l'air sincère…

— En avez-vous déjà discuté avec vos voisins?

— … Pourquoi je ferais ça? Chacun sa business, *man.*

— Personne ne vous en a jamais parlé?

— De quoi?

— De votre musique.

— Non. Pourquoi?

— Venez avec moi, je vais vous présenter quelqu'un…

C'est un flash, une idée comme ça, un coup de tête qui ne résisterait pas à deux secondes d'analyse, une stratégie qui n'a pas une chance sur un million de réussir, mais qu'il faut essayer.

— Bob, je vous présente Mathieu. Mathieu, voici Bob.

Et voilà que Mathieu, qui ressemble à une sauterelle anorexique, regarde Bob dans le blanc des yeux, pas intimidé pour deux sous par le mouvement rotatif que l'autre imprime à ses épaules, par pur réflexe, et il se met à lui parler mondialisation, pur réflexe là aussi. Il est bientôt question d'OMC, de *Nike*, de *No Logo* en passant par les accords de Kyoto et après avoir fait un détour chez les Indiens du Chiapas, et tout ça est lié, *man*, tout ça est lié, même le Tibet, je veux dire, même le dalaï-lama, même lui, c'est comme une version guimauve du néolibéralisme, quand on y pense, c'est pareil, je veux dire, c'est du bulldozer mou, mais c'est du bulldozer quand même…

Et Bob écoute, éberlué, sans rien y comprendre, mais sans pouvoir placer un mot.

Il rentre ensuite dans son magasin, encore sonné, et il baisse aussitôt le volume de la chaîne stéréo, à la grande surprise de ses vendeuses, qui en arrêtent de mâcher leur chique pendant quelques secondes. Elles doivent encore se demander ce qui s'est passé ce jour-là.

Viateur se le demande lui aussi tandis que le decrescendo des *boum boum tchic a boum* est recouvert par la voix de John Lennon chantant *And so it is Chrismas, and what have you done...*

Le père Noël n'est pas encore descendu de son hélicoptère que les miracles ont déjà commencé.

15

Preuve de plastique

— Venez voir ça, Prof! s'exclame Mélanie, qui n'a jamais été aussi fébrile. Michel ne veut rien savoir de mes hypothèses, mais vous, vous allez comprendre. J'ai une preuve, une vraie preuve. Ce n'est pas très loin d'ici, suivez-moi, je vais vous montrer. J'ai trouvé ce que je cherchais. Vous enseigniez quoi, au juste?

— Les mathématiques.

— Ce n'est pas le même genre de preuve, évidemment. Les profs de maths remplissent le tableau de chiffres, ils font des équations que personne ne comprend, et au bout d'une demi-heure ils vous disent ça y est, c'est la preuve, et personne ne peut les contredire parce que personne n'a compris le raisonnement, en tout cas moi je ne comprenais pas pourquoi il fallait prouver quelque chose qui n'intéressait personne et qui était déjà prouvé par quelqu'un d'autre de toute façon. Ma preuve à moi, c'est une vraie preuve en plastique, le genre de preuve qu'on peut présenter en Cour. Une preuve *matérielle*. Ils étaient comment, vos élèves? Je vous demande ça parce que, dans mon temps, ils manquaient souvent de respect envers les profs, en tout cas, moi c'est ce que je trouvais.

— Attends un peu, Mélanie, tu marches trop vite pour moi. Où est-ce que tu me conduis exactement?

— Dans le débarras, derrière les restaurants, là où ils accumulent les déchets avant de les lancer dans les conteneurs. Si j'y avais pensé avant, c'est par là que j'aurais commencé. Au lieu de ça, j'ai été obligée de fouiller directement dans le conteneur, c'est une expérience dont j'aurais pu me passer, mais je voulais en avoir le cœur net, alors j'y suis allée et je n'ai rien trouvé, mais en passant par le débarras j'ai fini par trouver ce que je voulais. C'est moins pire que ce qu'on pense, n'ayez pas peur : tout est bien emballé dans des sacs de plastique, vous n'aurez pas besoin de nager dans le ketchup, genre... J'ai récupéré l'enseigne. J'espère qu'elle est encore là...

— ... L'enseigne du *McDo*?

— Exact! Le gérant m'a expliqué que la chaîne ne porterait pas plainte parce qu'ils ne veulent pas de publicité, je veux dire pas ce genre de publicité-là, parce que *McDonald* qui ne veut pas de publicité, ça fait quand même drôle à dire, mais je comprends leur point de vue : s'il fallait qu'ils montrent des photos d'un *M* fondu dans les journaux, ça donnerait des idées à d'autres, vous comprenez? Ils préfèrent changer l'enseigne le plus vite possible, et tenir ça mort. Pas d'accusation, pas d'enquête, pas de procès. Si personne ne s'en aperçoit, le geste devient inutile. C'est comme dessiner un tag dans son garde-robe, genre : ça ne sert à rien. Moi, si j'étais le propriétaire de *McDonald*, je repartirais ma compagnie avec un autre nom, ce serait moins compliqué, je changerais les produits par la même occasion, mais il faut croire que c'est plus économique de remplacer des enseignes vandalisées... C'est juste de l'autre côté de la porte, attention, c'est lourd... Regardez ça, Prof : ils ont enlevé la deuxième patte du *M*, ensuite ils ont essayé de faire un genre de grand *A* avec la première arche. Ils n'ont pas tout à fait réussi, c'est sûr, il leur en manquait un petit bout pour la barre transversale, mais ça ressemble quand même à un *A*, vous ne trouvez pas? *A* pour *Anarchie*! Qu'est-ce que je vous disais?

Viateur doit admettre que Mélanie n'a peut-être pas tort : le vandale ne s'est pas contenté de détruire l'enseigne, il a bel et bien voulu la transformer en quelque chose d'autre, sans trop de succès, cependant.

— Je suis d'accord avec toi, Mélanie. Notre vandale a *peut-être* essayé de faire un *A*...

— *Nos* vandales. D'après moi, ils sont deux.

— ... Qu'est-ce qui te fait croire ça?

— Il faut qu'il y ait un surveillant, sinon c'est trop risqué. Connaissez-vous les deux gardiens de nuit, Sylvain et Réjean?

— Je les ai croisés à quelques reprises, le matin...

— Ils sont tellement bizarres! Avant, ils étaient facteurs homosexuels. Maintenant, ils ne sont plus facteurs, je ne sais pas trop pourquoi d'ailleurs, ils prennent leur retraite vite dans ce métier-là mais quand même pas si vite que ça, et c'est plutôt bien payé, facteur, syndiqué, tout ça, tandis qu'ici... Ils sont encore homosexuels, en tout cas. Ou du moins, ils en ont l'air. Ils habitent ensemble, ils travaillent ensemble, mais ils font toujours leurs rondes à tour de rôle. Sylvain reste au bureau de la sécurité, disons, tandis que Réjean se rend à toutes les extrémités du centre. Il y a des capteurs électroniques au bout de chaque aile, et le gardien doit y insérer sa carte magnétique pour prouver qu'il a tout arpenté bien comme il faut. La ronde prend une heure. Ensuite, Réjean s'installe au bureau, et c'est au tour de Sylvain d'aller se promener. Ils passent toute la nuit à se relayer. Ils sont tous les deux seuls dans le centre, mais ils ne se voient

presque jamais. Et, au matin, ils rentrent ensemble chez eux.
C'est plutôt bizarre comme vie de couple, vous ne trouvez pas?
— ... Tu penses que ce sont eux qui ont vandalisé le *M*?
— Mais non! C'est juste pour vous expliquer pourquoi
il y avait nécessairement un surveillant. Suivez mon raisonnement, Prof : le *McDo* se trouve au milieu du centre
commercial. Comme il y a quatre grandes ailes, celui qui
fait sa ronde passe devant l'enseigne à toutes les quinze
minutes, ce qui ne donne pas grand temps à notre artiste
pour s'amuser avec son chalumeau. Il faut donc qu'il y ait
quelqu'un qui surveille, c'est plus sûr. Il faut aussi que les
voleurs connaissent le centre comme le fond de leur poche,
évidemment. Supposons qu'ils se laissent enfermer dans un
magasin au moment de la fermeture : ils attendent leur
heure, ils accomplissent leur œuvre, puis ils retournent dans
leur cachette en attendant l'ouverture...
— ... Tu penses encore à Mathieu?
— À Mathieu et à sa Claudelle, oui.
— ... Claudelle?
— C'est sa petite amie, mais vous ne pouvez pas la
connaître, évidemment, étant donné que... Elle travaille
chez *Sunday Sundae*. Je me demande comment elle fait pour
rester si mince, d'ailleurs. Émilie, ma sœur, prendrait deux
kilos par jour rien qu'à regarder tous ces chocolats. Même
moi, il me semble que j'engraisserais...
— Attends un peu, Mélanie, tu n'as pas fini ta première
phrase : pourquoi est-ce que je ne peux pas la connaître?
— ... Parce que vous prenez toujours vos pauses café
avec madame Germain, voilà pourquoi. Ce n'est pas qu'on
vous espionne, Prof, comprenez-moi bien, c'est juste qu'on
est payés pour ouvrir les yeux, et tous ceux qui utilisent leurs
yeux de temps en temps voient bien que vous êtes toujours
avec elle, même si vous changez souvent de restaurant pour

brouiller les pistes, je peux vous dire aussi que vous avez l'air détendu quand vous êtes avec elle, même que ça vous rajeunit, mais n'ayez pas peur, Prof, je ne suis pas comme madame Aubin, celle qui travaille au kiosque de Loto-Québec, celle-là, c'est vraiment la pire des commères. Si j'étais vous, je m'en méfierais, mais vous avez le droit de fréquenter qui vous voulez, Prof, là n'est pas la question, mais pendant que vous prenez votre café avec madame Germain au *Café Dépôt* ou au salon de thé ou n'importe où, Mathieu et Claudelle, eux, se rencontrent chez *Africa*. Tout le monde sait ça. Ils font du bien meilleur café, d'ailleurs, et en plus c'est du café équitable. Vous devriez y aller, Prof. Ça vous permettrait de voir un drôle de couple : lui qui parle tout le temps, elle qui le regarde avec ses grands yeux...

— Je veux bien croire qu'ils se fréquentent, mais ça ne fait pas d'eux des coupables pour autant ! Ton *A* ne prouve rien, Mélanie.

— À quoi ça me servirait d'avoir des preuves, de toute façon, si personne ne porte plainte ?

— ... J'ai du mal à te suivre : il y a deux minutes, tu parlais d'une preuve que tu pourrais présenter en Cour...

— C'était une façon de parler, Prof. Ce serait idiot d'aller en Cour s'il n'y a pas de procès.

– ... Pourquoi poursuis-tu ton enquête, dans ce cas ?

— Il faut bien que notre tête serve à quelque chose, non ? Il y en a qui composent des chansons, d'autres qui font des mathématiques ou qui écrivent des livres, mais moi, je n'ai pas vraiment ce genre de talent-là, alors je fais des hypothèses sur les gens que je vois autour de moi, je les observe, je leur invente des histoires... Quand vous réfléchissez, vous, est-ce que c'est toujours dans le but d'intenter un procès à quelqu'un ?

— Bien sûr que non, mais...

— Je le savais. Penser pour penser, ça fait parfois du bien. C'est ça que j'aime, dans mon travail : je marche, je pense... Il faut toujours que je sois en mouvement, toujours. Ça met de l'huile dans les engrenages et c'est ça qui est important, parce que quand ça arrête de tourner, eh bien...

— ... Eh bien...?

— ... Quand ça arrête, c'est moins drôle. Ça m'est arrivé juste une fois, et ça m'a pris un an à m'en remettre. Maintenant, j'ai compris qu'il faut toujours faire fonctionner les engrenages, sinon on broie du noir, c'est comme si on se mangeait soi-même par en dedans, genre, et ça ne sert à rien, vraiment à rien, alors je pense aux autres, j'essaie de me mettre à leur place, de voir comment ils fonctionnent dans leur tête... C'est pour ça que les autres existent, non? S'ils n'étaient pas là, ce serait l'enfer, genre.

— Je connais un philosophe qui disait le contraire...

— Tant pis pour lui. Voulez-vous m'aider à remettre ça dans le conteneur? C'est rien que du plastique vide, mais c'est quand même lourd, ce machin-là...

— Tu ne veux pas le garder?

— Pourquoi? Je voulais juste que vous le voyiez, c'est tout. Maintenant que c'est fait, on n'en a plus besoin. Vous prenez votre côté, et on le balance dans le conteneur, d'accord? Attention, une, deux, trois...

— ... Qu'est-ce que tu vas faire, maintenant?

— Je ne sais pas encore, mais je ne vais certainement pas lâcher le morceau. Les manteaux, les téléviseurs barbouillés et le *M* de *McDo*, c'est une seule et même histoire, Prof. J'en mettrais ma main au feu. Je ne suis pas seulement curieuse, vous savez, je suis également têtue.

— C'est une belle combinaison de qualités. Si seulement il y avait plus d'élèves comme toi, Mélanie...

— ...

Quand Mélanie parle, on sait tout ce qu'elle pense, et on sait même *comment* elle pense. Mais quand elle ne dit rien, on le sait encore mieux : un gros nuage noir vient de passer devant ses yeux, si noir et si compact que Viateur préfère toussoter et changer de sujet.

Certaines personnes qui se remettent mal d'un mauvais mariage accusent volontiers l'institution elle-même d'être responsable de leurs malheurs. Leur échec a été si cuisant que la seule évocation du mot *mariage* provoque chez eux une réaction viscérale, comme si un sorcier vaudou avait transpercé d'une longue aiguille une poupée à leur effigie.

Mélanie ne réagit pas autrement quand il est question de l'école. On sent qu'elle y a subi des échecs qui ont provoqué de profondes blessures.

Tous les vieux profs qui ont encore des antennes savent qu'il vaut mieux ne pas gratter ce genre de plaie.

16

Traversiers

Avec un peu d'expérience, un employé du service de sécurité pourrait circuler dans le centre commercial les yeux fermés, en ne se laissant guider que par les odeurs : cuirs et plastiques, savons et parfums, le café corsé de chez *Africa* – il faudra l'essayer un de ces jours, celui-là – et maintenant ce bon mélange de chocolat, de noix et de caramel... S'il laisse sa gourmandise le mener par le bout du nez, notre promeneur se retrouvera inévitablement devant le kiosque de *Sunday Sundae,* calories en tout genre, diabétiques s'abstenir.

Chaque fois que Viateur passe dans le secteur, il baisse les yeux et presse le pas, de crainte de céder à la tentation, ce qui explique qu'il n'ait encore jamais remarqué la présence de vendeuses derrière les comptoirs. Elles sont pourtant appétissantes, elles aussi, chacune à sa manière. La première, qui dispose des boîtes de chocolats en pyramides, est une belle ronde qui ne déparerait pas l'équipe de *Rubens +,* tandis que la deuxième est si petite qu'elle disparaît presque derrière son comptoir de crème glacée, et si délicate qu'on serait volontiers porté à lui demander de doubler les portions : si cette jeune fille a réussi à rester aussi mince en travaillant dans ce magasin, c'est la preuve par mille que la crème glacée ne fait pas engraisser. *Vous me remettrez un supplément de pistaches, merci mademoiselle, et vous a-t-on déjà dit que vous aviez de beaux yeux, de grands yeux curieux qui donnent envie d'aller s'acheter un bouquin sur les méfaits de la mondialisation et d'en apprendre des chapitres par cœur juste pour vous les réciter?*

Bonjour à vous, mademoiselle Claudelle, je ne goûterai pas à votre crème glacée, non, je résisterai une fois de plus à la tentation, pas plus que je ne lirai de livre sur la mondialisation pour essayer de vous impressionner : c'était un de ces monologues intérieurs auxquels personne n'a accès, du moins je l'espère, d'ailleurs il est beaucoup trop tôt le matin pour manger de la crème glacée, et mon médecin ferait une syncope si je lui en parlais. Et puisqu'il est question de parler, il serait peut-être temps que je vous adresse la parole pour vrai, sinon vous risquez de vous poser de drôles de questions à mon sujet vu que je suis là à tourner autour du pot sans rien dire...

— Permettez-moi de me présenter, mademoiselle : je m'appelle Viateur Raymond, et je travaille au service de sécurité. Est-ce qu'on vous a mise en garde contre les faux billets de cent dollars? Je vois que vous avez un appareil pour les détecter, c'est une bonne idée, mais on a parfois tendance à l'oublier dans la cohue des fêtes.

Je vous pose quelques questions banales à propos de votre commerce et j'écoute vos réponses d'une oreille faussement attentive, ensuite je poursuivrai mon chemin, ne vous inquiétez pas. Je voulais seulement accrocher un tableau de plus dans ma galerie de portraits, de sorte que je pourrai maintenant vous adresser un signe de tête quand je vous croiserai chez Africa.

— Je vous souhaite une bonne journée, mademoiselle...
Mademoiselle ?

— Claudelle.

— Joli prénom ! Toutes mes félicitations.

— Je n'ai pas beaucoup de mérite, vous savez...

Bénis soient les parents de Claudelle, qui ont donné à
leur enfant un prénom facile à retenir. Du temps où il était
professeur, Viateur se faisait un point d'honneur de connaître
par cœur les noms de tous ses élèves dès la deuxième
semaine de cours. C'était d'abord une affaire d'attention : il
fallait que son esprit soit totalement disponible quand
l'élève lui parlait, de façon à enregistrer le maximum de renseignements à son sujet. Les prénoms les plus originaux se
retenaient tout seuls, et Viateur distinguait ensuite les quatre Julie et les trois Mathieu en leur associant des images :
couleur des cheveux, longueur du nez, ressemblance avec
un comédien ou un animal, mauvais jeux de mots, tout était
bon pour la machine à associations.

S'il arrivait à distinguer quatre Julie du même âge coiffées
de la même manière, il lui est encore plus facile de se souvenir
des noms de la plupart des employés du centre commercial,
qui ont eu l'heureuse idée de ne pas être tous nés la même
année... Et si on profitait de notre promenade du matin
pour exercer notre mémoire, Viateur ?

Cette jeune fille qui guide ses trisomiques jusqu'à
l'animalerie s'appelle Nathalie, bien sûr, comme dans la
chanson de Bécaud. *Elle avait un joli nom, mon guide...*

Le gérant de *Pulsion* s'appelle Bob, comme dans *tchic a
boum bob bob*. Pourquoi parle-t-il à cette vendeuse de chez
Espace Jeans ? Essaierait-il de la débaucher, par hasard – dans
un sens commercial, s'entend ? Ce serait certainement une
bonne affaire pour lui... Le nom de la vendeuse ? Maria,
comme dans Maria Goretti, celle qui a dit non.

Le propriétaire du magasin de manteaux de cuir s'appelle Dimitri, mais c'était trop facile : son nom est écrit sur la façade.

— Comment vont les affaires, monsieur Dimitri ?

— Commé ci, commé ça. On a déjà vou mieux, c'est sour...

— Il a commencé à neiger, pourtant. Ça devrait être bon pour les affaires...

— La neige, c'est bon, mais un peu de plouie jouste avant Noël et bye bye les clients, on sé rétrouve avec la marchandise sour les bras, et né comptez pas sour les banques pour vous aider... Vous savez cé qu'on devrait faire, monsieur Viateur ? On dévrait sé partir oune banque, tous les deux. On sérait sours d'être riches, vous né pensez pas ? Eux autres, ils ont compris comment ça marchait la bizéness ! Si tou peux pas taxer ceux qui travaillent, comme les gouvernéments et les syndicats, prête dé l'argent !

Viateur connaît déjà le disque par cœur. Si les cultivateurs se plaignent toujours qu'il y a trop de pluie ou pas assez, les commerçants, eux, donnent plutôt dans le gris, le *so-so*, le commé ci, commé ça. Les bonnes nouvelles suscitent l'intérêt des concurrents, et les mauvaises attirent les vautours. Alors on prend garde aux signaux qu'on envoie, on ne donne aucun indice sur nos affaires, et on se défoule sur les banques, les syndicats et le gouvernement, grands responsables de tous les maux de la terre. Le Caporal serait sans doute du même avis. Il serait *sûrement* du même avis.

— Pas de nouvelles de la police, monsieur Dimitri ?

— J'ai récoupéré mes manteaux, alors pour eux l'affaire est finie. Ça né sert à rien dé dépenser l'argent dou contribouable, comme qu'ils disent quand ils veulent plous rien faire. Jé continoue à mé démander à quoi ça sert dé voler mes plous beaux manteaux si c'est pour les laisser dans lé plafond... Vous comprenez ça, vous ?

Viateur hausse les épaules, mais Dimitri a déjà l'esprit ailleurs : une cliente vient d'entrer dans le magasin, et le commerçant est excité comme un chat qui aurait aperçou oune souris. Il y a de quoi être excité, en effet : bottes à talons aiguilles, manteau de cuir bleu, foulard de soie, chemisier, bijoux, tout chez cette femme exhale la richesse. Et encore, on n'a rien vu de ses dessous : peut-être porte-t-elle un jupon en cartes de crédit réunies avec du fil d'or, qui sait...

— Est-cé qué jé peux vous aider, madame ? Cherchez-vous quelqué chose dé particoulier ?

— Je vous laisse à vos affaires, monsieur Dimitri.

Allons donc voir du côté de chez *Atlantide*, tant qu'à faire. C'est à l'autre extrémité du centre, ça nous fera marcher et ça nous donnera d'autres occasions d'exercer notre mémoire. Voici Mathieu qui fait des piles du dernier livre de Chomsky en rêvant sans doute aux beaux yeux de Claudelle. Salut, Mathieu, bonne journée à toi aussi.

Viateur ne s'arrêtera pas chez *Rubens* + aujourd'hui : Liette profite d'une journée de congé, la dernière avant la ruée de Noël. Comment s'appellent les employées de Liette, déjà ? Jasmine, Denise et Julie. Dix sur dix. Et la nouvelle, celle qui est peut-être née sous le signe du Bélier ? Mégane, bien sûr. On se sent vieillir quand une jeune fille qui porte un prénom comme celui-là est en âge de travailler...

Difficile aussi d'oublier le nom de madame Dufour, la vendeuse de palmiers, qui envoie ses clients se faire *cuire* au soleil. (Plutôt facile, oui, mais en matière de procédés mnémo-techniques, la facilité est une qualité.)

Madame Dufour est la gérante de l'agence de voyages. À dix heures pile, chaque matin, elle sort quelques instants de

son magasin et s'installe sous le palmier de plastique, supposément pour se dégourdir un peu les jambes et se désaplatir
les fesses, ce qui lui fournit du même coup, heureux hasard,
l'occasion d'échanger quelques mots avec monsieur Brod*eur*,
le fact*eur*, qui passe toujours à la même *heure*...

Heureux homme que ce facteur qui peut faire sa ronde
dans un centre commercial, à l'abri des intempéries et des
chiens. Une vraie sinécure, à laquelle on n'accède qu'après
un quart de siècle d'ancienneté. Le facteur doit bien se
douter que ce n'est pas seulement pour se dérouiller les jambes
que madame Dufour l'attend à la porte de son commerce
chaque matin, mais ce sont là des potins qu'il faut laisser à
madame Aubin, la pire des commères, qui travaille au
kiosque de Loto-Québec.

Au début, Viateur mettait un peu plus d'une heure pour
arpenter toutes les ailes du centre, et il avait le temps de
regarder la marchandise. Quelques semaines plus tard, il peut
passer une journée dans une seule des ailes, sans rien voir des
vitrines. Ceux qui ne fréquentent les centres commerciaux
que pour y faire des achats ne savent décidément pas ce
qu'ils manquent.

Chez *Atlantide*, vingt monstres hideux essaient en vain
de projeter autant d'enfants dans des océans de lave en
fusion, mais ils en sont empêchés par vingt enchanteurs
Merlin qui les repoussent par la seule force de leur baguette
magique. Leur synchronisme est parfait, et il faut un œil
exercé pour détecter que certains enchanteurs n'ont pas la
barbe aussi blanche que les autres : le gérant a donc réussi à
enlever la peinture sans trop endommager ses téléviseurs,
tant mieux pour lui. A-t-il porté plainte à la police, au fait ?
On verra ça plus tard. Pour le moment, Viateur s'intéresse
plutôt à madame Légaré, qui vient de s'asseoir au bord de
la fontaine et qui semble fascinée par les pièces de monnaie

que les gens ont lancées dans l'eau. Son nom de famille est difficile à oublier étant donné son état, mais quel était son prénom, déjà? Marguerite, oui, *la fleur égarée*. Qu'est-ce qu'elle fait là, toute seule au milieu du centre?

— … Madame Légaré…?

— Bonjour, monsieur. Vous vous appelez Viateur Raymond et vous travaillez au service de la sécurité, c'est bien ça? Ma mémoire me joue souvent des tours, vous savez…

— Dix sur dix. Vous avez une excellente mémoire, madame Légaré.

— Je suis très heureuse de vous rencontrer, monsieur Raymond. Belle journée, n'est-ce pas? Pourquoi les gens jettent-ils des pièces de monnaie dans la fontaine? Les marchands ne leur donnent-ils pas suffisamment d'occasions de dépenser? Avec mon mari… mon mari…

La phrase reste en suspens tandis que la vieille dame fronce les sourcils et que ses yeux s'affolent, comme si elle était victime d'un court-circuit.

— Magnifique journée, oui… Je vois que vous ne portez plus votre bracelet de plastique?

— Croyez-vous que mon mari viendra bientôt me chercher, monsieur? Il se fait tard, et je ne sais pas si je vais lui trouver quelque chose pour souper. Le pauvre homme travaille fort toute la journée. Il… il cherche des étoiles. Je sais que ça n'a pas de sens, surtout *ici*, mais… Est-ce que ça a du sens, ce que je dis?

Elle se tourne vers la fontaine, sur laquelle elle ouvre de grands yeux étonnés, puis elle regarde encore une fois les pièces de monnaie et semble s'en trouver apaisée.

— Êtes-vous certaine qu'il va venir vous chercher, madame Légaré? Madame…?

La voilà retournée dans les limbes, ou alors dans quelque pays inconnu où les mots semblent interdits de séjour. La

mère de Viateur était comme ça, sur ses derniers milles :
chaque fois qu'il allait la voir à l'hôpital, il était étonné de la
trouver parfaitement consciente et capable de tenir une conversation cohérente. Mais au bout de deux ou trois répliques, il
s'apercevait qu'elle profitait simplement des phrases qu'il
lui lançait pour lui répéter mot pour mot, avec une précision
étonnante, un segment d'une conversation qu'elle avait eue
avec lui des années auparavant. Les phrases étaient encore
là, intactes, dans une partie de sa mémoire qui ne s'était pas
encore effacée, comme si elles avaient été congelées et qu'il
avait suffi de les réchauffer un peu pour les réveiller. Ce qui
pouvait passer pour une conversation normale n'était en
fait qu'une émanation de sa mémoire déréglée, un relent de
conversations passées...

Viateur avait un jour pensé à John Lennon, qui avait
demandé à George Martin, son ingénieur du son, de couper
en morceaux une des bandes de l'accompagnement de *For
The Benefit of Mister Kite*, puis de les recoller n'importe
comment. Il en résultait une musique étrange, dans laquelle
on ne reconnaissait plus les instruments, mais c'était tout
de même de la musique... La mère de Viateur semblait
avoir été victime du même technicien fou : il avait déroulé
le ruban de sa mémoire, il l'avait découpé en morceaux, puis
il l'avait recollé n'importe comment. Ça donnait des propos
parfois incohérents, d'autres fois étrangement poétiques,
mais jamais ennuyants. Pour la première fois de sa vie, la
mère de Viateur était même comique, et elle paraissait parfois
goûter son propre humour involontaire. Cette phase avait
duré deux ou trois mois, puis la vieille femme s'était murée
dans un silence inaccessible. Les stimuli extérieurs ne semblaient plus avoir aucun effet sur elle, ce qui ne l'empêchait
pas de faire des mimiques étonnées, ou choquées, ou ras-
surées, comme si elle réagissait à quelque conversation

intérieure, tenue dans une langue qu'elle seule était capable de comprendre.

Marguerite semble atteinte du même mal, avec un supplément de conscience, toutefois, qui lui fait froncer les sourcils quand elle commence à tenir des propos incohérents. Une zone de son cerveau semble encore branchée sur la réalité et lui envoie des signaux pour l'avertir qu'elle dérape.

— Madame…?

Désolé, il n'y a plus de service au numéro que vous avez composé… Marguerite regarde le miroitement de l'eau, et Dieu sait à quoi elle pense, si du moins elle pense encore…

Viateur prend son cellulaire et téléphone à Michel. Comment ça marche, déjà? Il faut le déplier, oui, ensuite appuyer sur ce minuscule bouton… Je ne veux pas modifier ma sonnerie, non, je ne veux pas non plus envoyer de photos par Internet, je veux juste téléphoner, pourquoi est-ce si compliqué?

— Viateur? Qu'est-ce qui se passe?

Viateur reste chaque fois surpris que Michel lui réponde : ces téléphones ressemblent tellement à des jouets qu'il a du mal à croire qu'ils marchent vraiment…

— Je viens de retrouver Marguerite. Je crois qu'il va falloir la ramener à son foyer encore une fois.

— … C'est bon, j'arrive. Tu restes avec elle en attendant?

— Pas de problème.

— … Ça semble bien pratique, ces téléphones de poche, dit Marguerite, qui semble maintenant revenue sur terre… Peut-être pourriez-vous l'utiliser pour connaître l'horaire du traversier? C'est selon les marées, vous savez, alors c'est compliqué… Vous comprenez ça, vous, les marées? Ils disent que c'est la lune qui attire l'eau, mais ça n'a aucun sens : il y a des marées même par les nuits sans lune, non?

— De quel traversier parlez-vous? Où voulez-vous aller, au juste?

— Mais chez moi, voyons! Je veux aller chez moi...

— ... Vous voulez que je vous ramène au Foyer Jouvence?

— Mais non! Je n'habite pas dans un *foyer*! Me prenez-vous pour une bûche?

Et la voici qui fronce une fois de plus les sourcils en essayant de comprendre ce qui lui arrive.

— Habitez-vous à Sorel?... À Québec?

Tu poses des questions stupides, Viateur : il n'y a pas de marée à Sorel, et s'il y en a une à Québec, elle n'affecte sûrement pas l'horaire des traversiers...

— Rivière-du-Loup?... L'île aux Coudres?...

Ça ne sert à rien de continuer, Viateur : tu ne fais que perturber encore plus la pauvre femme. La mémoire de Marguerite est court-circuitée, une fois encore. Essaie seulement de ne pas la troubler davantage et laisse Michel, qui vient d'arriver, prendre les choses en main.

— On va la ramener à son foyer, dit Michel à voix basse. C'est plutôt tranquille aujourd'hui, alors on peut se permettre d'y aller tous les deux... J'ai quelques mots à leur dire, moi, à ces gens-là... Je ne peux pas croire qu'ils ont laissé partir une femme de son âge en plein hiver, avec un petit imperméable de rien du tout sur le dos. Essaie de la conduire tout doucement jusqu'à la porte numéro cinq pendant que je vais chercher l'auto...

— Voulez-vous venir avec moi, madame? Madame...? Madame Légaré...?

Aucune réaction. Elle regarde encore les pièces de monnaie dans l'eau de la fontaine, et son esprit semble éteint. Peut-être comprend-elle mieux le langage des gestes?

Viateur se lève, et tend le bras à Marguerite. Le visage de la vieille dame s'illumine aussitôt, comme si elle venait tout juste de le reconnaître. Elle se lève alors avec tout l'entrain dont elle est capable et se dirige vers la porte, accrochée au bras de Viateur, tout en tenant des propos décousus.

Viateur l'écoute d'une oreille en se demandant ce qu'il représente pour elle : est-il devenu son chauffeur, son mari chercheur d'étoiles, son père, son grand-père ? Peu importe, au fond, du moment qu'elle se sent en confiance. *Tu viens de trouver une nouvelle façon de produire de la sécurité, Viateur. C'est vrai que c'est un beau métier.*

17

Fugue

— Et alors ? demande Liette en s'installant à une table du café *Africa*. Qu'est-ce qui s'est passé avec notre Marguerite ?

— Je ne sais pas trop par où commencer… Depuis que je travaille ici, je me demande de plus en plus souvent s'il existe une quelconque forme de vie à l'extérieur du centre. Je sais maintenant que la réponse est oui. Et que ce n'est pas nécessairement une bonne nouvelle.

— Pas besoin de me faire un dessin, Viateur : j'ai déjà vu comment on traite les vieux dans les centres d'accueil…

— … Tes parents ?

— Non, ils sont tous les deux morts à la maison. Mais j'ai une vieille tante, que je vais voir de temps en temps. La dernière fois, les employés distribuaient du film à bulles… Tu sais, ces pellicules de plastique contenant des bulles d'air qu'on utilise pour emballer les objets précieux ? Les vieux passent des heures à faire péter des bulles entre leurs doigts. Ça les occupe. J'imagine que c'est une façon moderne de dire le chapelet : Je vous salue, Marie, *pif,* pleine de grâce, *paf…* C'est consternant.

— Ça ressemble à ce que j'ai vu au foyer de Marguerite : imagine une douzaine de vieillards attachés dans des chaises hautes, une bavette autour du cou – une bavette en plastique, comme en ont les bébés. Un préposé les nourrit à la cuiller tandis que Nana Mouskouri leur susurre *quelle importance le temps qu'il nous reste* à travers des haut-parleurs fêlés...

— Je vois le tableau. Vous avez parlé à la direction, Michel et toi ?

— Impossible : la directrice et son adjointe étaient en réunion à Québec. Elles discutaient sans doute d'insertion de leurs objectifs prioritaires dans des matrices décision-nelles, ou quelque chose dans ce genre-là...

— Personne ne s'était aperçu de la disparition de Marguerite ?

— Personne. Nous avons quand même obtenu des réponses à nos questions en discutant avec l'infirmier de Marguerite. Il s'appelle Stéphane, et c'est exactement le genre d'homme qu'on s'attend à rencontrer dans un centre d'accueil : un peu enveloppé, qui parle en zozotant... Bref, Stéphane avait été affecté à un autre étage, ce jour-là, et la préposée habituelle a dû s'absenter, elle aussi, parce qu'un de ses enfants était malade. Elle a été remplacée à la dernière minute par une débutante pleine de bonne volonté, mais qui n'avait aucune formation pour travailler avec des vieillards. On l'avait parachutée dans la section de Marguerite en lui disant tiens, voici la purée, à toi de les gaver le mieux possible, ensuite tu les changeras de couche... La pauvre employée a été dépassée par les événements – on peut la comprendre –, et comme personne ne l'avait prévenue qu'il fallait se méfier des fugues de madame Légaré... Il paraît que ce n'est pas la première fois que ça arrive. La plupart du temps, Marguerite est perdue dans ses pensées et elle passe ses journées à regarder la télévision dans la salle commune, mais elle a parfois des sursauts de lucidité, des poussées d'énergie surprenantes, et elle n'a soudainement plus envie de regarder des *soaps* américains mal traduits en buvant son jus de canneberges. Elle sort dans la rue, elle appelle un taxi... La plupart du temps, la fugue s'arrête là : elle ne sait pas quelle adresse donner au chauffeur, ou alors elle lui demande de l'amener au traversier...

— ... Quel traversier ?

— Personne ne le sait. C'est une sorte de lubie. Le chauffeur la fait rentrer dans le centre d'accueil, et on n'en parle plus. D'autres fois, elle demande qu'on la conduise chez sa coiffeuse, ou à l'église, ou alors au centre commercial, et comme elle donne ses indications avec une grande assurance, le chauffeur fait ce qu'elle lui demande : comment pourrait-il savoir que la pauvre femme n'a pas toute sa tête ? On ne peut pas vraiment lui en vouloir à lui non plus...

— Il y a quand même quelqu'un qui est responsable, non ?

— C'est exactement ce que Michel a dit à l'infirmier, même qu'il a haussé le ton, ce qui m'a d'ailleurs un peu surpris : tu connais Michel, toujours si calme... Mais j'ai été encore plus étonné par la réaction de Stéphane. Il nous a fait une colère digne du professeur Tournesol quand le capitaine Haddock le traite de zouave...

— C'était dans *Objectif Lune,* non ?

— Tu trouves toujours de nouvelles façons de m'impressionner... Mais peu importe. Stéphane est devenu rouge de colère et il nous a entraînés dans une visite guidée du centre : « Celui-ci a besoin d'être lavé mais il n'y a plus de serviettes parce que quelqu'un a oublié de remplir une réquisition en six exemplaires, peut-être que vous pourriez vous en occuper si vous avez deux minutes, profitez-en donc pour nourrir ces cinq-là à la cuiller en même temps,

attention à celui-ci, il est allergique aux produits laitiers,
j'espère que vous vous en souviendrez sinon je ferai un rapport
à la direction, n'oubliez surtout pas de changer leur couche
mais pas trop souvent, ça coûte cher, ne négligez pas non
plus de raser les bénéficiaires ni de les tourner pour éviter
les plaies de lit, débrouillez-vous aussi pour leur distribuer
leurs pilules, oui, madame, il faut prendre la bleue avant la
rouge, c'est important, la bleue, oui, celle-là, et je ne parle pas
des injections, des ponctions, des lavements, des massages, du
jeu de cartes qui est tombé à côté du lit, du téléviseur qui ne
fonctionne pas, et savez-vous combien on nous paie pour faire
ça, monsieur, le savez-vous ? Vous faites quoi, vous, au juste ?
Vous vous occupez de la sécurité dans un centre commercial,
c'est ça ? Et vous vous êtes déplacés *à deux* pour venir me
dire quoi faire ? Si vous avez envie de changer de place avec
moi, je suis d'accord. Voulez-vous commencer tout de
suite ?» J'ai résumé ça comme j'ai pu, vu que ça sortait de sa
bouche comme d'une mitrailleuse, mais je pense que l'esprit
est là… Il était très convaincant, notre ami Stéphane. Tellement
convaincant que Michel lui a présenté ses excuses. Stéphane
a décoléré un peu, mais il était encore rougeaud quand il
nous a parlé de la famille de Marguerite… Si tu permets, je
vais reprendre un peu de café, avant qu'il refroidisse.

— Je t'en prie… Marguerite a de la famille ?

— Un fils, qui s'appelle Laurent Légaré. Ça te dit
quelque chose ?

— Pas du tout, non. Je devrais le connaître ?

— Ça ne me disait rien, à moi non plus, mais Michel
avait déjà entendu parler de lui : Laurent Légaré est un avocat
qui a abandonné le droit parce que ce n'était pas assez lucratif,
et qui s'est lancé dans la construction résidentielle. Les *Jardins
Richelieu*, c'est lui. Les *Cours du Prince,* dans le Vieux-
Montréal, c'est aussi lui. Si tu cherches un condo à un million,

c'est à son entreprise qu'il faut t'adresser. Il est aussi propriétaire d'un terrain de golf dans la région de Mont-Tremblant, de deux restaurants et de quelques hôtels...

— ... Et il n'a pas les moyens de s'occuper de sa mère?

— Les hôpitaux sont là pour ça, non? J'espère que tu as deviné que ce n'est pas moi qui parle, Liette, c'est monsieur Laurent Légaré lui-même, qui a tenu ces propos à notre ami Stéphane. Laurent ne va jamais visiter sa mère. À quoi ça servirait, puisqu'elle est déconnectée de la réalité? Stéphane a été obligé de téléphoner à Laurent, un jour, pour lui rappeler que c'était l'anniversaire de sa mère et que sa robe de chambre était usée à la corde. Ça lui a valu une lettre de blâme: un infirmier n'a pas le droit de téléphoner aux parents d'un patient sans en aviser la direction.

— ... Ça donne envie de vieillir, quand on entend ça...

— ... Michel a demandé à l'infirmier s'il ne pouvait pas, par hasard, nous fournir l'adresse personnelle de ce monsieur Légaré... Peut-être qu'on pourrait lui ramener sa mère *par erreur*, la prochaine fois...

— ... Il vous l'a donnée???

— Impossible. C'est confidentiel. Mais il nous a recommandé d'aller nous promener du côté du mont Saint-Hilaire. Il y a là de très belles maisons, nous a-t-il dit. Si vous êtes amateurs d'architecture moderne, vous apprécierez particulièrement celle qui se trouve dans telle rue, à telle adresse... Nous sommes passés par là sur le chemin du retour. C'est un grand manoir avec dépendances, une écurie, une piscine digne de Hollywood... Je ne sais pas si la maison est vraiment un chef-d'œuvre d'architecture moderne, comme le disait l'infirmier – je pense que c'était ironique –, mais ça valait le détour...

— ... Vous n'êtes quand même pas allés parler au fils de Marguerite?

— Tu nous imagines vraiment sonner à sa porte pour lui faire la morale ? « Prenez soin de votre mère, monsieur, sinon ça fait de la peine au petit Jésus… » Nous n'avons rien fait, non : nous n'avons pas posé de bombe, nous n'avons pas dessiné de graffitis sur la porte de son garage, nous n'avons même pas pissé dans sa piscine, même si ce n'est pas l'envie qui nous manquait. Nous sommes revenus ici, tout bonnement. Tout ça n'a servi qu'à attiser notre colère, finalement…

— Je trouve ça un peu bizarre que vous ayez pensé à poser des bombes ou à dessiner des graffitis. Je ne vous imagine tellement pas en délinquants…

— Quand j'étais jeune, j'étais toujours en colère contre l'univers entier, et je ne savais pas trop comment l'exprimer… J'étais un très mauvais élève, qui avait beaucoup de problème avec l'autorité. Quand je suis devenu professeur, je n'aimais pas les bons élèves. Je leur préférais de loin les petits délinquants, justement, les tordus, les compliqués… C'est comme si j'avais essayé de me réparer moi-même à travers eux… Bon, ce n'est pas tout, ça, il faut retourner travailler… Qu'est-ce que tu penses d'*Africa* ?

— C'est de loin le meilleur café que j'ai bu depuis que je suis ici. On s'abonne ?

— Excellente idée. On s'est promenés assez longtemps, il est temps d'accoster. Mais, en attendant, le travail ne se fait pas tout seul…

18

Trois problèmes

— J'ai trois problèmes à vous soumettre, dit Michel en dessinant trois flèches sur son bloc-notes.

— Est-ce que je peux vous poser une question, patron ?

— Vas-y, Mélanie…

— Pourquoi avez-vous dessiné trois flèches ? Avez-vous peur d'oublier quelque chose ?

— Pas du tout, non. J'ai l'habitude de griffonner quand je parle, c'est tout. Ça me donne une contenance…

— Et ça vous permet du même coup de connecter les deux hémisphères de votre cerveau, ce qui dénote un esprit méthodique et un tempérament énergique. J'ai lu ça dans un magazine : la plupart des hommes de décision gribouillent en parlant, et ils dessinent souvent des flèches ou des lignes droites. Les rêveurs ont plutôt tendance à dessiner des formes rondes, genre, des spirales, des volutes… Ce n'est pas plus mal, remarquez. Les artistes sont importants, eux aussi, à leur manière. Il n'y a aucun jugement de valeur dans ce que je dis, et…

— Merci pour l'information, Mélanie. Est-ce que je peux continuer?

— Excusez-moi. Allez-y.

— … Je disais donc que nous avions trois problèmes à résoudre. Le premier concerne les conteneurs à déchets. Ça se bouscule un peu trop à mon goût, là-dedans. On dirait un *Boxing Day* avant le temps, sauf que ça se passe dans les poubelles.

— Pourquoi faudrait-il s'en occuper? demande Francine. Il y a toujours eu de l'activité dans les conteneurs, et ça ne dérange personne.

— Je suis d'accord avec Francine, ajoute Sébastien. Ces gens-là font de la récupération. C'est bon pour la planète.

— C'est aussi mon avis, reprend Michel, mais l'Association des marchands veut qu'on réagisse. Je vous rappelle que nous sommes censés être le centre de l'élégance sur la Rive-Sud, c'est même un de nos slogans. Des bagarres dans les poubelles, ça fait un peu trop tiers-monde à leur goût. Certains marchands ont suggéré de se procurer des conteneurs équipés de compacteurs géants pour rendre les déchets inutilisables. Il paraît que ça réglerait la question une fois pour toutes.

— Je connais ce genre de machine, dit Sébastien. C'est hyper-dangereux. Les gens qui fouillent dans les poubelles travaillent parfois en famille. Imaginez qu'un enfant se fasse compacter…

— C'est ce que je leur ai fait valoir, mais ça n'a pas eu l'air de les impressionner. J'ai eu plus de succès en leur disant que ça coûterait cher et qu'il faudrait sans doute augmenter leur cotisation en conséquence.

— Ils auraient moins de problèmes s'ils triaient leurs déchets, propose Francine. Aussitôt qu'une marchandise est un peu abîmée, ils la jettent.

— Ils prétendent qu'ils n'ont pas le temps de faire le tri, répond Michel, et surtout pas dans la période des fêtes. Aussi longtemps qu'un mètre carré d'entrepôt coûtera plus cher qu'un mètre carré de conteneur, ils préféreront balancer leurs déchets là-dedans. Et aussi longtemps qu'il y aura de l'argent à faire avec les déchets, il y aura des gens pour fouiller dedans...

— Je m'en occupe, patron, dit Sébastien. Donnez-moi une semaine, et la situation sera réglée sans que ça coûte un sou aux marchands. J'ai mon idée.

— Comment comptes-tu t'y prendre ?

— Avez-vous remarqué qu'on n'entendait jamais parler des récupérateurs quand Jean-Guy s'occupait du station- nement ? C'était son royaume, et tout le monde le respectait. Il savait s'y prendre avec eux. Maintenant que le chat est parti, les souris dansent. Il s'agit simplement de rétablir une ligne d'autorité. Je peux m'en charger.

— Parfait, dit Michel en biffant sa première flèche. Deuxième problème : Yvan est revenu...

— Oh non, pas lui ! dit Francine en levant les yeux au ciel.

— Pourquoi l'ont-ils laissé sortir ? demande Sébastien. Ils ne s'imaginent quand même pas qu'il est guéri ? Ces gars- là ne guérissent jamais !

— Ses avocats ont fait valoir qu'il n'y avait pas vraiment de victimes et qu'on ne pouvait donc pas parler de grossière indécence. Yvan est libre.

— ... Est-ce que quelqu'un pourrait éclairer ma lanterne, s'il vous plaît ? demande Viateur. Qui est cet Yvan ?

— Je ne le connais pas, moi non plus, précise Mélanie.

— Yvan est un tripoteur de mannequins, répond Michel. Je ne parle pas des modèles vivants, évidemment. Notre homme fait une fixation sur les mannequins des vitrines, surtout ceux qui n'ont pas de tête ni de jambes, et qu'on utilise pour montrer les sous-vêtements féminins. Ça le rend fou. Il faut qu'il aille les tripoter, c'est plus fort que lui.

— C'est le rêve de tous les hommes, glisse Francine sur le ton de celle qui réfléchit à voix haute. Une femme sans tête ni jambes, qui ne peut ni parler ni courir, qui a les seins durs et qui reste toujours mince...

— Je ne suis pas d'accord, proteste Sébastien. La minceur, c'est un rêve de femmes. La preuve, c'est que les magazines féminins sont rédigés par des femmes, qu'ils sont lus par des femmes...

— ... et ce n'est pas notre problème, s'empresse d'ajouter Michel. Le problème, c'est qu'Yvan est revenu. Il se contente pour le moment de faire du repérage, mais il ne devrait pas tarder à passer à l'attaque.

— ... Qu'est-ce qu'il leur fait, au juste? demande Mélanie.

— Il tripote les seins ou les fesses pendant dix secondes, puis il court s'enfermer dans les toilettes. Il faut croire que ça l'excite terriblement. Le pire, c'est qu'il peut recommencer cinq ou six fois par jour.

— Pourquoi les hommes se donnent-ils tant de mal pour s'extirper une cuillerée à thé de sperme? dit Francine. Il faudra que vous m'expliquiez ce que ça a de si extraordinaire, un de ces jours. Est-ce que ça vaut vraiment la peine de se couvrir de ridicule?

— Nous ne sommes pas tous comme lui, Francine, répond Sébastien sur un ton légèrement exaspéré.

— En es-tu vraiment sûr?

— ... Essayons de ne pas nous éloigner du sujet, coupe Michel. La police ne peut rien faire tant qu'Yvan n'a pas commis de délit, alors le problème nous retombe dans les mains, si je puis dire. Les marchands de sous-vêtements féminins s'attendent à ce qu'on l'empêche d'agir, mais on ne peut quand même pas l'attacher...

— On pourrait se cotiser et lui acheter un mannequin, suggère Mélanie à la blague.

— Ça ne réglerait rien, répond Michel. Il y a nécessairement une part d'exhibitionnisme dans son plaisir, sinon il ne viendrait pas réaliser son fantasme dans un centre commercial.

— Qu'est-ce qui l'excite le plus, d'après vous? demande Viateur. Le tripotage lui-même ou les réactions qu'il suscite?

— ... Difficile à dire, répond Michel. J'avoue ne pas avoir beaucoup d'expérience dans ce domaine... Pourquoi poses-tu cette question?

— Tous ces mannequins sont installés dans des magasins de vêtements féminins où ne travaillent que des femmes et qui ne sont fréquentés que par des femmes. Peut-être que votre Yvan serait moins excité s'il se sentait observé par un homme... Moi, en tout cas, ça me couperait le sifflet, si vous me passez l'expression... Supposons qu'on mette quelqu'un sur sa piste et qu'il se sente suivi, ostensiblement suivi...

— Ça vaut la peine d'être essayé, répond Michel. Tu me sembles le candidat tout désigné, Viateur. Nous avons justement besoin d'un spécialiste en perversions sexuelles. C'est un domaine très prometteur, tu vas voir...

— Je sens que je viens de me faire avoir...

— Passons maintenant au troisième problème. Tout le monde a vu l'affiche de *Coton Collection*?

— ... Les deux hommes qui s'embrassent? demande Sébastien. Je me demandais combien de temps il faudrait pour que quelqu'un porte plainte.

— Moi, ça ne me gêne pas, dit Mélanie. Si les gays ont le droit de se marier, ils ont aussi le droit de s'embrasser en public, non?

— Je trouve qu'il y a quand même une part de provocation dans cette affiche, intervient Francine. Vous avez vu la longueur de leur langue? On dirait des caméléons! Je ne pensais jamais que ça pouvait être aussi long! C'est dégoûtant!

— On les a choisis pour la longueur de leur organe, c'est évident, dit Mélanie.

— Je pense que les photos ont été trafiquées, fait remarquer Viateur. Ça me semble démesuré, à moi aussi. On dirait qu'on leur a greffé des langues de chevaux...

— Bon, je vois que tout le monde sait de quoi je parle. Nous avons reçu des plaintes, en effet, comme il fallait s'y attendre.

— Est-ce qu'elles portent sur la longueur des langues ou sur le fait qu'elles sortent de deux bouches masculines? demande Mélanie.

— En fait, la plupart des plaintes proviennent des marchands, qui s'inquiètent des réactions que pourraient avoir certaines communautés.

— Dans ce cas, l'affaire est réglée, patron.

— Tu ne cesseras jamais de me déconcerter, Mélanie. Ou bien tu en dis trop, ou bien tu n'en dis pas assez… Peux-tu nous expliquer ton raisonnement, s'il te plaît?

— C'est tout simple. Vous n'avez qu'à expliquer aux marchands qui craignent les réactions de *certaines* communautés que vous n'avez encore reçu aucune plainte de ces communautés, ce qui prouve que leurs membres ont les idées plus larges qu'on ne le pense, ou alors qu'ils ne font pas partie de notre clientèle. Dans un cas comme dans l'autre, le problème est réglé. On peut aussi penser que les membres de ces communautés n'ont pas encore eu le temps de réagir, évidemment. Dans ce cas, il n'y a qu'à attendre : si tout va bien, la campagne de publicité sera terminée à ce moment-là...

— Je dois avouer que ton raisonnement a du sens.

— Je savais que vous seriez d'accord avec moi, patron. Un problème reporté à plus tard est un problème qui se réglera peut-être tout seul. Sinon, eh bien, tant pis, on aura quand même essayé.

— ... Je pense que nous pouvons clore la réunion sur ces paroles hautement philosophiques. C'était une excellente réunion, merci à tous.

— N'oubliez pas de biffer la troisième flèche, patron, sinon vous risquez de mal dormir la nuit prochaine. Le cerveau aime que les choses soient bien rangées. Surtout le vôtre.

— Sais-tu que tu deviens de plus en plus irremplaçable, Mélanie ?

— J'y travaille, patron, j'y travaille !

19

Signe de croix

Michel et Francine font leur ronde matinale, Sébastien promène ses muscles dans l'aile B, Mélanie profite d'une journée de congé, et Viateur assure l'intendance. Cette journée s'annonce bien : les mots croisés que Francine lui a apportés sont juste assez faciles pour être complétés sans l'aide du dictionnaire, mais suffisamment compliqués pour lui décrasser le cerveau. Une définition un peu tordue, un mot inusité à moitié enfoui dans quelque recoin poussiéreux de la mémoire, il n'en faut pas plus pour sentir des synapses se connecter, de vieux circuits se ressouder. Tous les médecins vous diront qu'il n'y a pas de meilleure méthode pour contrer le vieillissement du cerveau, et Viateur les croit d'autant plus volontiers qu'il adore remplir de petites cases. Plus il vieillit, plus il a le sentiment de pouvoir suivre à la trace le parcours des impulsions électriques dans ses neurones lorsqu'il est occupé à trouver un mot nouveau : il balaie d'abord l'hémisphère gauche, puis le droit, procédant tantôt par association d'idées et tantôt par logique, sentant parfois la tension monter quand il bute sur une définition, mais se reprenant encore et encore, mêlant inextricablement la raison et l'intuition, jusqu'à ce qu'il trouve enfin la mystérieuse lettre manquante qui donne un sens à ce qui n'en avait pas. Le cerveau est alors si heureux du travail accompli qu'il s'auto-injecte une petite giclée d'endorphines en guise de récompense, et Viateur se sent dans un état proche de la béatitude.

La physique peut aussi fournir de délicieux petits plaisirs, pour peu qu'on se donne la peine d'en appliquer quelques notions élémentaires. Quand il a complété ses mots croisés, Viateur en fait des boulettes qu'il lance dans la corbeille. Lorsque la sphère a la densité voulue et que la turbulence est constante, la lutte entre l'inertie et la gravité donne parfois une magnifique trajectoire parabolique, et le projectile tombe au centre de l'ellipse, sans rebond sur le mur, ni même sur les parois de la corbeille. Ça ne réussit pas à chaque coup, bien sûr. Mais quand ça marche, le cerveau s'envoie une autre dose d'endorphines, et on se dit que cette journée s'annonce *vraiment* bien.

Lorsqu'il est absolument sûr d'être seul au quartier général, Viateur se livre parfois à un autre de ses plaisirs préférés, mais plaisir coupable, celui-là : les mots mystères... C'est loin d'être aussi satisfaisant pour l'esprit que les mots croisés, mais c'est une façon comme une autre de consolider son vocabulaire. Comme cette grille-ci porte sur l'horlogerie, elle est bourrée de termes techniques, ce qui relève sensiblement le coefficient de difficulté.

Il commence à peine à s'y attaquer quand Mirabeau fait son apparition. Viateur sait immédiatement à qui il a affaire, même s'il n'a encore jamais rencontré son collègue : un ex-président Aristide avec une barbiche à la Tournesol perdu dans une canadienne deux fois trop grande pour lui, ça ne peut être que Mirabeau.

— Monsieur Raymond, je présume ?

— En effet. Vous devez être monsieur Toussaint ?

— Vous pouvez m'appeler Mirabeau, si toutefois vous avez l'indulgence de me pardonner un paradoxe dont je ne suis pas responsable.

— … Quel paradoxe ?

— Appeler quelqu'un par son prénom, c'est supposément plus familier, mais quand on partage le patronyme du comte de Mirabeau, homme aussi ambitieux qu'intelligent, orateur brillant et grand penseur – c'est à lui que nous devons la Déclaration des droits de l'homme, comme vous n'êtes sûrement pas sans le savoir, vous qui avez œuvré dans l'enseignement –, il est difficile de ne pas être entaché d'un brin de mégalomanie, ce qui rend encore plus problématique l'exercice de cette familiarité faussement modeste qui semble si prisée dans toute l'Amérique du Nord – Haïti exceptée, bien sûr. D'où le paradoxe. Mais ne vous inquiétez pas, j'ai la mégalomanie discrète. Dans un pays qui fait des révolutions tranquilles, c'est préférable. Je vous offre un café ?

— Certainem… C'est-à-dire que non, à bien y penser. J'en ai déjà pris un ce matin…

— Comme vous voulez.

Mirabeau prépare son café tandis que Viateur tourne subrepticement la page du journal avant que l'autre s'aperçoive qu'il s'intéressait au mot mystère.

J'ai bien fait de ne pas accepter son café, se dit Viateur en observant les manœuvres de Mirabeau du coin de l'œil. *Avec ce qu'il a mis comme poudre, je souffrirais d'insomnie pour le restant de mes jours.*

Lorsque Mirabeau s'assoit avec son café, il se livre à un rituel étonnant : il fait un signe de croix, joint les mains et penche la tête pour prier, il avale ensuite sa tasse d'une traite, puis joint les mains encore une fois et fait son signe de croix à l'envers, en commençant par l'épaule droite et en le terminant sur le front.

Viateur doit avoir l'air stupéfait, puisque Mirabeau lui demande aussitôt :

— Est-ce que j'ai fait quelque chose qui vous a dérangé ? Vous semblez étonné par mon rituel...

— Pas du tout, non...

— Tant mieux. Les gens récitent leur bénédicité avant le repas, mais jamais avant le café. Grave erreur. L'homme ne se nourrit pas seulement de pain, n'est-ce pas ? Le liquide est-il moins important que le solide ? Non pas, monsieur, non pas !

— Vous avez sûrement raison. Mais pourquoi avez-vous fait votre signe de croix à l'envers ?

Viateur n'a pas aussitôt terminé de poser sa question qu'il voudrait se mordre les lèvres. *Contente-toi de parler de la pluie et du beau temps,* lui a pourtant recommandé Michel... Mais il est trop tard, le mal est fait.

— Je suis content que vous me posiez cette question qui dénote chez vous un sens de l'observation aigu doublé d'une remarquable ouverture d'esprit, ce qui est une combinaison intéressante, ne serait-ce que du point de vue de la géométrie. Je vais vous expliquer de quoi il retourne, c'est tout simple en vérité. De même que les gens oublient l'importance des liquides, ils oublient de faire leur signe de croix à l'envers en récitant leurs grâces. Erreur, grave erreur, encore plus grave que la première ! Il faut toujours refermer ce qu'on a ouvert, toujours, voilà ce que Napoléon Bonaparte n'a jamais compris, pas plus d'ailleurs que les autres impérialistes, et cette erreur de logique élémentaire assombrit à jamais l'universalité de son génie. Faire la guerre, c'est aussi facile que d'enfoncer une porte pourrie. La preuve, c'est que même les militaires y réussissent. La finir, c'est une autre paire de manches. Marx l'avait compris, lui. Son problème, c'est qu'il l'avait trop compris. Proudhon avait écrit *Philosophie de la misère*, il a répliqué avec *Misère de la philosophie*. Excellent départ, monsieur, excellent départ en vérité! Fermer ce qu'on a ouvert, revenir sur ses pas, voilà la véritable difficulté! Althusser a déjà dit que Marx avait ouvert le continent de l'histoire à la science, mais il avait tort. Marx refermait bien plus qu'il n'ouvrait, monsieur, et il refermait avec une telle violence que rien ne repoussait derrière lui, tel un Attila des idées. Saint Paul s'y connaissait mieux, qui répandait la bonne nouvelle tout en dé-li-vrant l'humanité des prescriptions judaïques. Ouvrir et re-fer-mer, telle est la leçon de saint Paul. Refermer avant d'ouvrir, ouvrir et refermer pour mieux ouvrir à nouveau, voilà la véritable pensée dialectique, qui n'a rien à voir avec la vulgate hégélienne et ses pâles ersatz marxistes. Voulez-vous que je vous dise ce qui arrive quand on ne referme jamais ce qu'on ouvre? On devient comme Haïti, monsieur, on devient comme Haïti chérie, riche de toutes les pensées et de toutes les richesses, mais enceinte en même temps de toutes les misères, et incapable d'avorter. Haïti n'a jamais refermé l'Afrique derrière elle, ni l'esclavage, ni la France, ni le catholicisme, ni le vaudou, ni la démocratie, ni la dictature, ni même Napoléon Bonaparte. Or, que se passe-t-il quand on ne referme rien? Je vais vous le dire, monsieur. On mégalomanise. La mégalomanie est la maladie d'Haïti, et elle est l'exact contraire de la modestie canadienne, conséquence logique de ce territoire sans frontières, sans endroit ni envers, sans portes à refermer. Votre pays, ce n'est pas l'hiver, comme a dit votre poète, c'est un grand courant d'air qui souffle vers la mer et vous empêche de refermer les portes. Il faut toujours re-fer-mer ce qu'on a ouvert, monsieur Raymond, et c'est ce qu'il y a de plus difficile. Qu'est-ce que vous en pensez?

— C'est-à-dire que... Moi, j'enseignais les mathématiques, voyez-vous. La philosophie, ça n'a jamais été vraiment ma tasse de thé...

— Professeur de mathématiques! Quel saint apostolat que celui-là! Il faudra que nous ayons une conversation sur les dérivées, un de ces jours! J'a-do-rais les dérivées quand j'étais jeune! Les intégrales aussi, d'ailleurs! Mais il faut maintenant que je retourne à mon poste, hélas... Ravi de vous avoir rencontré, monsieur Raymond, et j'espère sincèrement que nous aurons bientôt l'occasion de poursuivre cette passionnante conversation!

∼

— Qu'est-ce qui se passe, Viateur? dit Michel qui rentre au QG quelques instants plus tard. Tu as l'air sonné...

— Je viens de rencontrer Mirabeau...

— Oh!... Il ne t'a pas parlé de philosophie, j'espère?

— Je n'ai pas pu l'en empêcher.

— Je t'avais prévenu. Tu vas t'en remettre, n'aie pas peur. J'imagine qu'il t'a exposé sa théorie de la réincarnation fractale?

— Pas du tout, non. Du moins, *il me semble* que non. Si j'ai bien compris, il parlait plutôt de l'importance de bien refermer la porte derrière soi. C'était plutôt bizarre, mais pas inintéressant... Est-ce que je peux te poser une question personnelle, Michel?

— Je t'écoute...

— Comment as-tu abouti ici, au juste?

— La vérité, c'est que j'ai mal réagi aux buvards. Le reste a suivi.

— ...

— Je te fais la version pause café, ça te va ? Quinze minutes, pas plus...

20

Buvards

Il était une fois deux jeunes hommes chevelus qui déposaient des buvards dans un bac d'acide, dit Michel. Ils sont chevelus parce que nous sommes dans les années soixante, et ils déposent des buvards dans des bacs d'acide parce que ça rapporte beaucoup d'argent. Le premier s'appelle Jean-François, et il a juste ce qu'il faut de connaissances en chimie pour produire du LSD. Le deuxième, c'est moi.

J'ai déjà été hippie, oui, si on veut. Ou plutôt hippie adjacent, comme diraient les agents immobiliers. Je sais que c'est surprenant, mais c'est comme ça.

Je n'ai jamais rien compris à la chimie, mais les chiffres ne me font pas peur. Et cette chimie-là est très intéressante, côté chiffres : les coûts de production sont presque nuls, et la demande quasi illimitée. Janis et Jimi ne sont pas encore morts, Brian Jones et John Lennon non plus, et on peut, en toute bonne foi, imaginer qu'il suffit de se dérégler tous les sens pour saper le pouvoir de la bourgeoisie ou accéder à un niveau supérieur de conscience, selon qu'on s'intéresse à la révolution ou à des religions plus ordinaires. Tout ça pour deux dollars, avoue que c'est le *deal* du siècle, Viateur... Le plus beau de l'affaire, c'est que la pègre n'a pas encore flairé l'aubaine et qu'elle s'occupe uniquement d'alcool frelaté, de prostitution et de loteries clandestines. Elle ne tardera pas à se mettre le nez là-dedans, mais pour le moment, elle ne contrôle ni la production ni la distribution de tickets pour le *Magical Mystery Tour*. Il n'y a donc pas de taxes ni de taxage, ça se fait entre amis, et les profits sont faramineux.

Il y a donc J.-F. et moi, occupés à tremper des buvards dans un bac d'acide. Une fois les feuilles bien imbibées, on les retire avec des pincettes, on les fait sécher sur une corde à linge miniature, puis on les coupe en petits morceaux. Le seul ennui, c'est que le mélange est instable et qu'il s'imbibe inégalement dans le buvard : tout le liquide se retrouve parfois concentré dans les coins et il n'y a rien au milieu, parfois c'est l'inverse.

Nous préparons donc nos buvards et, comme nous sommes des *pushers* consciencieux qui ne vendraient rien qu'ils n'aient eux-mêmes goûté, nous consommons chacun notre hostie psychédélique. Au bout d'une heure, il ne se passe rien. Les couleurs restent à leur place sur le papier peint, le monde ne compte toujours que trois dimensions, et nous ne ressentons même pas de picotement sur nos lèvres. Nous décidons de prendre un deuxième morceau de buvard, pour en avoir le cœur net. La gaffe, Viateur, la gaffe !

Dix minutes plus tard, la première dose se fraie enfin un chemin jusqu'au cerveau et court-circuite quelques neurones. La guitare se liquéfie, les murs sont des miroirs déformants, le monde n'a plus de substance, méchant trip. Mais quand le deuxième buvard libère son poison, ça devient beaucoup moins drôle.

Qu'est-ce qui nous arrive, J.-F. ? As-tu l'impression que l'univers se disloque, que ça se crevasse, que nous ne sortirons pas intacts de ce trip-là ?

Nous ne sommes pas des novices, et nous savons comment réagir : ça va brasser dans nos têtes pendant quatre ou cinq heures, ensuite ça devrait se calmer. Il s'agit de laisser passer la tempête, c'est tout. Si seulement il y avait moyen de se nettoyer le cerveau en prenant une douche ou en récitant une formule magique... Il y a un feu d'artifice dans notre tête, et chaque pétard en allume un autre, encore plus nocif...

Huit heures plus tard, ça continue.

Le lendemain matin, l'effet de la drogue n'est toujours pas dissipé, et nous paniquons sérieusement : il y a maintenant plus de douze heures que nous avons avalé nos buvards ! Nous commençons à penser que les dommages sont peut-être irrémédiables, et quand une idée comme celle-là s'installe dans un cerveau déréglé, ce n'est pas vraiment la joie.

J.-F. décide d'aller acheter des cigarettes au coin de la rue pour se changer les idées, mais je n'ai pas envie de l'accompagner. Je suis en plein délire paranoïaque, je suis convaincu que la lumière a des comptes à régler avec moi et qu'elle tisse des toiles autour de la maison. Va chercher tes cigarettes tout seul et fous-moi la paix, veux-tu, fous-moi la paix, J.-F !

Une heure plus tard, J.-F. n'est pas encore rentré du dépanneur. Cette heure-là m'a semblé en durer vingt. As-tu déjà eu le sentiment que le temps était à jamais détraqué, Viateur, que tu avais pris un mauvais embranchement et que tu ne retrouverais jamais le temps des autres ? C'est assez atroce.

Je n'ai jamais revu J.-F. Je ne dis pas qu'il est allé se jeter du haut du pont Jacques-Cartier, attention. Peut-être qu'il est devenu vendeur d'automobiles usagées ou marchand d'esclaves en Abyssinie, je n'en sais rien et je n'ai jamais vraiment voulu le savoir.

Je me retrouve à l'urgence de l'hôpital Saint-Luc. Ne me demande pas comment j'ai fait pour me rendre là, je n'en ai aucune idée. Le médecin qui me prend en charge n'a aucune sympathie pour les hippies, et il y va raide sur les lavements... Mais si c'est une chose de se vider l'estomac, c'en est une autre de se nettoyer la tête.

Une semaine plus tard, je suis toujours sous observation à Saint-Luc. Département de psychiatrie. Dépression majeure. Je ne dis pas que les buvards ont provoqué la dépression. Cause ou effet, je ne l'ai jamais su au juste. Tout ce que je peux te dire, Viateur, c'est que je me sentais comme un oiseau qui a foncé tête première dans une vitre et qui ne comprend rien à ce qui lui est arrivé : Qu'est-ce qui a bien pu se passer ? Pourquoi le ciel est-il devenu compact, tout à coup ?

On finit par me bourrer d'antidépresseurs qui cognent dur – c'était longtemps avant les Prozac –, et je retourne vivre chez mes parents. Je m'installe dans ma chambre d'adolescent, et je dors pendant un an.

Je te jure que c'est vrai, Viateur. Je dormais seize heures par jour, parfois plus. Il n'y avait pas moyen de faire autrement. Je me levais à midi, je regardais des émissions nulles à la télévision, j'allais me recoucher jusqu'à six heures, je mangeais un peu, puis je me recouchais pour la nuit. Il est étonnant que je n'aie pas fait de plaies de lit, à force de dormir aussi longtemps, ni de cancer du cerveau, à force de regarder la télévision l'après-midi. Je n'ai jamais dormi aussi dur de toute ma vie, même quand j'étais enfant. Chaque fois que je posais la tête sur l'oreiller, j'avais l'impression de tomber dans un gouffre sans fond dont je ne remonterais jamais, et ça tombait bien : je n'avais aucune envie de remonter.

Et puis mon oncle arrive. Mon oncle René, le frère de ma mère. Je suis assis devant la télé à regarder *The Price Is Right* – il faut *vraiment* être déprimé pour regarder ça –, il vient s'asseoir en face de moi et il m'offre un emploi. Je le regarde, hébété : Un emploi ? Moi ? Tu veux que je teste des matelas ? Tout ce que je sais faire, c'est dormir.

Mon oncle m'explique de quoi il retourne : il est gérant d'une pharmacie qui vient tout juste d'ouvrir ses portes, l'achalandage est plus fort que prévu, il s'agit d'empiler des boîtes de kleenex et des décorations de Noël sur les tablettes, ça n'a rien de bien sorcier.

Je hausse les épaules : pourquoi pas ?

Je me traîne jusqu'au centre commercial où se trouve cette pharmacie, je commence à empiler des boîtes de kleenex et des bouteilles de shampoing, et je me surprends dès le premier jour à faire quelques découvertes simples et étonnantes.

La première surprise, c'est que je ne déteste pas faire des étalages. Donnez-moi des caisses d'essuie-tout à solder, je vous empile ça jusqu'au plafond en deux temps trois mouvements. Les enfants font tout tomber à mesure ? Aucun problème, je recommence. Ce n'est pas plus absurde que de dormir toute la journée, après tout... J'aime répéter de petits gestes innocents. J'aime recommencer, tourner en rond, refaire les mêmes parcours.

Je m'aperçois peu après que j'ai un talent rare, qui ne s'enseigne nulle part et qui ne s'apprend pas : tout ce qui cloche, tout ce qui dépasse me saute aux yeux, c'est plus fort que moi. Certains individus ont une oreille parfaite et deviennent accordeurs de pianos ; d'autres ont un nez extraordinaire et se retrouvent parfumeurs ; d'autres, comme moi, sont experts en détection d'erreurs. S'il y a un cadre mal accroché dans une pièce, je ne vois que ça, et j'ai même des bouffées de chaleur tant qu'il n'est pas redressé. Pareil pour les fautes d'orthographe : si un participe passé est mal accordé, je ne vois que lui, et je le vois même avant d'avoir lu la phrase. J'imagine que les porteurs de ce gène avaient un avantage sur les autres, du temps où nos ancêtres vivaient dans des cavernes : ce champignon n'est pas normal, les gars, n'y touchez pas ! Tu me vois venir, évidemment : il suffit qu'une cliente ait un peu plus d'embonpoint en sortant de la pharmacie qu'en y entrant pour que je m'en aperçoive. Aussitôt que je détecte une attitude suspecte, j'ai les sens en alerte. Je suis fait comme ça, ce n'est vraiment pas ma faute.

Un mois plus tard, je ne travaille plus à la pharmacie, mais au service de sécurité du centre commercial. Je me promène sans jamais rien acheter, sans porter le moindre intérêt à la marchandise. J'ouvre l'œil, je déploie mes antennes, je regarde ce que personne ne regarde et je vois ce que personne d'autre ne voit, attentif aux humains plutôt qu'aux choses, à leurs attitudes plutôt qu'à leurs paroles. Je suis là tout en étant ailleurs, un peu comme si j'étais entré dans une salle de cinéma pour observer les spectateurs plutôt que pour voir le film. Je suis encore dans ce cinéma aujourd'hui, et je peux te dire qu'il ne s'est pas passé un jour sans que j'apprenne quelque chose de nouveau. Je me suis senti à ma place dès le premier jour, et ça continue.

Tu commences à connaître le métier, maintenant. Tu sais que quatre-vingt-dix-neuf pour cent des gens sont honnêtes quatre-vingt-dix-neuf fois sur cent. On n'attrape donc pas des voleurs tous les jours, et c'est tant mieux. Ça laisse du temps pour regarder la grand-mère qui choisit un pyjama pour le bébé de sa fille, l'amoureux qui essaie de dénicher *le* cadeau qui fera briller les yeux de sa fiancée, l'adolescente boulotte qui cherche la robe magique qui la fera enfin paraître aussi mince que dans ses rêves, le jeune homme qui achète une guitare et qui se voit en train de conquérir le monde, la mère qui se procure un jeu de société en espérant que ses enfants voudront bien lâcher la télévision, le mari qui reluque une antenne parabolique qui lui permettra de capter deux mille stations de télévision supplémentaires, le jeune homme trop maigre qui s'imagine qu'un baril de créatine le transformera en Rambo, la jeune femme qui vit une peine d'amour et qui tente de se consoler en s'offrant un nouveau sac à main... Quatre-vingt-dix-neuf pour cent des gens sont honnêtes quatre-vingt-dix-neuf fois sur cent, Viateur. Ils essaient honnêtement de trouver le bonheur, ou de se faire aimer, ou du moins de ne pas être rejetés. Peut-être qu'ils se trompent en croyant trouver ce qu'ils cherchent dans un centre commercial, mais peut-être aussi qu'ils ont raison. Si la vie a du sens, il faut qu'elle en ait partout et pour tout le monde, y compris pour les clients des centres commerciaux.

Ça peut sembler bizarre, Viateur, mais c'est ici que j'ai appris à regarder autrement. C'est comme ça que j'ai rencontré ta sœur, d'ailleurs, comme si le ciel voulait me souligner à grands traits à quel point j'avais eu raison de venir travailler ici. Louise a dû te raconter cette histoire-là vingt fois, non ?

Vraiment ?

D'accord, mais je fais vite : j'ai peur de déborder la pause, et tu sais comme moi que Sébastien déteste être enfermé dans le bureau. Il ne doit pas tenir en place, pauvre Sébastien...

Louise filait un mauvais coton à ce moment-là, et ça se voyait – pour ça aussi, j'ai l'œil. J'ai su plus tard qu'elle avait commencé un bac en communication et qu'elle avait quitté l'université en plein milieu de la session, dégoûtée par ce qu'on y enseignait, un peu déboussolée face à son avenir. Elle avait trouvé un emploi temporaire au centre commercial : elle devait ferrer le client en le gratifiant d'un grand sourire, lui faire croire qu'il répondrait à un sondage qui ne l'engagerait à rien, et bifurquer enfin vers son véritable objectif, qui était de lui vendre une carte de crédit réputée pour ses taux usuraires. Mais Louise était absolument incapable de sourire à des inconnus, et même de sourire tout court. C'est ça qui a attiré mon attention au premier abord : cette fille-là n'a rien d'une vendeuse, je n'ai jamais vu un tel contre-emploi, qu'est-ce qu'elle fait ici ?

J'ai fait semblant d'être un client et je me suis approché tout doucement, déterminé à lui arracher un sourire – un vrai.

Ce que je ne savais pas, c'est qu'elle avait décidé au même moment que je serais son dernier client. Elle s'amuserait avec moi en me posant des questions absurdes, et aussitôt après elle démissionnerait.

Elle m'a donc posé quelques questions idiotes, auxquelles j'ai répondu de façon plus absurde encore, et ça a donné le dialogue le plus surréaliste qui ait jamais été entendu dans un centre commercial. J'ai ri, j'ai beaucoup ri, et ça faisait si longtemps que ça ne m'était pas arrivé que j'en avais des crampes. Louise a ri, et pour elle aussi c'était la première fois depuis longtemps. J'ai été complètement, absolument séduit.

Dix minutes plus tard, elle remettait sa démission et nous nous retrouvions attablés devant une pointe de tarte au citron, chez *Woolworth* – c'était le comble du luxe, à ce moment-là. C'est dire que ça fait longtemps...

Mon patron m'a blâmé pour avoir prolongé indûment ma pause café, mais ça en valait la peine.

Je ne t'ai jamais parlé de mon passé, c'est vrai. Maintenant, tu sais pourquoi : je suis né ici, dans ce centre commercial, le jour où j'ai rencontré ta sœur. Avant, je n'existais pas vraiment. Avant, c'était juste un *bad trip,* un long *bad trip.*

21

Le sonnet d'Arvers

— Depuis quand tient-on des réunions en fin d'après-midi, patron ?

— Depuis que Sébastien a besoin de sa matinée pour conduire sa fille chez le dentiste, Mélanie. C'est difficile de vous avoir tous en même temps pendant la période des fêtes, alors on se débrouille comme on peut. Vous êtes prêts ? On commence... Comment va l'affaire des conteneurs, Sébastien ?

— C'est réglé.

— Comment as-tu fait ?

— Facile : j'ai téléphoné à Jean-Guy, qui m'a expliqué la hiérarchie autour des conteneurs. Les récupérateurs de métaux sont les premiers à fouiller dedans. Et comme ils défendent leurs prérogatives en utilisant des méthodes... *syndicales*, disons, personne ne les conteste. Les récupérateurs de métaux se servent, les autres passent ensuite. C'était donc la clé de voûte de l'édifice.

— Qu'est-ce que des récupérateurs de métaux peuvent bien trouver dans des conteneurs de centre commercial ? intervient Viateur. J'ai beau me creuser la tête, je ne peux pas imaginer nos marchands de vêtements et de chaussures jeter du fer ou du cuivre…

— Il n'y en a presque pas, c'est vrai, répond Sébastien, mais les récupérateurs de métaux ont quand même la priorité, c'est un droit acquis. Ils trouvent des téléphones cellulaires, des manteaux de cuir un peu déchirés, des chaussures, des jouets, tout est bon pour eux. Ils écoulent ça dans les marchés aux puces. À une certaine époque, les conteneurs étaient de vraies mines d'or : les employés de l'entretien ménager volaient de la marchandise neuve, ils la mettaient dans des sacs bien identifiés et ils touchaient des commissions sur les ventes. C'est Jean-Guy qui a mis fin au racket… Les récupérateurs de métaux se servent donc en premier. Viennent ensuite les chiffonniers, qui vont revendre leurs prises dans les friperies, puis les autres, qui prennent ce qu'ils peuvent, du carton, du plastique… Il paraît que c'est la même hiérarchie dans les dépotoirs de Mexico ou de Delhi : métal, tissu, carton, plastique. Il y aurait une étude sociologique à faire sur le sujet.

— Ce serait sûrement passionnant, mais tenons-nous-en aux faits, Sébastien. Notre travail à nous…

— … c'est de produire de la sécurité, je sais. Je suis donc allé trouver le leader des récupérateurs de métaux et je lui ai expliqué la situation : soit on change les conteneurs, et vous risquez de vous faire broyer comme dans un moulin à viande ; soit vous vous disciplinez vous-mêmes. Il a trouvé lui-même un compromis satisfaisant : ils posteront un de leurs hommes pour surveiller les conteneurs pendant la journée, histoire de protéger de la concurrence leur source de matières premières, avec interdiction totale de fouiller. Ses récupérateurs commenceront à travailler après le coucher du soleil, ils éviteront de faire du bruit et ils éteindront les phares des camions. C'était d'ailleurs l'entente qu'ils avaient avec Jean-Guy. Il suffisait de la reconduire.

— Félicitations, Sébastien. Beau travail. Où en est-on dans l'affaire Yvan, Viateur?

— Je suis sur sa piste. Les vendeuses me préviennent aussitôt qu'il met les pieds dans le centre. Je m'organise ensuite pour le suivre pas à pas et je fais tout pour qu'il me voie. Jusqu'ici, ça marche : il n'a pas encore tripoté un seul mannequin, même si je devine que ce n'est pas l'envie qui manque.

— Excellente idée, dit Michel. Peut-être qu'il va finir par aller tripoter ailleurs... Il y a suffisamment de centres commerciaux dans la région... L'affaire du baiser reste dans les limbes : nous n'avons toujours pas reçu de plaintes. Y a-t-il autre chose? Mélanie?

— J'ai un message qui s'adresse à Michel ou à Viateur. Stéphane a téléphoné vers quinze heures pour vous parler de poésie. J'ai noté son numéro sur un bout de papier, mais ça ne sert à rien de le rappeler, vu que je lui ai posé quelques questions qui m'ont permis de faire des hyperliens. Je sais donc tout ce que vous voulez savoir, et peut-être même plus.

— Tu vas trop vite, Mélanie. Qui est ce Stéphane? demande Viateur.

— Moi qui pensais que vous aviez la mémoire des noms! Je l'ai reconnu tout de suite, moi : Stéphane, c'est l'infirmier qui s'occupe de Marguerite.

— Il s'appelle bien Stéphane, oui, mais comment as-tu pu le reconnaître si tu ne lui avais jamais parlé?

— Vous m'avez raconté votre visite au foyer, la semaine dernière.

— ... Et tu te souvenais du prénom de l'infirmier?

— Bien sûr ! C'est à ça que servent mes hyperliens :
Jouvence/Marguerite/Stéphane/ infirmier/zozote/Viateur...
Ils sont parfois tellement longs que j'en perds des bouts.
C'est comme une chaîne de trombones aimantés, il y en a
toujours un qui finit par tomber, mais si je peux retrouver
un seul de ces mots sur mon Google personnel, je remonte
facilement la chaîne.

— ... Je t'ai dit qu'il zozotait, moi ?

— Vous avez même imité sa voix quand vous avez
récité son monologue. Vous avez tendance à faire ça, parfois,
quand vous nous rapportez des conversations. C'est pour
nous mettre dans l'ambiance, j'imagine...

— ... Qu'est-ce que ça donnerait si tu continuais ton
hyperlien ? demande Michel. Ça m'intéresse... Tu étais rendue
à Viateur...

— La première chaîne qui me viendrait à l'esprit, c'est
Viateur/professeur/scoliose/lunettes/velours côtelé/beau-
frère de Michel/divorcé/quinquagénaire/non fumeur/
hétéro/baby-boomer/Beatles/football/téléphone à cadran/
Africa/Liette... Voulez-vous que je continue ?

— Je pense que j'ai compris le principe, coupe Viateur.
C'est vraiment intéressant... Tu disais donc que Stéphane
voulait parler de *poésie* avec nous ?

— Il m'a dit que Marguerite récitait parfois des poèmes.
Il suffit qu'elle enclenche sur un vers, et ça se met à défiler.
C'est comme pour les trombones, genre. Son préféré, c'est
celui-ci : *Ainsi, toujours poussés vers de nouveaux rivages/
Dans la nuit éternelle emportés sans retour/Ne pourrons-nous
jamais sur l'océan des âges/Jeter l'ancre un seul jour ?*... Ça
vous dit quelque chose ?

— Vaguement...

— C'est *Le Lac*, de Lamartine, reprend Mélanie. Il
paraît que Marguerite le connaît par cœur. Elle peut aussi

vous réciter des fables de La Fontaine, l'*Ode à Cassandre*, *Chanson d'automne*, *Le dormeur du val* et plein d'autres… D'après Stéphane, notre Marguerite a été professeure de français dans une vie antérieure.

— … Et pourquoi Stéphane tenait-il à nous en informer? demande Michel.

— Il m'a dit qu'il savait fort bien que nous n'étions pas de vrais policiers et que nous ne menions pas de vraies enquêtes, mais que si jamais nous trouvions quelque chose au sujet de Marguerite, ça l'intéresserait de le savoir, vu qu'il n'a ni le temps ni les moyens de faire des recherches et qu'il ne saurait pas par quel bout commencer. D'après lui, ça vaudrait la peine de creuser son histoire. Il m'a aussi raconté que l'autre jour, quand vous l'avez ramenée au foyer, elle a passé le reste de la semaine à réciter le même vers, et elle avait l'air toute triste de ne pas se souvenir de la suite. *Hélas! j'aurai passé près d'elle inaperçu/Toujours à ses côtés et pourtant solitaire…* J'ai fait une recherche pour retrouver le reste du poème. Voulez-vous que je vous le lise? C'est super-beau…

— Attends un peu… Stéphane a téléphoné à trois heures cet après-midi et, à partir d'un seul vers, tu as eu le temps de retracer un poème que tu ne connaissais pas ? ? ?

— Je suis allée chez *Atlantide* et j'ai fait une recherche sur Internet, Prof. Rien de plus facile.

— J'aurais dû y penser. J'avoue que je n'ai pas encore ce réflexe.

— Je sais. Ça prouve que je ne m'étais pas trompée en faisant un lien avec *téléphone à cadran*. Mais ne vous en faites pas avec ça, Prof. Les jeunes femmes aiment les hommes d'un certain âge : eux, au moins, ne passent pas leur temps à jouer au Nintendo… Voici des copies du poème. C'est l'œuvre d'un dénommé Félix Arvers, né en 1806 et mort en 1850.

L'amour caché

Mon âme a son secret, ma vie a son mystère
Un amour éternel en un moment conçu :
Le mal est sans espoir, aussi j'ai dû le taire,
Et celle qui l'a fait n'en a jamais rien su.

Hélas ! j'aurai passé près d'elle inaperçu,
Toujours à ses côtés et pourtant solitaire ;
Et j'aurai jusqu'au bout fait mon temps sur la terre,
N'osant rien demander et n'ayant rien reçu.

Pour elle, quoique Dieu l'ait faite douce et tendre,
Elle suit son chemin, distraite et sans entendre
Ce murmure d'amour élevé sur ses pas.
À l'austère devoir pieusement fidèle,
Elle dira, lisant ces vers tout remplis d'elle :
« Quelle est donc cette femme ? » et ne comprendra pas !

— C'est vrai que c'est beau, dit Francine. Surtout le début :
Le mal est sans espoir, aussi j'ai dû le taire... Les alexandrins,
quand même, c'était quelque chose !

— Comment ça s'appelle, déjà, la coupure au milieu ?
demande Sébastien. J'ai appris ça à l'école, mais...

— C'est une césure, répond Francine. Et chacune des
deux parties s'appelle un hémistiche. *Mon âme a son secret,
ma vie a son mystère...* C'est un alexandrin parfait.

— Et en plus, ça veut dire quelque chose ! précise
Mélanie. Pas besoin de se casser la tête pour comprendre.
Sauf à la fin, évidemment. Pourquoi ne pouvait-il rien lui
dire, à votre avis ?

— J'imagine qu'elle était mariée, répond Sébastien.
Dans ce temps-là, les gens étaient mariés pour toujours.

— D'après moi, elle était plutôt religieuse, dit Viateur.
À l'austère devoir pieusement fidèle...

— Le mariage aussi exigeait *d'austères devoirs*, glisse Francine.

— Est-ce qu'on y était *pieusement* fidèle ? demande Sébastien. Je suis d'accord avec le Prof : elle devait être religieuse. Une religieuse dans un couvent...

— Peut-être aussi que c'est comme une métaphore, genre ? risque Mélanie.

— Te rends-tu compte de ce que tu viens de dire, Mélanie ? s'exclame Francine. *Comme une métaphore, genre !*

— Aurais-tu préféré que je dise *C'est un genre de métaphore, comme* ?

— Bon, bon, tout ça est passionnant, tranche Michel en faisant cliqueter nerveusement son stylo, mais l'Association des marchands ne nous paie pas pour analyser des poèmes. Tu as fait un excellent travail, Mélanie, je te félicite, mais il y a d'autres sujets à l'ordre du jour, et Noël approche à grands pas... Je... Pourquoi lèves-tu la main, Mélanie ? Te penses-tu à l'école, ma foi ?

— Je suis désolée de vous interrompre, patron, mais la question n'est pas réglée : qui va apporter le poème à Marguerite ?

— ... Pourquoi faudrait-il le lui apporter ?

— Parce que ça lui ferait plaisir. Vous ne trouvez pas ça frustrant, vous, d'avoir des cases vides dans votre mémoire ? Imaginez ce que c'est pour Marguerite ! Je pense que l'un de nous doit y aller, et je propose que ce soit le Prof.

— ... Pourquoi moi ?

— Parce que vous avez un bon contact avec elle. Ça doit être une question de génération.

— Mélanie a raison, dit Francine. Il faut lui apporter le poème, et Viateur est le messager tout indiqué.

— Je suis d'accord, ajoute aussitôt Sébastien.

— La proposition est acceptée à l'unanimité, tranche Michel. Tu t'en charges, Viateur.

— ... Est-ce que ça ne dépasse pas nos fonctions?

— Depuis quand avons-nous des fonctions précises, Viateur? Si toute l'équipe juge que c'est important, je pense que...

— C'est bien, j'irai après le travail.

— Est-ce que je peux vous demander une faveur, patron?

— Je t'écoute, Mélanie...

— J'aimerais y aller, moi aussi. Et pour dire le fond de ma pensée, j'aimerais bien faire ma petite enquête sur Marguerite. Une enquête personnelle, en dehors des heures de travail. Je ne volerai de temps à personne, c'est promis.

— ... Peut-on savoir pourquoi? Marguerite n'est pas une criminelle...

— Ça tombe bien : nous ne sommes pas de vrais policiers. Je ne voudrais surtout pas vous offusquer, patron, mais je trouve qu'on s'est traîné les pieds dans cette affaire. Si on s'était démenés un peu, on aurait pu en savoir beaucoup plus long sur son compte.

— Qu'est-ce que tu veux savoir, au juste?

— Tout. Son fils est super-riche, mais il laisse sa mère croupir dans un foyer minable. Personne ne vient la voir. Il n'y a pas moyen d'entrer en communication avec elle, mais elle a suffisamment de mémoire pour réciter des poèmes et assez d'énergie pour venir s'asseoir au centre commercial... On dirait qu'elle nous a choisis, et ça m'intrigue.

— Nous avons fait tout ce que nous avions à faire, Mélanie : notre travail, c'est de produire de la sécurité, et

Marguerite ne présente aucune menace pour qui que ce soit...

— C'est ce qui la rend intéressante. Écoutez, je n'irai pas virer le monde à l'envers pour elle, c'est entendu. Tout ce que je vous demande, c'est la permission de donner quelques coups de fil. Ça ne nuira pas à mon travail, patron, c'est promis.

— ... Comme tu veux, finit par dire Michel. Affaire réglée. Sujet suivant : Mirabeau nous propose de changer de fournisseur de café. Il a un cousin qui se lance dans l'importation...

— Est-ce que c'est du café équitable ?

— Je ne sais pas, Sébastien... Ça doit être équitable pour son cousin, j'imagine...

— Ce qui m'inquiète, moi, c'est de savoir si son café est légal, intervient Viateur. Au-delà d'une certaine concentration, ça devrait être classé parmi les psychotropes...

— Je vous trouve indisciplinés, aujourd'hui, réplique Michel sur un ton à moitié agacé. Si vous n'arrêtez jamais de parler, il faudra allonger les réunions...

— C'est à cause de Viateur, patron, explique Mélanie. Si vous engagez un professeur, nous, on a des réflexes d'élèves, c'est normal. À l'école, j'avais toujours envie de bavasser.

— Tu étais une élève dissipée, toi ? J'ai du mal à le croire...

— Un peu oui. C'est d'ailleurs pour régler mes problèmes avec l'autorité que j'ai fait des études en techniques policières.

— Pourquoi penses-tu que je suis devenu professeur, Mélanie ? J'avais de sérieux problèmes avec l'autorité, moi aussi...

— Pas moi, dit Francine. J'ai toujours aimé l'école...

— Pourquoi est-ce que j'ai l'impression d'avoir perdu le contrôle de la réunion ?

— C'est important, pour vous, le contrôle ? Racontez-nous ça, patron.

— Une autre fois, si vous voulez bien, soupire Michel en rangeant son stylo dans sa poche et en toussotant deux ou trois fois pour attirer l'attention de son équipe. Pour le moment, j'aimerais traiter d'un dernier point, très important...

Le ton est sérieux, voire solennel. Pour mieux marquer la rupture de ton, il joint même ses mains devant lui, comme pour mieux concentrer ses énergies.

— ... Maintenant que Viateur a fait ses preuves, je propose qu'on l'initie à *Presque rien*.

Qu'est-ce que c'est que cette histoire d'initiation ? se demande Viateur tout en regardant les autres membres de l'équipe acquiescer gravement en hochant la tête. Que se cache-t-il derrière la vitrine de cet étrange magasin qu'est *Presque rien* ?

22

Presque rien

Rarement magasin a-t-il été aussi bien nommé que ce *Presque rien*. Le client qui s'y aventure aperçoit d'abord quelques tablettes posées n'importe comment, sur lesquelles sont alignées une douzaine de chandelles qui ne se distinguent ni par leurs qualités esthétiques ni par leurs parfums exotiques. Comme le prix n'est indiqué nulle part et qu'aucune affiche ne promet de miracle thérapeutique, le client futé suspecte rapidement que le local abrite une œuvre de charité ou une secte quelconque, et peut-être même les deux en même temps. Il prend généralement ses jambes à son cou avant qu'un commis vienne le recruter, et c'est très bien ainsi : tout ce que souhaite le commis, c'est que le client déguerpisse.

Si notre client hypothétique avait été un peu moins soupçonneux et un peu plus curieux, il aurait remarqué que toutes ces chandelles avaient déjà été utilisées, ce qui est plutôt incongru dans un centre commercial, où l'on ne trouve en principe que des marchandises neuves et proprement emballées, ou alors usées d'avance par un designer compétent et tout aussi proprement emballées. Une chandelle qui a déjà servi est à jamais perdue pour la vente. Personne n'en voudrait, même en solde. Et comme il ne semble pas y avoir de chandelles neuves à proximité de cet étalage ni même un espace de rangement dans lequel il pourrait y en avoir, le client aurait conclu que ce marchand laissait ses profits partir en fumée, ce qui, dans un centre commercial, est une atteinte à la moralité.

Un peu plus loin, notre client aurait pu se poser d'autres questions en apercevant des morceaux de tissu décolorés posés n'importe comment sur une table trop basse et trop grande. S'agissait-il de foulards? de fichus? d'écharpes? de napperons? Pourquoi ces bouts de tissu étaient-ils tous de forme irrégulière? Comment étaient-ils classés? Pourquoi fallait-il se plier en deux pour les prendre, au risque de se briser le dos? La perplexité de notre client aurait grandi davantage s'il avait jeté un coup d'œil aux étiquettes, qui lui auraient appris que ces tissus ne résisteraient probablement pas au lavage et qu'ils étaient proposés à des prix beaucoup trop bas pour attirer les amateurs de créations originales, mais beaucoup trop élevés pour intéresser les chasseurs d'aubaines. Qui donc voudrait payer un prix bêtement moyen pour de la qualité médiocre? La vérité, c'est que ces morceaux de tissu ne tentaient personne, et que c'était très bien ainsi.

Enfin, si notre client s'était demandé quel était le rapport entre les chandelles et les bouts de tissu, il est fort probable qu'il n'aurait pas trouvé de réponse, sinon pour se dire que ces deux produits étaient invendables.

Quelle est donc la nature de ce commerce, et comment le propriétaire peut-il accepter que son magasin soit presque toujours vide, même à l'approche des fêtes? Comment peut-il même espérer faire des profits, ne serait-ce que pour payer cet employé qui s'ennuie derrière sa caisse démodée?

Il vaut mieux que les clients ne se posent pas ces questions, tout compte fait, car les réponses ne pourraient que les troubler profondément.

Reprenons à partir de la fin : le commis ne s'ennuie pas, il se repose. Nuance. S'asseoir pendant une heure derrière ce comptoir où personne ne vient jamais vous déranger est un privilège accordé à tous les vendeurs qui en font la demande, à la condition expresse qu'ils s'engagent à ne jamais dévoiler aux curieux la véritable mission de ce magasin. Les employés intéressés à se reposer doivent inscrire leur nom sur une liste, et attendre leur tour. Certains profitent de cette heure de congé pour tricoter, ou se plonger dans un livre, ou feuilleter un magazine, ou compléter des mots croisés, mais la plupart préfèrent regarder les chandelles et ne rien faire du tout.

Le seul point commun entre les chandelles et les morceaux de tissu, c'est effectivement qu'ils sont invendables, et c'est précisément pour cela qu'ils ont été choisis, à la suite d'une longue série d'essais et d'erreurs. Personne ne doit avoir envie de se les procurer, pas même un 24 décembre, alors que les gens achètent vraiment n'importe quoi ; et s'il arrive que quelqu'un tienne absolument à acheter quelque chose – on ne peut quand même pas empêcher un client de vouloir jouer son rôle de client –, il devra non seulement payer la marchandise comptant, mais aussi fournir le montant exact : aucune carte de crédit ou de débit n'est acceptée, et les commis ne sont pas autorisés à ouvrir le tiroir-caisse. Si le client achète malgré tout, le commis n'aura pas tout perdu : ça lui fera une bonne histoire à raconter en retournant travailler.

C'est Michel qui a convaincu l'Association des marchands de la nécessité d'investir collectivement dans ce commerce à but non lucratif. L'idée était étonnante, mais tellement lumineuse que tout le monde s'est demandé pourquoi personne ne l'avait eue plus tôt.

Le local qui abrite *Presque rien* est en effet l'un des plus mal situés du centre, coincé entre *La Galerie du cadre* et la sortie numéro trois, la moins utilisée de toutes. Les commerçants qui s'y sont installés au fil des ans ont tous fait faillite, ou alors ils ont exigé de déménager aussitôt qu'un autre local se libérerait. Personne ne voulait plus s'y risquer, et le local était condamné à rester inoccupé. Or, il n'y a rien de plus démoralisant qu'un local vide aux vitrines tapissées de vieux journaux. On peut évidemment essayer de berner le client en lui annonçant l'ouverture prochaine d'un tout nouveau magasin, mais ça ne dure qu'un temps. Le consommateur n'est pas toujours dupe, quoi qu'en pensent certains, et il n'aime pas qu'on fasse naître chez lui des attentes auxquelles on ne répond pas. Un local reste-t-il vacant trop longtemps, certains clients soupçonneront bientôt que les Galeries de la Rive-Sud ne sont peut-être plus à la fine pointe de la mode et qu'il est temps d'aller voir ailleurs. Un local vide, c'est une bactérie mangeuse de commerce, un cancer qui répand partout ses métastases. Puisque ce local est condamné à rester vacant, avait fait valoir Michel aux marchands, pourquoi ne pas en faire un semblant de magasin? Ça nous ferait un endroit pour aller nous reposer, on pourrait même offrir des périodes libres aux vendeurs méritants, ça coûterait moins cher que de leur donner des billets de hockey...

Sa proposition a été adoptée avec une forte majorité, et personne n'a jamais songé à revenir sur cette décision. Les seuls qui ont un peu rechigné sont les propriétaires de *Pulsion* et autres commerces semblables, dont les jeunes employées aimeraient mieux mourir plutôt que d'être vues chez *Presque rien*. Elles préfèrent mâcher leur gomme dans leur magasin en écoutant leur musique, et tant pis pour Bob, qui paie quand même sa cotisation spéciale, par solidarité capitaliste.

Michel et Francine vont donc ouvrir le local chaque matin, immédiatement après la réunion. Ils allument quelques chandelles, vérifient que le stock de tissus est encore intact, puis contactent par téléphone les employés qui ont inscrit leur nom sur la liste. Ce matin, c'est une vendeuse de *Rubens +* qui aura la chance de passer la première heure chez *Presque rien*. (Les employées de Liette adorent cette affectation : le surplus pondéral, ça finit par ruiner les articulations.) Elle sera suivie d'un vendeur de chaussures affligé d'un mal de dos chronique, d'un restaurateur libanais qui s'est levé à l'aube pour faire mariner ses brochettes, d'une vendeuse de magasin de vêtements pour adolescents qui a besoin de reposer ses oreilles, puis de Viateur, qui a enfin été initié à *Presque rien*.

Viateur deviendra vite l'un des plus fidèles habitués de ce semblant de magasin. Il regardera les chandelles et s'amusera à observer les réactions des clients en se disant qu'il avait tout faux, du temps où il prétendait détester les centres commerciaux : ce sont des endroits très intéressants, en vérité. La clé, évidemment, est de ne jamais rien y acheter.

23

Collection particulière

Michel prend souvent congé le lundi, jour creux par excellence. Tout le reste de l'équipe a un peu le trac, ce jour-là, et particulièrement Francine, qui doit assumer un surcroît de responsabilités dont elle se passerait bien. C'est donc elle, normalement, qui aurait dû traiter la délicate affaire du collectionneur, qui exigeait d'ailleurs un doigté tout féminin, mais elle était en train d'ouvrir *Presque rien*, à l'autre extrémité du centre, et elle ne pouvait pas quitter le local tant que le premier employé affecté à une heure de repos ne s'était pas présenté. Jamais personne n'avait volé quoi que ce soit chez *Presque rien*, mais un magasin ne doit jamais rester sans surveillance, ne serait-ce que pour de bêtes questions d'assurances.

Mélanie aurait pu s'occuper de cette affaire, elle aussi, et elle se serait sûrement fort bien débrouillée, mais elle tentait désespérément, à ce moment-là, de calmer une cliente de l'agence de voyages qui était tellement mécontente de son séjour à Cuba, dont elle était revenue avec une MTS, qu'elle menaçait de débrancher tous les ordinateurs si on ne lui remboursait pas sur-le-champ le prix de son voyage et celui des antibiotiques.

L'affaire du collectionneur avait donc échu à Sébastien et à Viateur, qui s'étaient admirablement bien tirés d'affaire, et qui n'en étaient pas peu fiers.

L'histoire commence à dix heures pile, alors que Sébastien vient tout juste de prendre la place de Viateur au QG : ce ne sera pas long, Prof, c'est juste que je dois donner quelques coups de fil, il faut trouver une place en garderie pour ma plus jeune, vous comprenez...

— Aucun problème, Sébastien. Je vais patrouiller un peu dans l'aile A, et je reviens dans une demi-heure...

Viateur vient à peine de partir que madame Wo, gérante de la boutique *Virginie*, spécialisée dans les jarretelles noires, les dentelles de soie et les balconnets de satin, téléphone au QG.

— Je viens de recevoir la visite d'un homme plutôt bizarre. Il m'a dit qu'il travaillait pour le gouvernement et qu'il devait inspecter les cabines d'essayage pour vérifier leur propreté. J'ai pensé que c'était un peu louche...

— C'est louche, en effet. Comment avez-vous réagi ?

— Je l'ai laissé inspecter les cabines, mais je ne l'ai pas quitté des yeux. Il a enfilé des gants blancs, il a vaporisé un produit sur un chiffon, puis il a essuyé méticuleusement chacun des sièges. Il avait l'air très propre, très professionnel, je dirais même *un peu trop* professionnel pour être un fonctionnaire.

— Ça fait longtemps qu'il a quitté le magasin ?

— Dix minutes, pas plus.

— Il est parti vers la gauche ou vers la droite ?

— Vers la droite. Il respirait fort et il était tout rouge...

— Pouvez-vous me le décrire ?

— Petit, plutôt mince, chauve, la cinquantaine, des lunettes épaisses.

— Je vais voir ce que je peux faire. Merci de nous avoir prévenus.

— Pas de quoi.

Sans prendre le temps de raccrocher, Sébastien téléphone immédiatement chez *Coquine,* dessous chics, tenues hypnotiques et autres perfidies féminines.

— Ici Sébastien, du service de sécurité. Auriez-vous reçu la visite d'un petit homme maigre, chauve, la cinquantaine…

— L'inspecteur des cabines? Il vient juste de partir. Il était très gentil.

— Il a passé un chiffon sur les sièges, c'est ça?

— Comment le savez-vous?

— … Ça ne vous a pas semblé un peu louche?

— Pas du tout, non… Il avait l'air très compétent. Il nous a même félicitées… C'est important, la propreté…

— Il y a longtemps qu'il est sorti de chez vous?

— Il vient juste de partir.

— Est-il allé vers la gauche ou vers la droite?

— Ni l'un ni l'autre. Il est en face, chez *Bikini Bikini.* Je le vois d'ici.

— Merci!

Sébastien appelle Viateur sans perdre une seconde.

— Allô, Prof? Où est-ce que vous êtes?

— Toujours dans l'aile A, en face de *Maximum.*

— Parfait. Écoutez-moi bien, Prof, il faut réagir vite, et c'est une affaire délicate. Nous avons peut-être affaire à un maniaque bizarre qui se fait passer pour un inspecteur du gouvernement. C'est sûrement un obsédé dans le genre d'Yvan. Il prétend vérifier la propreté des cabines d'essayage, mais il ne semble s'intéresser qu'aux magasins de lingerie féminine. Il est actuellement chez *Bikini Bikini,* et il est probablement en train de frotter les sièges avec un chiffon. Il semble que ça l'excite. Il n'y a pas de vol, pas de violence, et il a l'air tout à fait convenable. On ne peut pas l'arrêter parce qu'il essuie des sièges, mais quelque chose me dit qu'on ne peut pas non plus le laisser faire... Essayez de lui parler, d'en savoir un peu plus long... Je téléphone tout de suite à la gérante de *Bikini Bikini* pour lui dire que vous arrivez. Normalement, il devrait ensuite aller chez *Trouble*, c'est le prochain magasin de lingerie fine. C'est un homme petit, chauve, la cinquantaine, des lunettes épaisses...

— Je vais voir ce que je peux faire...

~

Vingt minutes plus tard, Sébastien reçoit un coup de fil de Viateur.

— Et alors? demande-t-il sur un ton impatient.

— Dossier réglé. Il ne reviendra plus.

— ... Comment avez-vous réussi ça, Prof?

— Je l'ai attrapé chez *Bikini Bikini*, et je lui ai demandé si la récolte était bonne. J'ai pris un ton neutre, juste pour voir comment il réagirait. Il m'a regardé d'un air méfiant, mais j'ai enchaîné aussitôt en lui expliquant que j'étais moi aussi inspecteur de cabines, que les Galeries de la Rive-Sud faisaient partie de mon territoire, mais que je passerais volontiers l'éponge s'il acceptait de venir prendre un café avec moi pour me parler de ses activités : c'est si rare de pouvoir partager des informations entre connaisseurs... Il a accepté, et nous sommes aussitôt devenus de grands amis. Il m'a promis qu'il ne reviendrait plus jouer dans mes plates-bandes, et nous nous sommes quittés en très bons termes. En toute modestie, je pense que Michel n'aurait pas fait mieux, Sébastien : pas d'esclandre, pas de scandale, tout le monde est content...

— Toutes mes félicitations. Et pardonnez ma curiosité, Prof, mais de quoi avez-vous parlé au juste ?

— De nos activités. Je ne peux pas t'en dire plus. Secret professionnel.

— *Come on*, Prof...

— C'était juste pour te faire languir. Notre ami est un collectionneur de poils pubiens.

— ... De quoi ?

— Tu as très bien compris. Il les ramasse avec un chiffon imbibé d'un produit antistatique, puis il les range dans des enveloppes transparentes. Il a plus de mille échantillons dans sa collection, classés par couleur et par texture. J'ai poussé un sifflement admiratif, évidemment, vu que j'étais supposé avoir la même manie...

— ... Les femmes ne gardent pas leur petite culotte quand elles essaient des bikinis ?

— C'est ce que je croyais, moi aussi, mais mon nouvel ami m'a expliqué que certaines trichaient et que ça ajoutait de la valeur à sa collection. L'idéal, c'est évidemment de pouvoir identifier la propriétaire. Quand on voit une belle rousse bien roulée quitter une cabine et qu'on met la main sur un poil roux, les probabilités qu'il lui appartienne sont excellentes. On peut donc établir le *pedigree* du poil, en quelque sorte. Un poil anonyme ne vaut pas grand-chose, mais un Julia Roberts ou un Pamela Anderson peut s'échanger contre une petite fortune.

— ... Pour vrai ?

— Pour vrai. Les amateurs se les procurent sur le Net. On peut suivre les cours, comme à la Bourse. Les échantillons sont supposément fournis par des femmes de chambre qui travaillent dans de grands hôtels, mais mon compère en doute : rien n'empêche ces femmes de chambre de se les procurer sur elles-mêmes, après tout. On pourrait même imaginer un vendeur particulièrement cupide qui fournirait des poils mâles... C'est pourquoi notre ami préfère se promener avec ses gants blancs et un chiffon pour choisir lui-même ses poils. C'est peut-être moins spectaculaire, mais c'est du garanti féminin, au moins. Et peut-être a-t-il récolté sans le savoir un spécimen d'Audrey, qui sait...

– ... Première fois que j'entends parler de ça... Quoi qu'il en soit, vous pouvez compter sur ma discrétion, Prof. Je n'en parlerai à personne. À condition que vous me montriez votre collection, évidemment.

— Je n'y manquerai pas, Sébastien.

24

Noël vert

On ne peut pas prétendre au titre de *centre de l'élégance de la Rive-Sud* et se contenter d'un de ces pères Noël miteux qui travaillent de mèche avec des photographes médiocres qu'on rencontre trop souvent dans des centres commerciaux de second ordre. Si on veut que le consommateur ne regarde pas à la dépense, il faut lui donner l'exemple en ne lésinant pas soi-même sur le faste, c'est pourquoi l'Association des marchands des Galeries de la Rive-Sud renouvelle année après année son contrat avec l'agence Star Scène, dont les spécialistes réussissent à créer chaque fois un village du père Noël à la fois original et respectueux des conventions d'usage, qui séduit les enfants tout en attendrissant les parents, et qui impressionne même les célibataires les plus blasés, dont certains voteraient volontiers en faveur de l'abolition de Noël si on leur en donnait l'occasion. Les concepteurs engagés par Star Scène doivent faire preuve d'humilité autant que de créativité, en plus d'être dotés d'un solide sens de l'organisation leur permettant de respecter scrupuleusement leur budget. Ce sont donc des artistes qui jouissent par ailleurs d'une personnalité équilibrée, ce qui explique peut-être qu'ils ne voient jamais leurs œuvres exposées dans des musées. Tant pis pour l'art, et tant mieux pour ces concepteurs : au moins sont-ils payés de leur vivant.

Cette année, Star Scène a mis une fois de plus toute la gomme pour créer un environnement inoubliable : le père Noël est arrivé en hélicoptère, il a traversé le centre dans une voiturette de golf habilement convertie en traîneau, puis il s'est installé au cœur de son village, qui comprend des maisonnettes, des ateliers dans lesquels travaillent une douzaine de lutins articulés individuellement, une cascade dans laquelle coule un flot ininterrompu d'étoiles fluorescentes, un train électrique pouvant accueillir une vingtaine d'enfants et, enfin, une chorale formée d'élèves de l'école de musique Vincent-d'Indy.

Tout cela coûte une beurrée aux marchands, mais ils estiment que le jeu en vaut la chandelle : la plupart des magasins font presque la moitié de leur chiffre d'affaires en décembre, et rien n'est plus prodigue qu'une famille de banlieue. Pour inciter à la dépense, le père Noël est une valeur sûre, bien plus efficace que toutes les Audrey Sinclair de la terre.

Le contrat qui régit les activités du village stipule que, pour ce qui est de la sécurité, tout ce qui se passe à l'intérieur de l'enceinte relève de la responsabilité exclusive de Star Scène, tandis que ce qui se produit à l'extérieur tombe sous la juridiction de l'équipe de Michel. Les deux groupes travaillent de concert depuis des lustres et n'ont jamais eu de problème à coordonner leurs efforts. Ce sont deux équipes de professionnels qui ont déjà vu neiger, et dont les intérêts convergent à merveille : Star Scène désire que son contrat se renouvelle, et l'équipe de Michel veut avoir la paix. Les marchands, de leur côté, souhaitent de l'achalandage, et ils sont servis à souhait.

Au sein même de l'équipe de sécurité, les tâches sont tout aussi bien définies. Les petites blessures qui surviennent à l'extérieur de l'enceinte sont soignées par Francine, qui se tient en permanence à proximité du village et qui dispose pour la circonstance d'un stock de jolis pansements qui brillent dans le noir – les éraflures ne guérissent pas plus vite, mais l'effet sur les larmes est magique. Sébastien reste également dans les parages, sa seule présence réussissant à décourager les tentatives de resquille de parents impatients. C'est lui qui fendra la foule jusqu'à la sortie si un client a besoin d'une ambulance, lui aussi qui aura peut-être la chance d'utiliser enfin le défibrillateur dont il vérifie chaque semaine le fonctionnement.

Michel demeure habituellement au quartier général pour coordonner les activités du groupe, tandis que Viateur et Mélanie patrouillent le reste du centre commercial, essayant tant bien que mal de raisonner les clients souvent agressifs en cette période de l'année : vous avez peut-être *vu* le disque d'Audrey avant cette cliente, madame, mais le *regard* porté sur une marchandise ne confère aucun droit, c'est bel et bien madame qui l'a *pris* en premier, c'est donc à elle qu'il revient de le payer et de l'emporter, je sais que c'était le dernier mais je n'y peux rien, soyez raisonnable, madame, non, je ne crois pas que ce soit du sexisme de vous prier d'être raisonnable, j'en ferais autant si vous étiez un homme, croyez-moi, je demande aussi aux hommes d'être *raisonnables*, parfaitement, c'est justement ce que je viens de dire à un client qui exigeait un emballage-cadeau pour sa bicyclette d'exercice ; je n'essaie pas de changer de sujet, madame, j'essaie simplement de vous convaincre que je n'ai pas fait preuve de sexisme quand je vous ai demandé d'être raisonnable, je sais que nous vivons dans un pays libre, je sais aussi que vous payez des taxes et je vous en félicite, mais ça n'a aucun rapport avec la situation présente, je vous répète que cette dame a pris le dernier disque, c'est dommage, mais ce sont des choses qui arrivent, que voulez-vous que j'y fasse ? Vous trouverez un autre cadeau pour votre fille, j'en suis certain. Savez-vous qu'il y a d'autres magasins de musique dans le centre ? Peut-être même que vous pourriez trouver le même disque ailleurs, et moins cher...

Jean-Guy et Mirabeau ont certainement la tâche la plus difficile : ce sont eux qui doivent veiller à ce qu'une voie d'accès soit dégagée en permanence pour permettre le passage éventuel d'une ambulance, ce qu'aucun automobiliste ne semble vouloir comprendre. Tandis que Jean-Guy répète *ad nauseam* aux conducteurs récalcitrants qu'ils doivent circuler parce qu'ils n'ont pas le droit d'arrêter, un point c'est tout, Mirabeau explique plutôt que les panneaux de stationnement interdit ne sont pas de simples exercices de style picturaux mais qu'ils répondent à une fonction vitale qu'il importe de respecter sans quoi notre prétendue société de droit ne serait plus qu'une fiction. Si l'argumentaire diffère, les résultats sont toutefois les mêmes : aussitôt que Jean-Guy et Mirabeau réussissent à convaincre un automobiliste de libérer les lieux, un autre prend sa place. Les responsables du stationnement reprennent alors leurs explications, encore et encore, et ils les répéteront patiemment pendant les dix jours que durera la cohue de Noël.

Quand on demande à Jean-Guy s'il ne trouve pas cette période de l'année un peu difficile, il fronce les sourcils tout en regardant à gauche et à droite, comme si on ne lui avait jamais posé question plus saugrenue. Son stationnement est rempli à capacité, donc il est heureux. Ce gars-là aime tellement son travail que c'en est sidérant. Mirabeau est encore plus heureux, si ça se peut : toute véritable philosophie ne se conçoit que dans la praxis, répète-t-il à qui veut l'entendre, or y a-t-il meilleur endroit sur la planète pour chercher à faire triompher la raison qu'un stationnement de centre commercial à l'approche des fêtes? Non pas, monsieur, non pas! Quatre jours avant Noël, les clients bourdonnent et les caisses enregistreuses résonnent. On voit même parfois, événement rarissime en cette période de l'année, des esquisses de sourires se dessiner sur les visages blêmes des quelques consommateurs qui ont terminé leurs emplettes et qui entrevoient la fin de leur calvaire annuel. Tout va donc pour le mieux aux Galeries de la Rive-Sud lorsque Michel est brusquement submergé d'appels.

— Nous avons un problème, patron, dit Sébastien. Le centre est envahi par des pères Noël verts. Il y en a un en face de la librairie, un autre près de la porte numéro cinq, et on m'en signale un troisième près de la grande fontaine. Qu'est-ce qu'on fait avec ça?

— ... Des pères Noël verts...?

— Ils portent des tuques à pompon et des barbes comme les vrais pères Noël, mais ils n'ont pas de bedaine, et leur costume est vert. Vert forêt, disons. Ça fait vraiment bizarre. On dirait des Martiens. Ou alors des Robins des Bois en manteau d'hiver et avec des tuques...

— Ça doit être un truc publicitaire pour une nouvelle marque de bière, Sébastien. Laisse-les faire. Je vérifierai plus tard s'ils ont obtenu un permis. Pour le moment, nous avons d'autres chats à fouetter.

— Ça m'étonnerait beaucoup qu'ils aient un permis, patron, vu qu'ils distribuent des tracts anarchistes.

— ... Des tracts anarchistes??? Qu'est-ce que ça dit?

— Ils expliquent que *Coca-Cola* a corrompu l'image de saint Nicolas pour en faire une icône capitaliste et ils demandent de boycotter *McDonald*, *Nike*, les jouets *Disney* fabriqués en Malaisie, les emballages en papier non recyclé de même que tous les contenants en plastique, y compris ceux qui sont recyclables, au nom de la préservation des ressources non renouvelables et de l'équité intergénérationnelle. Ils suggèrent un Noël sans consommation, ou alors l'achat de jouets équitables qui favorisent la coopération plutôt que la compétition, et qui sont produits localement vu que le transport pollue. Suivent quelques paragraphes un peu plus nébuleux à propos de la possibilité d'un monde sans argent, et ils concluent sur une série de slogans : *Pour un Noël non capitaliste! Préservons des espaces autonomes citoyens! Non aux abris fiscaux, oui aux abris non marchands! Emballage égale gaspillage! Pensez aux arbres, recyclez ce tract!* J'ai résumé comme j'ai pu, patron…

— Sont-ils agressifs? Penses-tu qu'ils ont quelque chose de dangereux dans leur hotte? Des boules de billard, des cannettes de peinture…

— … Pas que je sache. Jusqu'à maintenant, ils n'ont sorti que des tracts.

— … On ne peut empêcher personne de prêcher dans le désert. Si Mirabeau était disponible, je l'enverrais discuter avec eux, mais nous allons nous débrouiller autrement. Surveille-les du coin de l'œil, mais n'interviens surtout pas. Inutile de les provoquer. On fait comme s'ils n'étaient pas là.

— Compris!

Michel n'a pas aussitôt raccroché que son cellulaire sonne de nouveau.

— Allô, Michel? Ici Viateur. Je t'appelle pour te signaler la présence de pères Noël verts qui distribuent des tracts. C'est plutôt confus et plein de fautes d'orthographe, mais ça ne contient ni incitation à la violence ni propos haineux…

— Sébastien m'a déjà mis au courant. Le mot d'ordre est de ne pas intervenir. N'essaie pas de discuter avec eux, ne leur demande pas de circuler. Il ne faut pas leur donner la moindre occasion de jouer les victimes : ils sont capables d'ameuter les journalistes, et on n'a vraiment pas besoin de ça.

— Sage décision. J'approuve.

— Allô, patron ? Ici Mélanie. Avez-vous entendu parler des pères Noël verts ?

— Viateur et Sébastien m'ont appelé. Laisse-les faire. Ils vont finir par s'en aller.

— C'est ce que je pense, moi aussi, mais vous n'êtes pas sortis du bois avec Star Scène, patron.

— ... Qu'est-ce que tu veux dire ?

— Le gérant vient de m'apostropher : il prétend que leur contrat prévoit l'utilisation exclusive de l'image du père Noël et que cette intrusion est une atteinte à leurs droits commerciaux. Il exige que nous les expulsions immédiatement du centre, sans quoi Star Scène intentera des poursuites en fonction de je ne sais trop quel article du code civil, qui régit le droit commercial. J'ai fait valoir au gérant que personne ne pouvait prétendre exercer de copyright sur le père Noël, mais je n'ai pas réussi à le calmer. Vous allez bientôt recevoir un appel de leur avocat, j'aime autant vous prévenir...

— Merci, Mélanie.

— Pas de quoi. Si vous me permettez un conseil, patron, tenez-vous-en à l'argumentation selon laquelle l'image du père Noël fait partie du domaine public. À mon avis, c'est notre meilleure défense. Sinon, invoquez la Charte des droits. Bon courage... Est-ce que je peux vous faire une autre suggestion, patron ?

— Je t'écoute, mais fais vite.

— Confiez-moi l'affaire des pères Noël verts : je peux facilement centraliser les appels à ce sujet, ça libérera votre téléphone. Je vous appellerai si ça se gâte, c'est promis.

— ... C'est bon. Je te fais confiance.

— Patron ? Ici Jean-Guy. Le stationnement déborde, et les ambulances ne peuvent plus circuler. J'ai besoin de renforts policiers. Il faut appeler la Sûreté du Québec au plus vite avant que ça dégénère.

— Patron ? Ici Francine. On vient de me dire que le gérant de *Maximum* veut utiliser sa carabine pour descendre un père Noël vert qui distribue des tracts devant son magasin. Il prétend que ça empêche les clients de circuler. C'est quoi, cette histoire-là ?

— Ici Maître Dagenais, je représente les intérêts de Star Scène. Mon client exige que vous sortiez ces hippies déguisés en pères Noël à coups de pied dans le cul, sans quoi je me verrai dans l'obligation de vous faire parvenir une citation à comparaître.

— Non.

— … Comment ça, non ?

— Non, parce qu'ils ne mettent aucune vie en danger en distribuant du papier ; non, parce que nous avons décidé que la meilleure tactique est de les ignorer ; non, parce que le stationnement a atteint son point de saturation et qu'on risque une épidémie de rage au volant ; non, parce que mon équipe est débordée ; non, parce que j'ai un gérant fou qui menace de décharger sa carabine ; non, parce que ces gens-là n'ont rien à voir avec des hippies – vous auriez besoin d'un cours de recyclage en matière de tendances politiques ; non, parce que le porteur de votre citation à comparaître ne réussira jamais à se rendre jusqu'à mon bureau de toute façon ; et, finalement, non, parce que personne ne peut prétendre avoir un copyright sur le père Noël, et encore moins sur des pères Noël verts. Est-ce que ça vous suffit, ou est-ce que je dois invoquer la Charte des droits ?

— … Je prends note de votre attitude, monsieur, et ça n'en restera pas là. Je…

— Joyeux Noël, Maître.

— Sébastien? Ici Michel. Comment on fait pour bloquer un numéro sur le cellulaire, déjà? J'ai un avocat qui risque de me rappeler, et je n'ai vraiment pas de temps à perdre avec lui.

— Il n'y a pas de fonction anti-avocats sur votre cellulaire, patron. Désolé... De mon côté, j'ai une belle crise d'angoisse, ici, compliquée d'hyperventilation. Je conduis la cliente dans l'arrière-boutique de *London Bridge*, et j'essaie de la calmer...

— Félicite-la de ma part : sa réaction prouve qu'elle est saine d'esprit.

— ... Ça va, patron?

— Très bien, oui. Pourquoi me demandes-tu ça?

— Je trouve que vous faites de drôles de réflexions.

— Tout va bien, n'aie pas peur. Joyeux Noël, Sébastien. On va s'en sortir.

— Michel? Ici Viateur. Il paraît que les pères Noël verts convergent vers les installations de Star Scène. Ils doivent avoir quelque chose derrière la tête.

— Ici Sébastien, j'ai une autre crise d'angoisse à régler. L'arrière-boutique de *London Bridge* est en train de se transformer en urgence psychiatrique... On m'a signalé une entorse dans la zone des restaurants. Quelqu'un a glissé sur un sachet de ketchup. Pas de quoi appeler une ambulance, mais il faudrait donner la permission à un taxi d'emprunter le corridor d'urgence. Pouvez-vous prévenir Jean-Guy?

— Michel? Ici Francine. Ça fait dix minutes que je veux t'appeler, et c'est toujours occupé. Rien de grave, j'espère?

— Pas trop. Et de ton côté, comment ça va?

— Petites blessures, gros chagrins... Le directeur artistique de Star Scène est hors de lui : il paraît que les pères

Noëls verts se dirigent tous vers le village du père Noël rouge.

— Mélanie est supposée s'en occuper.

— ... Comment compte-t-elle s'y prendre?

— Aucune idée.

— ... Joyeux Noël, Michel. On va s'en sortir.

— ... Joyeux Noël à toi aussi, Francine, et paix sur la terre aux hommes de bonne volonté, où qu'ils se trouvent.

— Ici Jean-Guy. Le taxi de Sébastien est arrivé. Heureusement que la Sûreté du Québec est là, sinon le chauffeur risquait sa vie.

— Allô, patron? Ici Mélanie. L'affaire des pères Noëls verts est réglée.

— ... En es-tu certaine?

— Absolument. Voulez-vous tout de suite un résumé succinct, genre, ou préférez-vous attendre que je vous fasse un récit circonstancié?

— Vas-y pour le résumé.

— J'ai commencé par régler l'affaire de *Maximum* aussitôt que Francine m'a prévenue, mais le père Noël vert était déjà parti quand je suis arrivée. J'ai dit au gérant de *Maximum* qu'il n'y avait jamais eu de pères Noël verts dans le centre commercial et qu'il devait avoir eu des hallucinations, conséquence probable du surmenage. Il m'a remis ses cartouches sans protester. On s'occupera de la carabine plus tard.

— Excellent.

— Merci. Ensuite, j'ai donné quelques coups de fil pour savoir où étaient rendus les pères Noël verts. D'après les informations que j'ai recueillies, ils étaient six en tout, et ils semblaient déterminés à se regrouper autour du père Noël rouge, mais il y avait tellement de monde qu'ils n'ont même pas été capables de s'en approcher. Je pense qu'ils avaient quelque chose en tête, quelque chose de politique, genre, mais que leur plan n'a pas fonctionné. Devant l'échec de leur stratégie, ils se sont consultés via leur cellulaire, et ils ont fini par filer par la porte numéro trois, complètement découragés.

— Ils sont peut-être plus intelligents que je ne le pensais, tout compte fait... Merci, Mélanie. Excellent travail.

— Attendez un peu, patron, je n'ai pas fini. Avez-vous lu les tracts?

— Non, mais Sébastien m'a fait un résumé. Je te signale que je risque d'avoir des appels urgents, Mélanie, et...

— J'en ai gardé un pour vous. Ils sont signés *RAAR*. Ça évoque le cri d'un tigre, mais c'est surtout l'acronyme du *Regroupement Autonome des Anarchistes Responsables*.

— ... Répète ça lentement... Les *anarchistes responsables?*

— Ça fait bizarre, en effet, mais ce qui me frappe, moi, c'est plutôt les initiales: *AR*! Le *A*, c'est pour *Anarchistes*, et le *R*, c'est pour *responsables*! Les manteaux, les téléviseurs, l'enseigne de *McDo*, les pères Noël: tout se tient! Je le savais, patron, je le savais!

— ... On parlera de ça à la prochaine réunion, Mélanie. Au fait, j'ai une bonne nouvelle à t'annoncer. Désolé de te dire ça aussi sèchement, Mélanie, mais ta période de probation est terminée. Tu fais maintenant partie de l'équipe, et je demanderai qu'on t'accorde une augmentation. Toutes mes félicitations, Mélanie.

— ... Merci, patron.

— Pas de quoi. Mais ne va surtout pas imaginer que je t'ai fait un cadeau, Mélanie. Tu l'as mérité. Et j'espère que tu resteras longtemps avec nous.

— C'est bien parti pour ça, patron! Je pense que j'ai trouvé ma place!

— Je le pense aussi. Joyeux Noël, Mélanie!

25

Basses œuvres

Francine se mordille les lèvres, regarde l'heure sur la grosse horloge du QG, s'entortille une mèche de cheveux autour du doigt, regarde l'heure une fois de plus, se ronge les ongles, se mordille les lèvres de nouveau, se lève pour boire un peu d'eau, regarde encore l'heure...

— Pourquoi s'inquiéter à ce point-là parce que Michel est en retard de cinq minutes? demande Viateur. Ça peut arriver à tout le monde...

— Pas à Michel, répond sèchement Francine. Je le connais depuis un quart de siècle, et il n'est jamais arrivé en retard, jamais, surtout pas l'avant-veille de Noël. Ce n'est pas son genre. Je suis sûre qu'il a eu un accident.

— Vous savez bien qu'il aurait téléphoné s'il lui était arrivé quelque chose, dit Mélanie. Il a toujours son cellulaire sur lui, et…

— Justement! Pourquoi n'a-t-il pas appelé pour nous prévenir de son retard?

— Peut-être que les piles de son cellulaire sont mortes, peut-être qu'il a appuyé sur un bouton par erreur – les quinquagénaires sont tous un peu analphabètes en matière de cellulaires, surtout les hommes –, peut-être qu'il est coincé dans un tunnel, peut-être qu'il doit aider quelqu'un et qu'il juge que c'est plus important que de nous appeler...

— Merci, Mélanie, j'ai compris le principe...

— Il n'y a pas de quoi. Le Prof a raison : le patron n'a que cinq minutes de retard, quand même...

— Trente ! Il a au moins trente minutes de retard, sinon plus ! S'il nous a convoqués à huit heures et demie, ce n'est pas pour rien. Il avait sûrement des choses importantes à nous dire, et il n'est pas du genre à se présenter à la dernière minute à une réunion. Il devrait déjà être là, l'ordre du jour préparé, le crayon prêt à biffer les points à mesure qu'ils sont réglés.

— Je commence à penser que Francine a raison, intervient Sébastien. Je connais Michel depuis presque dix ans, et il n'est jamais arrivé en retard. C'est louche. Pensez ce que vous voulez, je téléphone chez lui.

— Attends un peu ! dit Francine en saisissant son cellulaire, dont la sonnerie vient de se déclencher.

Elle prend la communication en fronçant les sourcils avant de se détendre d'un seul coup, comme si son médecin venait de lui apprendre qu'elle ne souffrait pas d'un cancer généralisé, mais d'une simple indigestion.

— C'était Mirabeau, dit-elle en refermant l'appareil. Je lui avais demandé de m'appeler aussitôt qu'il verrait l'auto de Michel dans le stationnement. Il est arrivé. Sain et sauf.

Sébastien se détend à son tour, et leur soulagement se répand par contagion à toute l'équipe. L'accalmie ne dure cependant pas longtemps : dès que le patron entre dans le QG, l'atmosphère redevient si électrique que les néons semblent se mettre à grésiller. Michel suspend son manteau à la patère, s'assoit avec brusquerie, sort une feuille de papier de sa poche et essaie de la lire, mais il abandonne aussitôt cette idée et froisse la feuille en une boulette qu'il lance rageusement en direction de la corbeille. Il rate malheureusement son coup, ce qui ajoute à son exaspération.

— Ça va, Michel? demande Francine tout doucement – sur la pointe des mots, pourrait-on dire.

Sans répondre, Michel agite la main comme pour chasser quelque insecte invisible.

— Je n'ai pas besoin d'ordre du jour, annonce-t-il enfin. Vous savez que j'ai toujours aimé les réunions expéditives, mais celle-ci sera un peu plus longue que prévu. Je ne vous ai pas habitués non plus à de longs éditoriaux, mais je ferai une exception... Avez-vous remarqué qu'on associe souvent l'adverbe *bassement* à l'adjectif *commercial*? Personne ne parle jamais d'intérêts *hautement* commerciaux, pas plus d'ailleurs que de propos *bassement* philosophiques. La philosophie est toujours *en haut*, avec la poésie, et le commerce tout en bas, pas très loin de la pédophilie. Je connais pourtant des philosophies qui ont mené à des boucheries et des activités commerciales qui ont amené la paix et la prospérité, mais il semble que les bourgeois n'ont pas encore remporté de victoire décisive sur les aristocrates, quoi qu'on en pense. Mirabeau serait d'accord avec moi, j'en suis certain. Vous me trouvez bizarre? Vous voulez savoir où je veux en venir? J'y arrive. J'ai été convoqué hier soir par les représentants de First Choice Investments.

— Oh! dit Sébastien en amorçant un mouvement de recul – on pourrait croire qu'il vient d'apercevoir un serpent.

Francine écarquille les yeux comme si elle avait aperçu le même serpent, et sa réaction n'échappe pas à Viateur.

— On est censés les connaître? demande-t-il.

— Ce sont les propriétaires des Galeries de la Rive-Sud et de la moitié des centres commerciaux de l'est du Canada, murmure Francine sur un ton respectueux. Ce sont nos vrais patrons, bien au-dessus de l'Association des marchands.

— Ils ont l'habitude de nous laisser tranquilles, poursuit Michel, mais ils ont reçu des plaintes à notre sujet. Les avocats de Star Scène et quelques commerçants ont estimé que nous n'avions pas été assez énergiques dans l'affaire des pères Noël verts. Il paraît qu'il aurait fallu les expulser *manu militari*. J'ai fait valoir que les pères Noël ne présentaient aucune menace à la sécurité des clients, que nous avions d'autres priorités que de nous colletailler avec eux, que les enfants n'auraient sans doute pas apprécié que nous levions la main sur des pères Noël, mais nos amis de First Choice n'ont rien voulu entendre de mes arguments. « Ces gens-là s'attaquent au fondement du commerce, il n'est pas question de les tolérer dans notre centre. Vous savez ce que vous aurez à faire la prochaine fois… » Je leur ai répondu que si la situation se représentait je ferais exactement la même chose.

— … Comment ont-ils réagi ? demande Francine

— Ils ont maintenu leur position, le ton a monté, et j'ai fini par les quitter en essayant de claquer la porte derrière moi, mais c'est le genre de porte qui est retenue par un système hydraulique, si vous voyez ce que je veux dire, alors j'ai eu l'air un peu fou… Je pense que je ne suis pas doué pour la colère. Question d'habitude, je suppose…

— Veux-tu que j'aille te chercher un café ?

— C'est gentil de ta part, Francine, mais je suis déjà assez stressé, je pense que je ferais mieux de m'en passer… J'ai quelque chose d'autre à vous dire avant de commencer la journée. Quelque chose d'important. Hier soir, en rentrant chez moi, j'ai sérieusement pensé à démissionner. J'y ai même pensé toute la nuit, et j'y pensais encore ce matin quand je suis monté dans mon automobile. Je me disais que j'avais passé l'âge de me faire réprimander par mes patrons. S'ils voulaient engager des fiers-à-bras, qu'ils aillent voir ailleurs. Je suis là pour produire de la sécurité, moi, pas pour jouer au petit soldat... Je me suis donc dirigé vers les bureaux de First Choice, bien décidé à leur dire ma façon de penser, mais je ne suis pas descendu de mon automobile, finalement. Je suis resté dans le stationnement et je me suis demandé pourquoi je travaillais encore aux Galeries de la Rive-Sud, au juste. Ce n'est certainement pas pour faire plaisir aux actionnaires de First Choice. Ce n'est pas non plus pour les marchands, même si la plupart sont plutôt sympathiques, une fois qu'on les connaît. Ce n'est pas non plus pour les clients : quatre-vingt-dix-neuf pour cent d'entre eux sont d'honnêtes gens, comme je le dis tout le temps, mais je ne les vois le plus souvent que comme des figurants. Il y a le salaire, évidemment, mais je pourrais facilement me trouver du travail ailleurs, et je serais peut-être mieux payé. J'ai souvent eu des offres, que j'ai toujours refusées. Et si je les ai refusées, c'est parce que, chaque fois, j'ai pensé à vous. Francine, Sébastien, Mélanie, Viateur, Jean-Guy, Mirabeau... Vous êtes une belle équipe, une super-équipe, la meilleure que j'ai jamais eue... J'ai donc décidé de continuer à travailler pour First Choice, malgré tout, mais je ne suis pas revenu tout de suite ici. Quelque chose me retenait là-bas, dans le stationnement, mais je ne savais pas trop quoi. Je regardais le temps passer, je savais que je devais rentrer travailler, je savais que vous m'attendiez, mais je voulais quand même rester assis dans mon auto sans rien faire d'autre que d'écouter de la musique à la radio... Je voulais savoir ce que ça ferait d'arriver en retard, juste une fois... Je suis resté là une bonne demi-heure, jusqu'à ce que je comprenne enfin ce que j'étais en train de faire : je me

payais un petit trip délinquant. Ça faisait tellement longtemps que ça ne m'était pas arrivé que j'avais oublié à quel
point c'est gratifiant. Je me suis fait une petite grève, *genre*
– tu vois : tu commences à déteindre sur moi, Mélanie! –,
juste une petite grève individuelle très limitée... Ça m'a fait
du bien, vous ne pouvez pas savoir à quel point. Si j'étais premier ministre, je décréterais *l'obligation* de faire la grève au
moins cinq minutes par semaine, juste pour se nettoyer le
système... J'ai ensuite voulu vous appeler pour vous prévenir de mon retard, mais je me suis mêlé dans les pitons de
mon cellulaire. Désolé. Je suis de la génération de Viateur,
moi. Quand j'étais jeune, les téléphones étaient noirs, fixés
au mur, et il fallait tourner un cadran... Commençons maintenant la réunion proprement dite, si on veut la finir. Il semble
que nos pères Noël verts aient quelque chose à voir avec le
barbouillage des téléviseurs chez *Atlantide*. Plus j'y pense,
plus je me dis que l'intuition de Mélanie était bonne et qu'il
faudrait poser quelques questions à notre ami Mathieu à ce
sujet pour en avoir le cœur net. On s'y mettra au lendemain
du *Boxing Day*, quand on aura un peu plus de temps libre.
D'ici là, notre devoir est de survivre, juste de survivre. Nous
sommes aujourd'hui le 23, dernier jour de la cohue d'avant
Noël. Bonne chance, Mélanie. Bon courage, Viateur.
N'oubliez pas de faire vos exercices d'assouplissement et de
boire beaucoup de liquide... Tout le monde est prêt?

    — ...

    — ...

    — ...

    — ...

    — Qu'est-ce que vous attendez pour vous lever? dit
Michel. Le réunion est terminée, vous devriez gagner vos
postes...

— ... Est-ce qu'on n'a pas le doit d'être un peu délinquants, nous aussi? dit Sébastien.

— ... Je suis d'accord pour que vous exerciez votre droit
de grève, mais pas plus de cinq minutes.

— Merci, patron, dit Sébastien en fermant les yeux.
C'est vrai que ça fait du bien...

26

Sémaphore

Peut-être l'esprit de Noël existe-t-il, tout compte fait. C'est du moins ce que pense Jérôme Saint-Gelais, concessionnaire d'une boutique exclusivement vouée aux sous-vêtements masculins. Si on branchait un électrocardiogramme sur sa caisse enregistreuse, elle serait au calme plat pendant onze mois, à l'exception d'un léger frémissement autour de la Saint-Valentin et de la fête des Pères. Onze mois de marasme, d'inertie, d'ennui majuscule. Mais au début de décembre, soudainement, l'aiguille commencerait à s'agiter et à sortir de la zone rouge. Elle tracerait bientôt des montagnes de plus en plus élevées, jusqu'à atteindre enfin l'Himalaya dans la dernière semaine avant Noël.

Si on abolissait cette fête, Jérôme Saint-Gelais devrait fermer boutique, et les trois quarts des locataires du centre devraient en faire autant, en commençant par les deux magasins de jouets et les quatre magasins d'articles de cuisine, les boutiques de cadeaux et de chandelles, les parfumeries, les savonneries, les confiseries, les bijouteries, la librairie et les magasins de disques et d'électronique.

Quelques magasins de chaussures et de vêtements tiendraient sans doute le coup pendant un certain temps, mais il y a fort à parier qu'ils fermeraient leurs portes eux aussi, les uns après les autres, victimes du marasme ambiant. L'humanité deviendrait-elle bouddhiste, musulmane ou athée que les commerçants continueraient sans doute longtemps à fêter Noël : ce qui leur importe n'est pas tant que Jésus soit né, mais qu'il continue encore, deux mille ans plus tard, à multiplier le pain et le vin.

Si les commerçants apprécient l'achalandage de cette dernière semaine avant Noël, ils aiment encore plus profiter de l'étonnante accalmie du 24 décembre, lorsque la paix est enfin accessible aux hommes de bonne volonté, du moins à ceux qui travaillent dans les centres commerciaux.

Le stationnement est évidemment rempli dès la première heure, ce jour-là, mais les épisodes de rage au volant sont plus rares, et on voit même, de temps en temps, des automobilistes montrer des signes de courtoisie, preuve que l'humanité reprend lentement le dessus après cette période de furie. Le centre déborde bientôt de clients, mais c'est une cohue tranquille, qui n'a rien à voir avec celle de la veille ou de l'avant-veille, et encore moins avec la folie furieuse du *Boxing Day* à venir. Les clients, morts de fatigue, se laissent plutôt porter par la foule et achètent ce qu'ils peuvent là où ils le peuvent, trouvant à peine la force d'esquisser un sourire de soulagement quand le vendeur leur propose un emballage-cadeau. Les vols à l'étalage sont aussi rares que les crises d'angoisse, ce jour-là, et il n'y a presque jamais de disputes à régler : les clients sont en effet si résignés qu'ils signeraient n'importe quelle facture sans en vérifier le montant, et les commerçants si fatigués qu'ils ne songeraient même pas à profiter de la faiblesse des acheteurs pour y ajouter quelques zéros.

Mais le véritable miracle de Noël se produit à quinze heures pile, quand le centre se vide d'un seul coup de tous ses clients. À quatorze heures quarante-cinq, on a du mal à respirer tant la foule est compacte. Mais, quinze minutes plus tard, il n'y a plus personne. Un client qui arriverait à cette heure-là pourrait stationner son automobile à deux pas de l'entrée principale et se promener dans un centre commercial désert sans jamais se faire harceler par les vendeurs, trop épuisés pour lui courir après, et encore moins par les gérants, qui seraient presque enclins à donner la marchandise plutôt qu'à la vendre : ils ont déjà commencé à calculer leur recette, et ce ne sont pas quelques dollars de plus ou de moins qui feront la différence. Mais il n'y a aucun client dans le centre à cette heure-là : tous les acheteurs se sont volatilisés, comme s'ils avaient été victimes d'un magicien particulièrement doué. Il ne reste plus que les marchands et les vendeurs, encore éberlués, l'équipe de Star Scène qui démonte le village du père Noël, les hommes de l'entretien qui balaient les sacs, les papiers d'emballage et les cadeaux oubliés, et enfin les employés du service de sécurité, qui se demandent s'ils ne sont pas frappés d'hallucination collective : Où donc est passée la foule ? Comment a-t-elle pu disparaître sans que personne s'en aperçoive ?

Ça ressemble à un rêve, se dit Viateur, qui assiste pour la première fois à ce phénomène étonnant. Il se dirige lentement vers la petite fontaine de l'aile A, devant le magasin de vêtements de sport *Sherpa*. Michel et Francine se trouvent à l'autre extrémité de l'aile, si loin qu'il ne pourrait pas les entendre s'ils criaient, et pourtant il peut les voir, là-bas, qui agitent les bras comme des sémaphores. Viateur réussit à les rejoindre sans croiser un seul client, et il ne serait pas étonné outre mesure de voir des buissons séchés rouler autour de lui, poussés par le vent du désert.

Michel et Francine avaient beau l'avoir prévenu, il a tout de même du mal à y croire : les clients ont donc vraiment des maisons, quelque part, dans lesquelles ils peuvent entasser tout ce qu'ils achètent ? Les cadeaux ne sont pas destinés à se retrouver directement dans les conteneurs à déchets ? Ils seront véritablement *offerts* à des personnes réelles ? Faudrait-il donc prêter foi à la rumeur persistante selon laquelle il existerait bel et bien une forme de vie en dehors des Galeries de la Rive-Sud ?

Michel et Francine continuent leur chemin, comme un vieux couple qui prendrait une marche de santé après le dîner, tandis que Viateur se dirige vers le QG. Il croise au passage Sébastien et Mélanie, qui reviennent de l'aile D. Mélanie raconte un film qu'elle a loué la veille, et Sébastien écoute patiemment son résumé, les mains dans le dos. Ils ressemblent à des touristes détendus qui rentreraient tranquillement de la plage.

L'enclos qui sert de terrasse est désert, lui aussi : mal à l'aise dans les foules trop denses, les vieillards ont déserté les lieux à la mi-décembre et ils ne reviendront qu'après le *Boxing Day*. Certains d'entre eux manqueront peut-être alors à l'appel, mais ils seront bientôt remplacés par d'autres qui auront pris du galon et qui auront le droit de hocher la tête en connaisseurs quand le Caporal discutera des mérites de la petite vendeuse d'*Espace Jeans*, qui est plutôt bien roulée merci, mais pas autant que celle qui vend des chaussures chez *Gil* et qui vous donne un avant-goût du paradis chaque fois qu'elle se penche pour attacher vos lacets.

Personne non plus n'est assis sur la margelle de fausses pierres, autour de la grande fontaine. Viateur s'y attarde pourtant un moment, étonné de ne pas y trouver Marguerite. Il finit par se raisonner : une vieille dame victime de la maladie d'Alzheimer ne pourrait jamais se frayer un chemin dans la foule compacte du temps des fêtes, c'est physiquement impossible. Pourquoi donc t'attendais-tu à ce qu'elle soit assise là, Viateur ? En ce moment, elle doit manger un morceau de bûche au goût cent pour cent chimique dans une assiette de carton, après quoi on l'affublera sans doute d'un chapeau pointu tout en lui lançant des confettis et des serpentins. Est-il possible d'imaginer joie plus déprimante ?

Mieux vaut ne pas y penser, Viateur. Continue plutôt ton chemin jusque chez *Rubens +*...

— Les affaires ont été bonnes, Liette ?

— Excellentes, Viateur, excellentes. Qu'est-ce que tu fais ce soir, toi ?

— Michel m'a proposé d'aller réveillonner chez lui, mais je n'ai pas vraiment envie d'un Noël traditionnel. Ma sœur est du genre à nous gaver de dinde, de tourtière et de sauce aux canneberges... C'est trop pour moi. Trop de nourriture, trop de bonheur, ça finit trop tard. Je préfère rester à la maison et me reposer.

— Qu'est-ce que tu dirais de venir manger chez moi ? Rien de compliqué, rassure-toi : je passe chez *Lino* me chercher des pâtes fraîches, je les réchauffe, et c'est tout. Es-tu amateur de scrabble ?

— J'adore ça, mais je suis un joueur très lent.

— Parfait ! Je suis plutôt lente, moi aussi, mais je suis une adversaire redoutable, je préfère te prévenir. On pourrait se faire un Noël lent plutôt qu'un Noël blanc. Qu'est-ce que tu en dis ?

— Ça me paraît une excellente idée.

— Donne-moi trente minutes pour fermer ma caisse, et je suis à toi. On se rejoint devant la fontaine ?

Trente minutes ? C'est le temps qu'il faut à Viateur pour aller acheter une bouteille de vin, une boîte de chocolats

– et même une petite plante verte, tiens, pourquoi pas ? Trois transactions en moins de trente minutes, un 24 décembre, c'est sûrement un record de vitesse absolu pour Viateur, mais ce qui l'étonne bien davantage c'est qu'il ait trouvé un certain plaisir à faire ces achats, et même une douce excitation.

27

Boxing Day

— Les ventes de décembre ont été bonnes, dit Michel en traçant une flèche sur sa feuille, mais il reste encore de l'argent dans les poches des consommateurs, de cette sorte d'argent qui brûle les doigts si on ne l'emploie pas. Comme on nous annonce deux jours de pluie froide, les gens se précipiteront en masse au centre commercial. J'ai bien peur que ce *Boxing Day* ne soit encore pire que les autres.

— J'ai le même pressentiment, enchaîne Francine. J'ai eu une attaque de rhumatisme, la nuit dernière. Ça ne trompe pas : la journée sera infernale. Quoique je me demande si le mot est bien approprié : en enfer, nous sommes supposés payer pour nos péchés. La souffrance est donc méritée. Tandis que le *Boxing Day*...

— Vous ne pensez pas que vous exagérez ? demande Mélanie. Ça ne peut quand même pas être pire que le 23 décembre, non ?

Francine et Michel se contentent d'opiner tristement du bonnet, et Sébastien en rajoute en poussant un profond soupir.

— C'est dix fois pire, Mélanie, dix fois pire, dit-il. Imagine les troupes d'Attila qui attaquent celles de Gengis Khan dans une ruelle de Philadelphie : cinq heures de pure barbarie, où tous les coups sont permis. Le *Boxing Day*, c'est du magasinage extrême.

— Je ne suis pas d'accord avec ta comparaison, Sébastien, intervient Francine. Les victimes de Gengis Khan étaient innocentes, tandis que les gens qui participent au *Boxing Day* le font de leur plein gré. As-tu déjà participé à un *Boxing Day*, Mélanie ?

— J'ai déjà essayé une fois, oui, mais j'ai rebroussé chemin quand j'ai vu que le stationnement était plein.

— Sage décision…

— Le *Boxing Day*, reprend Michel, c'est comme le Grand Canyon. Tant qu'on ne l'a pas vu, on ne peut pas en parler ; et quand on l'a vu, on renonce à dire quoi que ce soit, faute de trouver les mots appropriés. La meilleure attitude est sans doute celle de Viateur, qui ne dit rien, pour économiser ses forces… Je te trouve bien songeur, Viateur. Comment s'est passée ta nuit de Noël, dis-moi ?

— … Très bien…

— Tant mieux… Et maintenant, chacun à son poste, et bonne chance à tous. On se retrouve à dix-huit heures autour de la grande fontaine, d'accord ? Les survivants auront droit à la médaille de l'héroïsme commercial, c'est promis.

~

Le centre a beau n'ouvrir ses portes qu'à treize heures le lendemain de Noël, le stationnement est plein dès le matin.

Les clients attendent dans leur automobile en faisant tourner le moteur et ils passent le temps en écoutant la radio, où des animateurs hystériques leur promettent des rabais incroyables dans d'autres centres commerciaux dont les stationnements sont malheureusement déjà remplis, ce qui ne fait qu'ajouter à la frustration générale. Ces automobilistes ont tous des complices qui essaient tant bien que mal de leur garder une place dans la file de clients qui s'allonge devant la porte numéro deux, celle qui, de l'avis général, permettra aux sprinters les plus rapides de profiter du maximum d'aubaines. Le seul problème, c'est qu'ils auront respiré une telle quantité de monoxyde de carbone en attendant l'ouverture des portes qu'ils auront les poumons encrassés, ce qui nuira à leurs performances. Quand le ciel est bas, comme c'est le cas en ce jour de pluie froide, c'est encore pire : la pollution ne pouvant pas être transportée par le vent, elle redescend sur la foule, imprègne les manteaux et pénètre même dans le centre par tous les conduits d'aération. Sébastien a raison : le *Boxing Day* est un sport extrême, qui se joue dans des conditions extrêmes qu'aucun athlète n'aura jamais à affronter.

Jean-Guy et Mirabeau ont engagé six surnuméraires pour contrôler la circulation dans les stationnements, mais ces surnuméraires – tous des étudiants – n'ont aucune autorité sur les hordes de consommateurs en furie qui considèrent les soldes d'après Noël comme un droit inaliénable. La prise de possession d'un espace de stationnement représente pour eux un enjeu vital, qui justifie qu'on libère toute son agressivité. La consigne que Jean-Guy donne à ses hommes est de ne jamais laisser entrer une seule automobile de plus que le nombre de places disponibles, au risque de déclencher des accès de rage incontrôlables, mais cette consigne est inapplicable depuis que les banlieusards se sont mis à acheter des véhicules tout-terrains en prévision de ces jours de soldes : maintenant qu'ils peuvent pénétrer dans le stationnement en franchissant les haies et les talus, il n'y a plus rien à leur épreuve.

À dix heures trente, le point de saturation est déjà dépassé. Les véhicules continuent pourtant d'affluer et occupent maintenant le corridor réservé aux ambulances. Jean-Guy et Mirabeau ont beau essayer de raisonner les conducteurs, personne ne daigne même baisser sa vitre pour entendre leurs incitations au civisme. Les deux hommes doivent donc se résigner à faire appel à la Sûreté du Québec dès dix heures trente-cinq, soit une heure plus tôt que d'habitude, ce qui présage le pire.

Les hommes de la Sûreté arrivent à dix heures quarante-cinq, et seul un usage vigoureux des gyrophares et des sirènes leur permet de se frayer un chemin jusqu'à la porte numéro deux. Ils aimeraient bien distribuer des contraventions aux conducteurs de Hummer récalcitrants, mais la priorité est de protéger la porte, dont la vitre commence à bomber dangereusement. Personne n'ose imaginer ce qui se produirait si elle se fracassait et si des clients étaient piétinés dans la vitre concassée. Les policiers s'intercalent donc entre la foule et la porte vitrée, et ils subissent patiemment les insultes des consommateurs surexcités jusqu'à ce que le décompte commence : les portes ouvriront dans trente secondes, vingt-neuf, vingt-huit...

À l'intérieur du centre, le silence est aussi lourd que dans le vestiaire d'une équipe sportive à la veille d'un match de championnat. Les marchands mettent la dernière main à leurs présentoirs, les restaurateurs remplissent leurs réfrigérateurs de sandwichs, et l'équipe de Michel inspecte le matériel d'urgence : Sébastien examine une fois de plus son défibrillateur, Mélanie et Francine préparent les bouteilles

d'eau et les bonbonnes d'oxygène, Michel et Viateur vérifient les piles des téléphones cellulaires. S'ils échangent
parfois quelques mots, c'est toujours à voix basse, et le plus
succinctement possible : le match n'est pas encore commencé, ce n'est pas le moment de gaspiller son énergie.

L'équipe de Michel n'a heureusement pas la responsabilité du contrôle de la mêlée générale, ce jour-là. Tout
comme les vrais crimes relèvent de la vraie police, la gestion
de la foule du *Boxing Day* est confiée à Sécuritek, une agence
spécialisée dans ce genre d'événements, et qui recrute ses
employés chez les lutteurs professionnels, les joueurs de
football, les anciens mercenaires et les repris de justice qui
ont passé les dix dernières années de leur vie à soulever des
haltères dans des gymnases de pénitenciers. Leur carrure et
leur mine patibulaire suffiraient à assurer leur autorité,
mais on les affuble en plus d'un uniforme digne de l'armée
d'une république bananière, avec force épaulettes, badges,
insignes et écussons qui n'ont aucune espèce de significa-
tion, mais qui peuvent avoir un effet dissuasif sur certains
esprits échauffés.

À treize heures moins cinq secondes, les hommes de
Sécuritek se placent en quinconce, tenant leur matraque
devant eux. Le but de la manœuvre n'est pas d'en découdre
avec les consommateurs, mais simplement de former une
chicane humaine qui calmera leurs ardeurs en ralentissant
les plus pressés.

À treize heures moins deux secondes, tout le monde
prend une grande respiration, et un agent de Sécuritek
ouvre la porte numéro deux, en parfait synchronisme avec
ses collègues qui s'occupent au même moment des autres
entrées, et les taureaux sont lâchés dans Pampelune, les
hooligans prennent d'assaut le stade de Liverpool, les vandales entrent dans Rome, les Furies et les Harpies fondent

sur les étalages comme des vautours sur une pièce de charogne, mais à peine auront-ils eu le temps de mettre la main sur l'objet de leur convoitise qu'ils seront aussitôt engloutis par une foule compacte, une mer humaine, un magma de chairs agglutinées qui sera bientôt animé de son mouvement propre, avec ses ressacs et ses marées, ses déferlements et ses courants sous-marins, ses vagues et ses reflux, suivant des lois qui défient les grands principes de la dynamique des fluides. Emportés par cet étrange sumo collectif, certains clients passeront directement de la porte numéro un à la porte numéro cinq sans jamais avoir pu entrer dans un magasin ni même s'en approcher, tandis que d'autres se contenteront d'une bougie usagée achetée à prix exorbitant chez *Presque rien*. D'autres encore, plus chanceux, mettront la main sur l'article de leur choix, sapin artificiel ou antenne parabolique, mais ne réussiront jamais à s'approcher de la caisse pour le payer. Entraînés par la foule, ils essaieront de régler leur achat à l'animalerie ou à l'agence de voyages, ce qui déclenchera immanquablement des problèmes de lecture des codes barres et d'interminables discussions avec les commis, qui finiront le plus souvent par accepter le paiement – il s'agit avant tout de survivre, pour la logique on attendra à demain. On peut toujours espérer que les erreurs finiront par s'annuler, qui sait ?

Les marchands en auront pour des semaines à tenter de faire le bilan de cette journée de fous et à se demander comment ils ont réussi à vendre des mannequins, des tablettes de mélamine et des néons qui faisaient partie de la décoration du magasin. En attendant, faut-il s'inquiéter de la disparition d'un couteau de cuisine chez *Fine Lame* ? Comment retracer le client qui a perdu son dentier dans la fontaine ? On verra à tout ça plus tard. Pour le moment, les employés du centre sont en mode survie, ce qui implique qu'ils doivent s'humecter la bouche pour ne pas périr de déshydratation, tout en prenant garde de ne pas absorber trop de liquide, ce qui les obligerait à entreprendre la périlleuse mission qui consiste à aller aux toilettes. Certains fanatiques du magasinage, à l'instar des joueurs compulsifs du casino, ont réglé la question en portant des couches destinées aux incontinents. Les employés n'en sont heureusement pas réduits à de telles extrémités, la plupart des magasins ayant aménagé des toilettes portatives dans les arrière-boutiques – encore faut-il pouvoir s'y rendre !

Michel ne quitte jamais le QG ce jour-là – privilège de l'âge –, mais il passe toute la journée l'oreille collée à son téléphone cellulaire. Pour lui, le *Boxing Day* est une reprise du 23 décembre, en version non expurgée de ses passages violents.

— Ici Sébastien, envoyez vite une ambulance à la porte numéro un, dites-leur que c'est une fracture du tibia. Allô ? M'entendez-vous ? Allô ?

— Allô, Michel ? Ici Viateur. La température monte dangereusement, et on risque d'avoir des évanouissements. Il faudrait absolument ouvrir toutes les trappes d'aération. J'essaie de communiquer avec l'entretien, mais je n'y arrive pas. La foule est tellement dense que les ondes ne passent pas au travers.

— Je m'en occupe. Si jamais tu croises Sébastien quelque part dans l'aile B, dis-lui de changer les piles de son cellulaire : je n'arrive pas à communiquer avec lui.

— Peut-être que son téléphone a été écrasé par la foule... Tandis qu'on y est, des commerçants m'ont rapporté les plaintes de clientes qui disent qu'elles se sont fait tripoter. Yvan est-il revenu ?

— Ça ne peut pas être lui : il n'aime que les fesses dures. Quoi qu'il en soit, on ne s'occupe pas de ces cas-là aujourd'hui.

On est en mode survie, Viateur. Dis-leur qu'on fera une enquête, ça les rassurera.

— Michel ? Ici Francine. J'ai un petit garçon de quatre ans qui a perdu sa mère. J'essaie de te l'amener au QG, j'espère arriver d'ici une heure ou deux… Vous n'avez pas eu d'appel à ce sujet ?

— Rien du tout. Si jamais tu retrouves ses parents, n'oublie pas de les féliciter de ma part, Francine : traîner un enfant dans un centre commercial pour le *Boxing Day*, c'est vraiment brillant.

— J'ai peur qu'ils ne comprennent pas l'ironie, Michel. Ils seraient plutôt du genre à nous poursuivre pour tentative d'enlèvement.

— Michel ? Ici Viateur. La température continue de monter. Pas de nouvelles de l'entretien ? J'essaie de m'y rendre, mais il n'y a pas moyen de me frayer un chemin. Il nous faudrait des bâtons électriques, comme pour le bétail.

— Je vais téléphoner à Sécuritek et demander que leurs hommes tiennent les portes ouvertes, c'est urgent. Peut-être que ça rafraîchira les idées de tout le monde… Pas de nouvelles de Sébastien ?

— Rien du tout.

— Allô, Prof ? Ici Mélanie. J'ai un client qui s'est fait écraser les doigts. Il a eu la mauvaise idée de se mettre à quatre pattes pour ramasser quelque chose, mais…

— Allô, Michel ? Ici Sébastien. Vitrine brisée chez *Bombay Import*. C'est un miracle qu'il n'y ait pas eu de blessés. J'ai besoin d'un gardien au plus sacrant. Contactez Sécuritek, et dites-leur de m'envoyer celui qui a été mercenaire au Zaïre, il devrait faire l'affaire. J'essaie de contrôler la foule en attendant. M'entendez-vous ? Allô ? Allô ?

— Michel ? Ici Francine. Je m'éloigne du QG au lieu de m'en approcher. Changement de stratégie : j'installe l'enfant dans l'arrière-boutique de la librairie avec une pile de bandes dessinées. Toujours pas de nouvelles des parents?

— Allô, Michel? Il paraît qu'on a trouvé un couteau ensanglanté sur le sol, près de la petite fontaine. Qu'est-ce que je fais avec ça?

— Allô, Michel? Ici Sébastien. J'ai remplacé mes piles, et je pense que j'ai réglé mon problème. M'entendez-vous? Allô? Allô?... *Shit!*

— Ici Patrick, de la SQ. J'ai reçu ton message au sujet du couteau, mais j'ai trois bagarres dans le stationnement, impossible d'entrer dans le centre maintenant. Dis à Viateur de mettre le couteau dans un sac de plastique et de ne pas bouger de là. J'envoie un inspecteur aussitôt que possible.

— Michel? Ici Marc, de Sécuritek. Je peux vous envoyer un homme à *Bombay Import*, mais M'Bala n'est pas disponible. Neely devrait faire l'affaire. Il a servi en Afghanistan. Ça ira?

— Allô? Je suis bien au service de la sécurité? Mon fils a été enlevé! Qu'est-ce que vous attendez pour faire quelque chose?

— Votre fils a été retrouvé, madame. Il vous attend à la librairie.

— ... J'aime mieux ça! Pensez-vous qu'il est en sécurité?

— Pour autant qu'un enfant puisse être en sécurité dans un centre commercial un jour de *Boxing Day*, madame...

— Parfait! J'irai le chercher à la fin de la journée. Savez-vous s'il y a encore des skis en solde chez *Sport Plus*?

À dix-huit heures, quand le cellulaire se tait enfin, Michel a le réflexe de le secouer, croyant qu'il est peut-être brisé. Il se fiche ensuite l'auriculaire dans l'oreille, au cas où un bouchon s'y serait formé, mais tout semble normal. Il pose ensuite la paume de sa main sur son front, mais ne sent aucune fièvre. *Attention, Michel, le contenu peut être brûlant.*

Il se lève lentement, redresse le dos avec précaution, comme chaque fois qu'il reste assis trop longtemps – il a toujours l'impression que ses os profitent de l'occasion pour se souder –, puis il fait quelques pas dans le QG. Il regarde son téléphone, qui ne sonne toujours pas, et enfin la grosse horloge murale, qui indique dix-huit heures et deux minutes. Francine avait raison : ça ne peut pas être l'enfer, puisque l'enfer est censé durer éternellement. Félicitations quand même pour vos effets spéciaux, monsieur Lucifer : c'était criant de vérité.

Il s'aventure ensuite dans le centre et salue machinalement les quelques marchands hagards qui referment leur porte vitrée ou abaissent leur rideau métallique, et qui sont tellement fatigués qu'ils ne semblent pas le reconnaître.

Il se rend à la grande fontaine, où l'attend le reste de l'équipe. Francine a enlevé ses chaussures et se baigne les pieds dans l'eau, bientôt imitée par Mélanie, qui en profite pour se masser les mollets.

— Je ne voulais pas te croire, Francine, mais tu avais raison : c'est inhumain… Pourquoi font-ils ça ?

— Ne me le demande pas, répond Francine. Je n'ai même pas la force de hausser les épaules pour te répondre.

Sébastien, qui vient de s'asseoir tout près d'elles, boit de grandes lampées d'un liquide bleu électrique qui ressemble étrangement à du liquide de lave-glace.

— Vous en voulez, Prof ?

— … Qu'est-ce que c'est ?

— Une boisson énergisante. Ça contient du sucre, des protéines, de la créatine…

— … C'est légal ?

Viateur prend une petite gorgée, qu'il avale en grimaçant – ils ont beau mettre des tonnes de sucre, ça ne chasse pas entièrement le goût de liquide de lave-glace –, tandis que Michel s'assoit à côté de lui.

— Et alors, Viateur, ce *Boxing Day*? demande Michel.

— Ça aurait pu être pire...

— Tu as *vraiment* passé une bonne nuit de Noël, toi...

28

Révérences

— Un dernier détail avant de conclure la réunion, dit Michel en traçant une flèche sur son bloc-notes. Patrick vient de m'informer que l'affaire du couteau de cuisine a été élucidée. Un client a voulu tester le tranchant sur le bout de son doigt, il a été bousculé au même moment, et le couteau est tombé par terre. Il s'est fait lui-même un pansement avec sa chemise et il a réussi à quitter le centre par ses propres moyens, mais le couteau a suivi un autre chemin : sans que personne s'en aperçoive, il a été poussé par les pieds des clients jusqu'à la petite fontaine, où il s'est retrouvé coincé sous un banc. Quelle idée, aussi, de tester un couteau pendant le *Boxing Day*... Affaire classée. Cela dit, la période des fêtes est terminée, ce qui signifie qu'on peut enfin recommencer à vivre. Joyeux printemps tout le monde !

— ... Ce n'est pas un peu tôt pour parler du printemps ? Nous ne sommes même pas en janvier...

— Les employés des centres commerciaux n'ont pas le même calendrier que le reste de la population, Viateur. Pour nous, le printemps commence tout de suite après le *Boxing Day*. C'est un des avantages de notre travail.

— C'est quand même dommage, cette histoire de couteau qui finit en queue de poisson, dit Sébastien. Ça aurait fait un excellent roman policier : l'arme du crime qui se promène d'un magasin à l'autre, poussée par les pieds des clients, tandis que le cadavre prend une autre direction, entraîné par la foule... On le retrouverait à la fin de la journée, vidé de son sang, mais toujours debout... Des milliers de témoins, mais personne n'aurait vu le meurtre. Ce serait le contraire du mystère de la chambre close, d'une certaine manière...

— C'est vrai que c'est une bonne idée, dit Viateur. Qu'est-ce qui t'empêche de l'écrire ?

— J'ai déjà essayé. Mon problème, c'est toujours de trouver une fin satisfaisante. C'est facile de trouver un bon début, mais c'est une autre paire de manches de conclure comme du monde.

— Je vois ce que tu veux dire. C'est pour ça que je ne lis plus de romans policiers. C'est trop frustrant.

— ... Est-ce que je peux vous demander une faveur, patron ?

— Je t'écoute, Mélanie.

— Maintenant que les fêtes sont derrière nous, rien ne nous oblige vraiment à limiter les réunions à quinze minutes. Elles pourraient déborder un peu sans que la sécurité des clients en soit affectée, et nous pourrions discuter d'autre chose que de nos préférences en matière de romans, non ?

— ... Où veux-tu en venir, Mélanie ?

— Je voudrais vous parler de Marguerite, mais si je dois vous déballer tout ce que j'ai appris en trente secondes, genre, ça ne vaut pas la peine.

— ... Tu as appris quelque chose de nouveau à son sujet ?

— Pas seulement du nouveau, de l'ancien aussi. Plus d'ancien que de nouveau, en fait. Je connais maintenant toutes les grandes lignes de sa vie. Le seul problème, c'est que je ne suis pas capable de vous résumer ça en criant lapin. La vie n'est pas toujours simple, patron, il faut parfois prendre son temps et soigner ses ambiances, votre épouse a déjà dû vous le dire, des chandelles et un bon repas ça fait parfois toute la différence, eh bien c'est pareil pour une histoire. Parfois, ça doit être plus long, il faut savoir l'accepter. J'ai plein d'informations à vous transmettre et je n'ai pas envie de les classer par ordre d'importance et encore moins de faire des réseaux de concepts comme à l'école, je veux bien croire que c'était plus facile à corriger pour les professeurs, mais ce n'est pas comme ça qu'on améliore son vocabulaire, si vous voulez mon avis.

— Je t'écoute, Mélanie. Et je ne toucherai pas à mes lunettes, promis.

— Merci. Voici ce que j'ai appris : Marguerite est née en 1921 à Rivière-du-Loup. Ça lui donne donc quatre-vingt-cinq ans bien sonnés. Son grand-père avait un moulin à scie, comme on disait dans ce temps-là, et son père était propriétaire du journal local et d'un hôtel au centre-ville. Il est mort de *consomption*. Si j'ai bien compris, c'est comme un genre de tuberculose. C'est à peu près tout ce que je sais sur lui, désolée. La mère de Marguerite ne travaillait pas vraiment, mais elle donnait des cours de piano et elle s'occupait de ses trois filles : Violette, qui est morte très jeune ; Jacinthe, qui a marié un avocat de la place et qui est encore vivante – c'est d'ailleurs à elle que je dois le gros de mes informations ; et enfin Marguerite, la troisième fleur, la plus jeune de la famille, que tout le monde aimait et qui aimait tout le monde. Toute cette belle famille vivait dans une maison en brique rouge entourée d'une véranda, une maison vraiment superbe qui a d'ailleurs été transformée en *bed and breakfast* par un couple de gays qui ont tout rénové en respectant le cachet de l'époque, comme on dit, mais qui pratiquent des prix *vraiment* modernes, genre. Leurs croissants sont délicieux. Je vous dis ça au cas où vous passeriez par là…

— Excuse-moi de t'interrompre, Mélanie, dit Sébastien, mais comment as-tu fait pour apprendre tout ça?

— Je vous avais dit que je ferais une enquête, non? J'ai utilisé ce qu'on m'a appris pendant mon cours de techniques policières, c'est tout. J'ai toujours été parmi les meilleures de ma classe pour les procédures d'enquête. J'aime que ça serve, de temps en temps… Stéphane a bien voulu me fournir le numéro d'assurance sociale de Marguerite et celui de son permis de conduire. À partir de là, on fait marcher ses doigts. C'est grâce au numéro de permis que j'ai réussi à contacter les policiers qui l'ont retrouvée au Nouveau-Brunswick quand elle a fait sa dernière fugue. Il paraît que ça lui est arrivé plusieurs fois, du temps où elle habitait Rivière-du-Loup : elle roulait jusqu'à ce qu'il n'y ait plus d'essence dans son réservoir, et puis elle restait là, stationnée sur l'accotement, en attendant que les policiers s'occupent d'elle. On a fini par lui retirer son permis, évidemment, mais il est encore sur les registres. J'ai donc pu obtenir son adresse et j'ai contacté ses voisines, sa sœur, son médecin… Tout le monde a été super-gentil avec moi. La seule personne qui n'a pas voulu me rappeler, c'est son fils Laurent, mais j'ai quand même su tout ce que je voulais savoir à son sujet, et même un peu trop à mon goût. Ensuite, je suis allée sur place pour vérifier quelques détails, j'ai même pris des photos que je peux vous envoyer par Internet, si ça vous intéresse. Est-ce que ça répond à ta question, Sébastien?

— … Ça va, oui. Je dois dire que je suis un peu soufflé…

— … Moi aussi, dit Michel. Quand est-ce que tu as fait tout ça?

— Le soir, quand je n'avais rien à faire, et pendant mes congés. Je me suis rendue à Rivière-du-Loup dimanche dernier. Ce n'est pas si loin… Voulez-vous que je continue?

— Je t'en prie, Mélanie.

— Quand Marguerite a fait sa dernière fugue, sa sœur l'a placée dans un hôpital de longue durée à Notre-Dame-du-Portage, dans la région où elle avait toujours vécu, une super-belle place où elle était bien traitée, avec vue sur le fleuve et tout plein d'amies qui venaient la visiter. Pas seulement des amies, des anciens élèves, aussi : tout le monde m'a répété qu'elle avait été une enseignante hors pair, qui n'a laissé que de bons souvenirs autour d'elle. Le problème, c'est que Laurent ne voulait pas qu'elle habite là. Ça coûtait trop cher… Il n'avait pourtant pas eu à débourser un sou : Marguerite avait été professeure toute sa vie, alors elle avait un fonds de pension bien garni. En plus, elle avait des économies. Presque un demi-million, en fait. Laurent aurait eu amplement de quoi lui payer une infirmière rien qu'avec les intérêts, sans toucher au capital…

— … Comment une maîtresse d'école peut-elle accumuler autant d'argent? demande Sébastien.

— Ses parents étaient à l'aise. Ils ont laissé un bel héritage à leurs deux filles, et elles ont fait des placements très sages, dans le genre obligations municipales…

— Laurent a voulu mettre la main sur le magot de sa mère, c'est ça? demande Sébastien.

— Tu me gâches un peu mon punch, mais c'est exactement ça, oui. Il était le seul héritier, et il n'a pas eu envie d'attendre qu'elle meure pour mettre la main sur son argent. Aussitôt que les médecins ont diagnostiqué la maladie d'Alzheimer, il a profité de la procuration qu'elle lui avait

signée pour encaisser toutes ses obligations et vendre tout
ce qu'elle possédait. Jacinthe a bien essayé de le convaincre
de laisser sa mère à Notre-Dame-du-Portage, où elle était
super-bien traitée, mais il l'a envoyée promener : sa mère
n'avait connaissance de rien, alors pourquoi gaspiller son
argent?

— Il aurait pu pousser plus loin son raisonnement,
intervient Francine. Puisqu'elle allait mourir un jour ou
l'autre, pourquoi continuer à la nourrir ? Laissons-la mourir
de faim, qu'on en finisse...

— Je suis sûre qu'il y a pensé.

— Édifiant..., conclut Michel. Y a-t-il autre chose qu'on
devrait savoir, Mélanie?

— La grande histoire d'amour de Marguerite, ça vous
intéresse?

— ... Est-ce que c'est vraiment essentiel? demande
Michel.

— Pas vraiment, non. Mais ça peut nous éclairer sur la
psychologie de Marguerite et sur les motivations de Laurent,
et ça permet de résoudre un vieux mystère au passage...

— On t'écoute, Mélanie! tranche Francine avant même
que Michel ait pu répondre. On a bien le temps, non? Le
centre est désert, et tout le monde est à moitié mort. Il sera
toujours temps d'aller refaire les piles de chiffons chez
Presque rien...

— Je vais essayer de vous raconter ça le mieux possible;
c'est un peu long, je vous préviens... Je peux commencer,
patron?

— Vas-y, Mélanie.

— L'amoureux de Marguerite s'appelait Émile, comme
Émile Nelligan, mais il ressemblait plutôt à Saint-Denys
Garneau. Je ne sais pas si vous le connaissez... Quand j'étais
au cégep, j'ai eu une professeure de français qui trippait fort

sur lui, et je soupçonne que c'était bien plus à cause de sa photo, sur la couverture du livre, que pour sa poésie. Elle avait raison, remarquez : il ressemblait un peu au Che, avec son béret… Marguerite aussi était une belle fille. Je le sais parce que sa sœur m'a montré des photos quand je suis allée la voir à Rivière-du-Loup. J'aurais voulu les mettre sur Internet pour que vous puissiez la voir, vous aussi, mais elle n'a pas voulu me les prêter, alors vous êtes obligés de me croire sur parole. Elle avait de longues tresses et des taches de rousseur, comme Anne dans *Anne of Green Gables*, et de grands yeux naïfs et allumés, mais elle avait en même temps un air très décidé, style ôtez-vous de mon chemin, j'ai quelque chose à faire dans la vie et je n'ai pas envie de m'enfarger dans les fleurs du tapis. Elle n'avait pas seulement les tresses d'*Anne of Green Gables*, elle en avait aussi le tempérament, un mélange de romantisme et de détermination, genre… Avez-vous lu *Anne of Green Gables*?

— Au moins dix fois! répond aussitôt Francine, des étoiles dans les yeux. Mais continue, Mélanie, continue…

— Elle avait dix-huit ans quand elle a vu Émile pour la première fois. Lui, il en avait vingt-huit. C'était en 1939. Elle était pensionnaire dans une sorte d'école pour former des maîtresses d'école, on appelait ça une École *normale* – drôle de mot, je me demande comment ils appelaient les autres écoles –, et c'était à Saint-Pascal-de-Kamouraska. Émile était venu faire une conférence sur l'astronomie au Séminaire de Rivière-du-Loup, pas loin de là. C'était un scientifique, notre Émile, mais ça ne l'empêchait pas d'être poète à ses heures. Il était donc venu faire une conférence sur l'astronomie au Séminaire de Rivière-du-Loup, et les filles de l'École normale avaient voulu y assister parce qu'il n'y avait pas de raison que les filles ne s'intéressent pas à l'astronomie, elles aussi, mais les religieuses avaient refusé,

vu que la présence des filles aurait pu troubler les sémina-
ristes, alors pas question, retournez à votre broderie. Mais
les filles ont contesté l'autorité des religieuses. Elles n'ont
pas fait la grève en portant des pancartes, non, elles ont
plutôt écrit au maire, au député, à l'évêque et à l'archevêque.
Dans ce temps-là, il fallait savoir écrire pour contester, et
Marguerite était excellente pour écrire des lettres contesta-
taires mais polies. J'en ai lu quelques-unes et je dois dire
que c'était super-bien tourné, avec de belles grandes phrases
élégantes comme des robes longues, genre, le pire c'est qu'il
n'y avait même pas de traitement de texte dans ce temps-là,
il fallait vérifier les mots dans le dictionnaire *avant* de les
écrire parce qu'après ça ne s'effaçait plus, et il n'y avait
même pas de stylos ni de *liquid paper,* êtes-vous capables
d'imaginer ça ? Elle écrivait à la plume, une plume qu'il fallait
tremper dans un encrier !... D'accord, patron, je reviens à
mon histoire... Les autorités ont fini par trouver un compromis : les filles auraient le droit d'assister à la conférence, mais
derrière les garçons, pour ne pas les distraire. Marguerite a
accepté le compromis, mais elle a insisté pour dire un mot
de bienvenue, et c'est là que l'action commence vraiment.
Voici notre Marguerite aux grandes tresses qui traverse la
salle, très fière, qui monte sur la scène comme une princesse
pour livrer un discours à propos des femmes et des sciences
en invoquant Marie Curie et Marguerite Bourgeoys, je n'ai
pas lu son discours mais il paraît que c'était très impressionnant, elle avait travaillé là-dessus pendant des semaines,
ensuite elle se tourne vers Émile et elle le remercie en lui faisant
une jolie révérence. Il paraît que c'est là que tout s'est joué.
Les filles pratiquaient souvent leurs révérences, dans ce
temps-là. Elles inclinaient le buste et pliaient les genoux, un
pied derrière, en baissant les yeux... D'après Jacinthe,
Marguerite avait souvent dû subir les reproches des religieuses

à ce sujet : elles disaient que ses révérences manquaient d'humilité. Je ne sais pas ce que vous en pensez, vous autres, mais j'ai trouvé ça un peu étrange, cette histoire de révérences qui manquent d'humilité, mais en y repensant je me suis dit que s'il n'y a pas deux poignées de main semblables, ça devait être pareil pour les révérences. Il peut donc y avoir des révérences sèches, d'autres qui sont plus... sexy, disons ? Pouvez-vous imaginer ça, une révérence sexy ?

— Très facilement, dit Sébastien.

— Moi aussi, ajoute Viateur. Tout est dans le regard...

— Continue, Mélanie, continue, dit Francine qui se tient sur le bout de sa chaise depuis le début du récit de Mélanie, les sens aux aguets, et qui semble avoir rajeuni de dix ans. Marguerite fait la révérence...

— ... Marguerite fait sa révérence, et Cupidon en profite pour décocher une flèche qui va se planter tout droit dans le cœur d'Émile... Il revenait souvent sur cette image de la flèche, dans ses poèmes – parce qu'ils ne faisaient pas seulement des révérences, dans ce temps-là, ils s'écrivaient aussi des poèmes, des vrais poèmes avec des rimes. Vous ne trouvez pas ça romantique, vous ?

— Tu les as lus ? demande Francine, frémissante d'excitation.

— Les lettres de Marguerite ont été perdues, mais pas celles d'Émile. Jacinthe les a gardées dans une boîte de métal qu'elle a décorée avec des fleurs séchées, c'est très joli, d'ailleurs, et ça m'a donné le goût de commencer à récupérer les boîtes de métal, moi aussi, des fois que je me mettrais à recevoir des lettres d'amour.

— Ça va sûrement t'arriver un jour, Mélanie. Il doit bien y avoir quelque part un jeune homme qui a les yeux en face des trous et le cœur à la bonne place.

— … Merci, patron. C'est gentil, ça… Vous êtes vraiment bizarre, vous, depuis quelque temps…

— Peut-être, mais j'ai aussi de la suite dans les idées : n'oublions pas que nous sommes supposés travailler… Revenons à Émile et à Marguerite. Ils s'écrivent des lettres…

— Émile lui envoyait des poèmes en alexandrins, vous vous rendez compte ? Imagine un peu, Francine : le gars est beau comme Che Guevara, il donne des conférences sur les étoiles et il écrit des alexandrins…

— Les alexandrins, ça m'irait, mais le genre Che Guevara ne m'a jamais attirée. Le Che était beau, c'est vrai, mais je n'ai jamais pu m'empêcher de penser que ça ne devait pas toujours être très propre, dans le maquis… Et puis les barbus, moi…

— Ton genre à toi, glisse Sébastien, ce serait plutôt le baron von Trapp, dans *La Mélodie du bonheur*…

— Peut-être, oui… Quoique je me serais peut-être sentie un peu à l'étroit dans son château… C'était un peu trop rustique à mon goût.

— … C'est ironique ?

— D'après toi ?

— Est-ce qu'on pourrait revenir à l'histoire de Marguerite, s'il vous plaît ?

— … Maintenant, tenez-vous bien… Savez-vous ce que j'ai trouvé dans les lettres d'Émile ? Le sonnet d'Arvers ! *Mon âme a son secret, mon cœur a ses mystères !* Il n'y avait pas de photocopieuses, dans ce temps-là, alors il fallait recopier les poèmes à la main… C'est son Émile qui le lui avait envoyé ! Le cerveau de Marguerite est tout rongé par l'Alzheimer, si du moins on peut dire que ça ronge, mais elle se souvient encore d'un poème que son amoureux lui a envoyé il y a plus de soixante ans ! C'est pas beau, ça ?

— Je pense que c'est normal, dit Sébastien. Mon grand-père était comme ça, lui aussi : il se souvenait dans les moindres détails de ce qui s'était passé quand il allait à l'école primaire, mais il ne se souvenait pas de ce qu'il avait mangé la veille. La mémoire s'efface toujours à l'envers.

— Des poèmes, c'est quand même plus facile à retenir, ajoute Viateur. Je parle des poèmes qui riment, évidemment... Ça doit activer d'autres connexions dans le cerveau. Moi, je me souviens encore très bien des fables de La Fontaine...

— C'est comme le sel dans le beurre, dit Mélanie.

— ... Je ne suis pas sûr de bien comprendre, intervient Michel. Qu'est-ce que le beurre vient faire là-dedans ?

— On salait le beurre pour qu'il se conserve mieux, non ?

— ... Oui, et alors... ?

— C'est pareil pour les rimes : on en mettait dans les poèmes pour qu'ils se retiennent plus facilement. Maintenant qu'on peut les imprimer, ça ne sert plus à rien, comme le sel dans le beurre. Mais on continue à en mettre quand même, parce qu'on a fini par aimer ça...

— Oui, bon... Je propose qu'on revienne à l'histoire de Marguerite...

— ... Comme vous voulez. Émile et Marguerite s'écrivent donc des tonnes de lettres, et ils se marient en 1944. Mais ils ont à peine le temps de consommer leur idylle qu'Émile est enrôlé. On l'envoie en Normandie, et il meurt avant même d'avoir foulé le sol français.

— ... C'est tellement beau ! s'exclame Francine. Tellement triste... Laurent n'a donc jamais connu son père ?

— Exactement. D'après Jacinthe, il a toujours été convaincu que sa mère était responsable de la mort de son père. Bizarre, non ? Ce n'est quand même pas la faute de

Marguerite s'il y a eu une guerre en Europe! Le pire, c'est qu'Émile n'a même pas été volontaire. Il a été conscrit. Le seul moyen d'éviter la guerre, ça aurait été de déserter. Je ne vois vraiment pas ce que Marguerite aurait pu y changer.

— Marguerite ne s'est pas remariée?

— Jamais. Elle est revenue vivre à Rivière-du-Loup et elle a élevé Laurent seule tout en travaillant comme institutrice, et tout le monde s'accorde pour dire qu'elle a été une mère exemplaire, qui a toujours traité son fils aux petits oignons. Laurent était enfant unique – c'était rare à l'époque. Sa mère n'était peut-être pas millionnaire, mais elle était quand même à l'aise, et Laurent était la prunelle de ses yeux. Elle l'a envoyé dans les meilleures écoles, il a fait tout son cours de droit sans jamais travailler, pas même pendant l'été. Elle lui payait son appartement et son automobile, il avait tout ce qu'il voulait, absolument tout, c'était un enfant roi avant même qu'on ait inventé l'expression. Et c'est ce même Laurent qui retire sa mère de son foyer de Notre-Dame-du-Portage, où elle était bien traitée, et qui l'envoie mourir au milieu de nulle part, là où on n'est même pas foutu de lui réchauffer son gruau au micro-ondes. Je suis allée voir comment on la traite, c'est épouvantable... Voilà, c'est tout. Jacinthe est convaincue que sa sœur va se réveiller un jour et qu'elle va revenir dans son coin de pays, d'où elle n'aurait jamais dû partir. Je n'ai pas eu le cœur de la décevoir, mais ça me surprendrait beaucoup : des gens qui reviennent du pays de l'Alzheimer, ça ne s'est pas vu souvent... La conclusion, c'est que Laurent est un beau salaud. Il mériterait d'être pendu par les couilles.

— Je suis entièrement d'accord avec toi, indique Francine.

— Moi aussi, dit Michel, mais je crains malheureusement que la pendaison par les parties génitales n'outrepasse quelque peu nos fonctions... Ce qu'a fait Laurent n'est peut-être pas édifiant, mais c'est légal...

— On pourrait toujours ramener sa mère chez lui la prochaine fois qu'elle fera une fugue, suggère Sébastien.

— Je ne suis pas certain que ce soit un grand service à rendre à Marguerite, remarque Viateur.

— Me permettez-vous de faire une proposition ? intervient Mélanie.

— Bien sûr...

— Nous pourrions aller visiter Marguerite de temps en temps. Si chacun de nous y va une fois par semaine, genre, ça ne sera pas trop exigeant. Peut-être que ça lui ferait du bien. Peut-être qu'elle arrêterait de fuguer.

— C'est une idée généreuse, Mélanie, mais je ne sais pas si ça fait partie de notre description de tâche...

— Ça fait drôle de vous entendre parler de description de tâche, patron. Il me semble que ça sonne mal, dans votre bouche... Vous passez votre temps à dire que nous ne sommes pas de vrais policiers ni de vrais juges, mais rien ne nous empêche d'être de vrais humains.

— Je suis cent pour cent d'accord avec Mélanie, annonce Francine. Je pourrais passer la voir après le travail. Pensez-vous qu'elle lit des magazines ? J'ai des piles de *Paris Match* chez moi, je suis sûre qu'elle aimerait ça.

— Je voudrais bien faire ma part, dit Sébastien, mais je vous rappelle que j'ai trois jeunes enfants à la maison...

— Vous êtes un peu trop cléments à mon goût, déclare Viateur. J'aurais préféré la bonne vieille loi du talion : œil pour œil... Mais comme je n'ai rien de mieux à proposer, je me rallie à la suggestion de Mélanie.

— Bon, je pense que nous avons fait le tour de la question, conclut Michel. Il est temps de travailler un peu, maintenant... Mais, avant de lever la réunion pour de bon, j'ai encore une question pour Mélanie. Il y a quelque chose qui m'intrigue...

— Je vous ai dit tout ce que je savais, patron.

— Je ne veux pas parler de l'histoire de Marguerite, mais de la tienne. Peut-être que tu vas me trouver indiscret – tu n'es pas obligée de répondre...

— Je n'ai rien à cacher, vous pouvez y aller.

— Comment se fait-il que tu n'aies jamais terminé ton cours de techniques policières ? Tu es dévouée et efficace, tu fais preuve d'imagination et d'enthousiasme, tu débordes d'énergie... Il me semble que tu aurais fait une excellente policière.

— Tous mes professeurs me disaient la même chose. Sans vouloir me vanter, patron, je peux même vous dire que j'étais toujours dans le quintile supérieur de ma classe. Sauf en philosophie.

— ... Et alors ?...

— Et alors, j'ai échoué à mon premier cours de philo.

— ... Tu aurais pu le reprendre, non ?

— C'est ce que j'ai fait, mais je l'ai coulé une deuxième fois. Plus ça allait, pire c'était. Je pense que j'ai développé comme une allergie, genre. J'ai essayé une troisième fois, mais j'ai abandonné avant la fin. Et comme on est exclu du programme après trois échecs... Ensuite, j'ai broyé du noir pendant un an, et puis je me suis retrouvée ici, et maintenant je me dis que c'était peut-être un mal pour un bien. Au début, je trouvais les journées un peu trop tranquilles à mon goût et il me semblait que le temps ne passait pas assez vite, mais finalement il y a toujours moyen de s'occuper l'esprit, c'est ce que je me dis...

— Ça a été une bonne chose pour nous, en tout cas, dit Michel en hochant la tête. Je dirais même une super-bonne chose, genre.

29

Deux sœurs

On ne sait jamais d'où peut surgir la violence, ni quand elle va éclater. L'histoire dite des deux sœurs commence par une dispute d'une banalité sans nom survenue à la boutique *Fine Cuisine*, spécialisée dans les robots culinaires hors de prix et les ustensiles sophistiqués qui servent à épater la galerie bien plus qu'à cuisiner. L'une des deux sœurs, une sexagénaire on ne peut plus ordinaire, décide justement d'acheter un de ces robots culinaires, mais il semble qu'elle ait négligé de consulter sa sœur, tout aussi sexagénaire qu'elle, mais nettement plus agressive. Les reproches se mettent alors à débouler comme une avalanche : Je commence à en avoir assez de ce comportement, tu manques de respect envers moi, on n'en a rien à faire de ce robot culinaire qui va se retrouver au fond d'une armoire à ramasser la poussière, ça paraît que ce n'est pas toi qui fais le ménage, je ne vois pas pourquoi j'attendrais d'être à la maison pour en discuter calmement, d'ailleurs je suis très calme, c'est *toi* qui t'énerves, et pour qui te prends-tu, au juste, pourquoi me parles-tu *encore* sur ce ton-là, c'est bien toi, ça, toujours à donner des ordres, et pourquoi est-ce que je ne crierais pas si j'en ai envie, tu ne vas pas *encore* me dire quoi faire, ça fait soixante ans que ça dure et je commence à en avoir assez, ET QUI ES-TU, *TOI*, POUR ME TRAITER D'HYSTÉRIQUE? C'EST *TOI* QUI ME TRAITES D'HYSTÉRIQUE? *TOI*?

La gérante téléphone aussitôt au service de sécurité :

— Venez vite, j'ai peur qu'elles en viennent aux coups.

Lorsque Mélanie rapplique, une minute à peine après que Viateur lui a transmis l'information, un attroupement a commencé à se former autour des deux femmes. La dispute ne va évidemment pas retomber, maintenant qu'elle est devenue publique, bien au contraire. La première sœur, qui est restée relativement calme jusque-là, lève le ton à son tour : Tu ne vas *quand même* pas me reprocher de prendre des décisions, est-ce que je peux faire ce que je veux avec *mon* argent, peut-être que ça irait un peu mieux si tu ne passais pas ton temps à jouer les victimes, je ne retirerai pas ce que j'ai dit, tu peux bien crier tant que tu voudras ça ne changera rien à l'affaire, tu as toujours été comme ça, toujours, et ça fait soixante ans que ça dure!

Mélanie essaie de s'interposer en douceur entre les deux sœurs, histoire de prévenir les dégâts – il y a une multitude d'armes potentielles dans ce magasin… Mais sitôt qu'elle s'approche, les deux protagonistes renchérissent dans le suraigu. Pressentant que la situation va vite dégénérer et qu'elle-même n'en viendra pas à bout toute seule, Mélanie a le réflexe de demander de l'aide :

— Allô, Viateur? Envoie-moi vite du renfort, j'ai une bombe relationnelle entre les mains!

Elle n'a pas aussitôt éteint son cellulaire que la plus agressive des sœurs se jette sur l'autre, toutes griffes dehors. Mélanie se lance alors dans la mêlée, ce qui lui vaut de perdre quelques touffes de cheveux. Il faut l'intervention de

Sébastien – qui doit y mettre toute sa force – pour séparer enfin les trois femmes.

Quand il racontera cette histoire, dans les jours et les semaines suivantes – et Dieu sait qu'il la racontera souvent –, Sébastien conclura toujours de la même manière : si ces deux vieilles dames avaient déployé autant d'énergie aux Jeux olympiques, elles auraient certainement remporté toutes les médailles d'haltérophilie, y compris dans les compétitions réservées aux hommes.

Mélanie reviendra souvent sur cette histoire, elle aussi, mais ce sera pour raconter la suite, qui l'a beaucoup plus impressionnée : les deux sœurs se sont relevées, très dignes, elles ont rajusté leurs vêtements et réglé l'achat du robot culinaire en utilisant une carte de crédit, puis elles sont reparties ensemble, sans dire un mot, comme s'il ne s'était rien passé.

Le samedi suivant, elles reviennent faire d'autres achats – quelques vêtements, du chocolat, une bouteille de vin –, et on les reverra encore le jeudi d'après. En recoupant les informations, on finira par apprendre qu'elles vivent ensemble depuis toujours, que la plus vieille est directrice d'école, et la plus jeune, travailleuse sociale.

On ne sait jamais d'où peut surgir la violence, ni quand elle va éclater, et elle réussit encore à nous surprendre quand elle finit par s'épuiser, un beau jour, sans que personne comprenne pourquoi.

30

Catapultes

— C'est moi qui ai eu l'idée de cette rencontre, Mathieu. Je pense que tu connais déjà Francine ? Je m'appelle Mélanie, et...

— Je sais très bien qui tu es, Mélanie. Tu travailles à la sécurité, tu fuis tout ce qui peut ressembler à de la philo ou à de la politique et tu aimes les thrillers juridiques qui ne remettent jamais en question la propriété capitaliste. Vous pensez tout savoir, vous autres, à la sécurité, mais quand on travaille dans une librairie, on finit par connaître son monde. Ceux qui lisent, en tout cas...

— ... Tu m'as l'air bien informé, intervient Francine. Qu'est-ce que tu sais d'autre à propos de notre équipe, juste par curiosité ?

— Je sais que Viateur a déjà été professeur et qu'il achetait beaucoup de recueils de sudokus et de mots croisés quand il a commencé à travailler ici, mais il a beaucoup ralenti depuis qu'il va prendre ses pauses café chez *Africa* avec madame Gervais, celle qui travaille chez *Rubens* + et qui est une dévoreuse de gros romans, surtout l'été. Depuis quelque temps, Viateur achète surtout des dictionnaires de scrabble et il s'est mis à acheter des romans, lui aussi, il faut croire qu'elle déteint sur lui, j'ai toujours pensé que tout le monde devrait lire plus de romans : ce sont des mondes possibles, des mondes qu'on invente, et à force d'inventer des mondes, on va finir par se dire que ce serait une bonne idée de réinventer le vrai monde, je veux dire, tant qu'à faire, pourquoi pas ? Voulez-vous que j'arrête ou que je continue de dire ce que je sais de vous ?

— Continue, je t'en prie...

— Pas de problème. Ce ne sont pas des secrets professionnels, après tout... Sébastien lit n'importe quoi à condition que ce soit du roman policier à l'ancienne, genre vieilles dames anglaises et vieilles briques, pas trop de sang, pas trop de sexe. Votre patron s'intéresse au prêchi-prêcha du dalaï-lama ou à la psycho-pop-néo-zen. Moi, je trouve ça plutôt crypto-fasciste, si vous voulez mon avis.

— ... *Crypto-fasciste...* ?

— Tous ces livres-là disent la même chose : si tu n'es pas heureux, ce n'est pas la faute de la société productiviste qui industrialise la bêtise pour la distribuer partout comme des saucisses ou des Smarties, tu es responsable de ton malheur, alors branche-toi sur ton distributeur de sirop intérieur et ça ira mieux. Plus déformateur que ça, tu meurs, c'est pour ça que je dis que c'est crypto-fasciste, mais vous n'êtes pas obligées de penser comme moi. Le plus *hot*, c'est Mirabeau. Il lit tout, tout, tout, tout : philosophie, politique, romans, bandes dessinées, c'est le seul qui achète des recueils de poésie, même qu'il nous commande des trucs bizarres qui viennent de maisons d'édition qu'on ne connaît même pas, c'est super-flyé. Celle que je connais le moins, c'est vous, Francine. Vous venez souvent vous promener, vous regardez les couvertures, mais vous n'achetez jamais rien.

— Ça ne veut pas dire que je ne lis pas, Mathieu. C'est juste qu'il ne s'écrit plus vraiment d'histoires d'amour à mon goût, aujourd'hui. Ce que j'aime, moi, ce sont les belles grandes histoires dans le genre *Jalna*, *Sissi l'impératrice* ou *Angélique, marquise des anges*, ou encore des beaux romans bien reliés, avec de belles couvertures, que je trouve dans des ventes de garage...

— La récupération, c'est bon pour la planète. C'est juste dommage qu'on n'ait pas encore trouvé le moyen de composter les vieilles idées pour en faire des nouvelles.

— Sans doute, oui... Cela étant dit, nous ne sommes pas venues ici pour te parler de littérature ou de récupération, reprend Francine. Je mets tout de suite les cartes sur table, d'accord? Je ne fais pas partie de la police, et Mélanie non plus. Je travaille ici depuis plus de vingt ans, j'essaie de faire mon travail de mon mieux, mais j'estime que j'ai le droit de penser par moi-même et de négocier avec ma conscience. Plus je vieillis, plus je me rends compte que je n'éprouve pas de véritable satisfaction à trouver des coupables. Mais connaître la vérité, ça m'intéresse encore. On se comprend, Mathieu?

— La vérité est toujours révolutionnaire, disait Lénine avant de dégénérer. Mais où voulez-vous en venir, au juste?

Francine avale une gorgée de café, histoire de le faire languir encore un peu, et Mélanie décide de l'imiter. Si on l'avait laissée faire, il y a longtemps qu'elle aurait cherché à confronter Mathieu sur cette affaire des anarchistes responsables, mais Michel ne voulait pas qu'elle y aille seule. C'est elle qui connaissait le mieux le dossier, c'est vrai, et il lui revenait de boucler cette enquête, mais elle était encore un peu jeune pour qu'on lui confie une telle mission. Tout anarchiste qu'il soit, Mathieu était d'abord un jeune homme bourré d'hormones, et Michel craignait qu'il ne se mette à pavaner, et même à vouloir la convertir. Mélanie aurait pu y aller avec le Prof – ils forment tous les deux une bonne équipe –, mais Mathieu risquait d'avoir des problèmes avec l'autorité, et le Prof resterait le Prof jusqu'à la fin de ses jours, il n'y avait rien à faire. Avec Sébastien, tout en muscles, ça aurait été encore pire : Mathieu se serait braqué, et on n'en aurait rien tiré. Francine était vraiment la personne idéale, a conclu Michel – Mathieu ne se méfierait certainement pas d'une dame d'âge mûr qui trippait sur la *Marquise des anges*. Essaie de te faire toute petite, Mélanie, a donc recommandé Michel, et regarde bien Francine tisser sa toile...

— À mon tour de dire ce que je sais, reprend Francine. Tu t'appelles Mathieu Talbot, tu as vingt-six ans et tu travailles ici depuis plus de deux ans.

— Trois ans. Exactement trois ans.

— J'imagine qu'il faut beaucoup aimer les livres pour travailler si longtemps dans une librairie. Côté salaire, ce n'est pas extraordinaire...

— Tout le monde est exploité à l'os, dans le commerce.

— ... Dis-moi une chose, Mathieu : es-tu au courant de cette rumeur selon laquelle le propriétaire de votre librairie accorde ses promotions en fonction du signe astrologique de ses employés ?

— Ce n'est pas une rumeur. Comme je suis Bélier, je n'ai aucune chance d'être promu gérant, mais je m'en fous : je n'aspire pas à devenir assistant-sous-exploiteur-adjoint pour le compte d'une multinationale du livre. Je préfère être exploité avec les autres, ça me laisse plus de temps libre dans ma tête pour réfléchir comme je le veux. J'ai moins de comptabilité dans les neurones, mais j'ai plus de mots, alors ça compense ; j'ai toujours trouvé que les chiffres ont un côté fasciste, bon, peut-être pas vraiment fasciste, mais proche... Ma gérante me laisse juste assez de liberté pour diffuser des livres qui sentent le soufre, des livres avec des mèches, des livres Molotov qui vont faire éclater des cratères de liberté dans d'autres cerveaux... Mais j'imagine que ce n'est pas pour parler de ma façon de détourner le commerce capitaliste que vous m'avez invité à prendre un café? Qu'est-ce que vous voulez, au juste?

— Tu sais que nous ne sommes pas des policiers, Mathieu. Nous sommes des agents de sécurité. Nous sommes tout au bas de l'échelle, comme toi, et nous sommes payés en conséquence. Tout ce qu'on veut, c'est produire une petite bulle de sécurité autour de nous. On appelle la vraie police quand on est vraiment obligés, mais pour le reste, on essaie de s'arranger entre nous. On se fabrique nous-mêmes notre propre paix, tu comprends? Pas de juges, pas d'avocats...

— Pourquoi essayez-vous de vous justifier? Tout le monde a le droit de vivre, vous comme les autres... Vous n'étiez pas supposée mettre les cartes sur table?

— ... D'accord, Mathieu. J'y vais. Le coup des pères Noël verts, c'était toi?

— Non. Je n'ai rien à voir avec ces gens-là.

— Les *Anarchistes responsables*, c'est quand même ton groupe, non?

Observe bien les yeux de Francine quand elle passe en mode blasé, Mélanie, a recommandé Michel. Leur luminosité diminue tout doucement, comme s'ils étaient munis d'un rhéostat qu'elle utiliserait spécialement dans ce genre de situation : ses paupières deviennent plus lourdes, elle a subitement l'air de s'ennuyer à mourir... On serait alors prêt à lui dire n'importe quoi pour l'intéresser et pour voir ses yeux se rallumer. Et n'importe quoi, ça peut tout aussi bien être des aveux...

— Ça ne peut pas être *mon* groupe : je n'ai aucun droit de propriété sur les autres. Personne n'appartient à personne. Je ne suis pas non plus *membre* de ce groupe, si vous voulez tout savoir : les Anarchistes responsables ne sont pas un club privé. Ils n'acceptent pas de *membres*, seulement des partisans libres et autonomes.

— ... Tu sembles savoir comment ça fonctionne...

— Je partage leur point de vue sur un certain nombre de sujets, mais les Anarchistes responsables sont trop individualistes à mon goût, trop narcissiques. C'est ça, le problème, avec le théâtre.

— ... C'était du théâtre ?

— Ça s'appelle du théâtre d'intervention directe. Le problème, c'est que ça n'a pas du tout marché comme ils voulaient, mais pas du tout, efficacité zéro ! Je ne sais pas quel était leur plan exactement, mais je pense qu'ils voulaient converger vers le vrai père Noël, je veux dire le père Noël rouge, on se comprend, celui de *Coca-Cola* et des impérialistes, peut-être qu'ils l'auraient aspergé de peinture verte, peut-être même qu'ils complotaient pour l'enlever et le jeter dans une benne à ordures, là où finissent tous les cadeaux, on ne le saura jamais, mais ce serait tout à fait leur genre, ça, enlever le père Noël, ou alors l'entarter...

— Ils voulaient faire un coup d'éclat, c'est ça ? Quelque chose de spectaculaire, pour frapper l'imagination ?

— Justement ! C'est ça, le problème, avec eux ! Je suis prêt à admettre que le théâtre peut parfois servir à décoloniser les esprits, mais ça reste toujours du spectacle, je veux dire, et qu'est-ce qu'il y a en arrière du décor, en dessous des costumes, enlevez le maquillage, tout ça, il reste quoi ? Je vais vous le dire, moi, ce qu'il y a. Il y a des mots tellement déguisés que le déguisement devient le discours. Et savez-vous ce qu'il dit, ce discours, quand on l'a décodé ? Il dit :

Moi, je sais ce qu'il faut penser de la vie et de la société, moi, je sais, et vous, vous ne savez rien, alors écoutez-moi et vous allez comprendre, et si vous ne comprenez pas eh bien tant mieux, ça me donnera l'occasion d'écrire des traités de désespoir social tout en mangeant des biscottes beurrées au caviar et peut-être que je passerai à la télévision pour dire que je suis tellement déçu des jeunes... Le problème, c'est qu'on a affaire à des comédiens. Éteignez les lumières, et ils disparaissent. Personne ne peut les piffer, à la Fédé...

— ... La *Fédé*?

— La Fédération anarchiste. La FA. C'est un regroupement à géométrie variable qui n'accepte que des groupes non violents.

— Si je comprends bien, c'est par hasard que les pères Noël verts sont venus distribuer leurs tracts dans notre centre commercial? Ça n'a rien à voir avec toi?

— S'ils m'avaient consulté, pensez-vous que je leur aurais conseillé de venir ici juste avant Noël pour faire leur *Star Académie* de gauche? Prêcher dans le désert, c'est déjà pas génial, mais essayer de se mettre en travers d'un troupeau de caribous consommateurs, je veux dire, c'est carrément débile.

— ... Nous n'avons rien trouvé à redire aux pères Noëls verts, dans notre équipe. Mais la peinture sur les téléviseurs pendant le spectacle d'Audrey Sinclair, c'est plus difficile à défendre. Il s'agit quand même d'une attaque à la propriété, Mathieu.

— Une attaque à la propriété *capitaliste*. Nuance. Tout le monde peut être propriétaire de sa brosse à dents, de ses petites culottes ou de son psoriasis, ça ne dérange personne, je veux dire, c'est correct, c'est la propriété privée *capitaliste* qui dérange, celle qui exploite, celle qui perpétue le système. *Atlantide Électronique* est une *corporation*, ce n'est pas du vrai monde, c'est juste une *personne morale*, comme ils disent pour désigner des paquets de dollars qui forniquent ensemble, ça c'est de la vraie porno, à mon sens ça justifie qu'on s'y attaque mais d'une manière non violente, bien sûr. De la peinture, ça se lave.

— Barbouiller des téléviseurs, c'est encore du théâtre, non?

— Non. Il n'y a pas une goutte de narcissisme là-dedans, pas de m'as-tu-vu-quand-je-manifeste.

— Il y avait quand même une signature sur les téléviseurs : *AR*, comme dans *Anarchistes responsables*. Vous vouliez donc que ça se sache...

— Cette signature est *collective*, ça fait toute la différence. S'il n'y avait pas de signature, nous serions de simples vandales, et les capitalistes aiment bien les vandales, quoi qu'ils en disent : la destruction, ça fait rouler l'économie. Le capitalisme, ce n'est pas autre chose que de la destruction organisée, quand on y pense, alors ne venez pas nous accuser de détruire...

— Tu dois vraiment bien t'entendre avec Mirabeau, toi...

— Mirabeau? Je vous l'ai déjà dit : il est *hot*! Est-ce qu'il vous a déjà expliqué pourquoi il travaillait comme préposé au stationnement? Ce qui l'intéresse, c'est l'étude de la nature humaine. Il y a des centaines de milliers de clients qui se stationnent sans qu'il y ait jamais de conflits entre eux. Autrement dit, tout l'appareil répressif de la société n'existe que pour contrôler une fraction infime des humains. Vous vous rendez compte du gaspillage? Imaginez maintenant que tous ces milliards de dollars soit dépensés pour *éduquer* les automobilistes récalcitrants... Fini les prisons, les policiers, la soi-disant justice, les soi-disant forces de l'ordre...

— ... Il y a une chose que j'aimerais comprendre, Mathieu, intervient Mélanie. Les anarchistes refusent le capitalisme, la propriété privée, tout ça... Mais qu'est-ce qu'ils veulent, au juste ? Quel est leur projet, genre ?

— Je n'en ai pas la moindre idée.

— ... Ils ne proposent rien ? Ils veulent détruire sans rien construire ?

— Si je te propose de sortir de prison, vas-tu me demander un plan précis de ce que nous allons faire de notre liberté jour après jour au cours des dix prochaines années ?

— Bien sûr que non, mais...

— Pourquoi faudrait-il un projet ? Les gens inventeront ce qu'ils veulent, ça ne nous regarde pas. On ne va quand même pas leur dire quoi faire de leur liberté, ce serait le comble.

— ... Il me semble quand même que ce serait plus conséquent. C'est plus facile de rallier les gens autour d'un projet, non ?

— Le fait que je ne sache pas exactement par quoi il faudrait remplacer le système actuel m'oblige-t-il à accepter tout ce que je vois autour de moi, les *Hummer*, les *Nike*, les *Pizza Hut* ?...

— ... Les *McDo*, glisse Francine.

— ... *Surtout* les *McDo* !

— Les enseignes fondues, c'était toi ?

— Pourquoi voulez-vous toujours tout ramener à des individus ?

— Parce que ce ne sont pas de purs esprits qui se sont attaqués à cette enseigne, Mathieu...

— Ce n'était pas une bonne idée, de toute façon : ça ne nous avance à rien de remplacer un *M* jaune par un autre encore plus gros, même que c'est pire vu que ça fait vendre plus de plastique et que ça encourage les compagnies pétrolières. J'ai toujours dit qu'il fallait s'attaquer aux mentalités plutôt qu'au plastique.

— ... Tu connais ceux qui ont fait ça ?

— J'ai évoqué les arguments que *j'aurais pu* avoir avec eux s'ils étaient venus me voir pour en parler, c'est tout. J'ai émis une hypothèse, c'est tout.

— Et les manteaux de Dimitri ?

— ... Qu'est-ce qu'ils ont, les manteaux de Dimitri ?

— Des voleurs sont passés par le plafond pour voler des manteaux de cuir, puis ils les ont abandonnés là.

— ... Qui vous dit que ce n'étaient pas des voleurs ordinaires ?

— Les voleurs n'ont pas l'habitude d'abandonner leur butin derrière eux. Comprends-moi bien, Mathieu : monsieur Dimitri a retrouvé ses manteaux et il les a vendus, peut-être même qu'il a empoché un remboursement de la compagnie d'assurances, je n'en sais rien et je ne tiens pas à le savoir. De toute façon, il a retiré sa plainte. S'il n'y a pas de plainte, il n'y a pas de délit, et s'il n'y a pas de délit, il n'y a pas de coupable. Mais ça ne nous empêche pas d'essayer de comprendre, Mathieu. On peut émettre des hypothèses, nous aussi...

— ... Quel genre d'hypothèses ?

— Supposons une jeune fille qui travaillerait dans un comptoir de crème glacée, disons. Je dis ça à tout hasard, évidemment. Peut-être qu'elle serait une voleuse ordinaire, comme tu dis, mais peut-être aussi qu'elle aurait voulu poser un geste contestataire, une action militante, appelle ça comme tu voudras... Le message serait évidemment difficile à saisir, mais...

— Pas si difficile que ça. Un centre commercial, c'est l'aboutissement de la chaîne de production capitaliste, un gouffre sans fond que la corporation internationale des capitalistes installe à l'extrémité du convoyeur à marchandises, ou plutôt du convoyeur à profits. Les magasins, ce sont des engrenages géants, quand on y pense un peu, des engrenages qui entraînent un convoyeur encore plus gros... Imaginez ce qui se produirait si ces engrenages conduisaient les marchandises dans un grand trou noir qui avalerait tous les profits sans jamais les restituer... La disparition des marchandises, c'est la disparition du profit.

— Pourquoi ne pas envoyer les manteaux directement dans les conteneurs, à ce compte-là ? Pourquoi les cacher dans le plafond ?

— Vous savez aussi bien que moi comment ça se passe dans les conteneurs, madame Francine : il y a toujours quelqu'un pour faire tourner la roue, même dans les poubelles. Les marchandises sont récupérées et elles circulent encore et encore...

— J'ai peur de ne pas bien te suivre... Vous vouliez bloquer la roue capitaliste ? Mettre du sable dans les engrenages ?

— Mieux que ça, mieux que ça ! L'idée, c'était de transformer la roue en une sorte de catapulte lente, je veux dire, une catapulte lente qui projetterait les profits dans le néant. Vous ne trouvez pas ça beau, vous ? Moi, je trouve ça magnifique : projeter le profit dans le néant...

— La phrase est belle, mais l'idée me semble un peu tordue...

— Pourquoi faudrait-il toujours que les idées soient droites ?

— ... Ça ne vous est pas passé par la tête de donner ces manteaux à des pauvres ?

— Pour que les pauvres prennent goût à la consommation ostentatoire et qu'ils contribuent au massacre des animaux ? Ils méritent mieux que ça. L'idée de cacher la marchandise dans les plafonds était plus poétique.

— C'est Claudelle qui a eu cette idée ?

— ... Attendez un peu... Nous sommes toujours dans le monde des hypothèses ?

— Bien sûr, oui : *supposons* qu'une jeune fille soit venue te trouver à la librairie pour te faire part de son projet de dissimuler des marchandises dans le plafond...

— J'aurais pensé que c'était un projet tellement fou que ça valait la peine d'y réfléchir, ou en tout cas d'en discuter avec elle autour d'un café.

— Surtout si la jeune fille est jolie...

— Vous venez de quitter le monde des hypothèses : Claudelle est *vraiment* jolie.

— ... Tu as raison...

— Bien sûr que j'ai raison. Si une jeune fille aussi jolie et intelligente que Claudelle était venue me voir avec un tel projet, j'aurais voulu l'épouser sur-le-champ, même si c'est malheureusement impossible.

— ... Pourquoi ?

— Parce que je suis contre le mariage, et c'est dommage.

— Tu es vraiment amateur de paradoxes, Mathieu.

— Je les collectionne, oui. Croyez-vous qu'on a fait le tour du sujet, madame Francine ? C'est bien beau la fiction, mais, dans la réalité, il y a une gérante qui m'attend...

— Je te souhaite une bonne journée, Mathieu. As-tu déjà pensé à écrire des romans ?

— ... Pourquoi me demandez-vous ça ?

— Tu as le sens de la formule, tu ne manques pas d'imagination... Il me semble que tu ferais un bon romancier. J'ai bien aimé ta catapulte lente. C'est ce qu'on appelle un oxymoron, non ?

— Peut-être. Voulez-vous que je vous dise la vérité, madame Francine?

— ... À propos des oxymorons?

— À propos de tout. La vérité, madame Francine, c'est que si je travaille dans une librairie, c'est que je veux tout savoir sur les livres, absolument tout : les titres qui font vendre, les pages couvertures, les argumentaires, l'épaisseur, le nombre de figures de style par page, tout. Un jour, j'écrirai un méga-best-seller, mais un best-seller totalement pervers, qui fera craquer les fondations du système. Les gens s'imagineront qu'ils lisent une super-histoire d'amour ou d'espionnage, mais ils ingurgiteront sans le savoir des méga-doses d'anarchie subliminale, de l'acide anarchique, et ils finiront enfin par comprendre que le seul véritable *serial killer*, c'est le système capitaliste lui-même. Regardez-moi bien aller, madame Francine. Vous ne le regretterez pas.

— Je lirai ton livre, Mathieu. S'il y a une belle histoire d'amour, je le lirai, c'est promis.

∼

— Sébastien avait tout faux, dit Mélanie à Francine tandis qu'elles rentrent tranquillement au QG.

— ... Qu'est-ce que Sébastien vient faire là-dedans?

— Ce n'est pas lui qui disait que les anarchistes et les bolcheviques n'étaient jamais coupables? Eh bien, il s'est mis un doigt dans l'œil.

— ... Il parlait des romans d'Agatha Christie!

— Peut-être. N'empêche que nous avons trouvé un anarchiste coupable.

— *Responsable*, Mélanie. Pas un anarchiste coupable, un anarchiste *responsable*. Nuance.

31

Archives

Michel rédige toujours l'ordre du jour des réunions sur une feuille quadrillée. Il déplie soigneusement sa feuille au début de la réunion, raye les points à mesure qu'ils sont réglés et jette sa feuille aussitôt la liste épuisée. Il ne lui passerait jamais par la tête de conserver ces ordres du jour dans un classeur, et encore moins de rédiger des procès-verbaux : le but des réunions est de régler des problèmes, pas de produire de la paperasse. À quoi bon s'encombrer de papiers que personne ne consultera jamais ? Qui donc cela intéresserait-il d'apprendre que Mélanie a échangé sa journée de congé avec Sébastien pour permettre à celui-ci d'amener une de ses filles chez l'orthodontiste, qu'Yvan a recommencé ses agressions sur les mannequins dans un centre commercial de Laval, ou encore qu'on a eu droit pendant le mois de janvier à un début d'épidémie d'exhibitionnisme féminin, trois clientes ayant fait semblant d'ignorer que la porte de la cabine d'essayage était grande ouverte ? Quel archéologue du futur, quel historien désœuvré voudrait savoir que Francine a mis au jour un ingénieux système de fausses factures, que Sébastien désespère d'utiliser son défibrillateur, ou que Viateur est allé rendre visite à Marguerite, au Foyer Jouvence, et que la vieille dame semble avoir perdu l'habitude de fuguer depuis que les membres de l'équipe se relaient pour aller la voir chaque semaine à son centre d'accueil ?

Les procès-verbaux sont donc parfaitement inutiles, *a fortiori* après les fêtes, alors que les clients épongent leurs dettes et que les employés se remettent de la fièvre du *Boxing Day*. C'est une période où il ne se passe rien, absolument rien, ce qui est un juste retour des choses. Si le monde appartient aux propriétaires des magasins en décembre, les employés profitent de la vie en janvier, alors qu'ils sont pratiquement payés à ne rien faire. Ils deviennent alors les rois des centres commerciaux, à la manière des lions qui paressent dans la savane : ils peuvent passer l'essentiel de leurs journées à bayer aux corneilles et à se prélasser au soleil, et tant pis si ce soleil est artificiel.

Quelques gérants profitent de ce coma commercial pour se payer un séjour dans le Sud après être passés à l'agence de voyages, qui est d'ailleurs l'un des seuls commerces à connaître un regain d'affluence en cette période de l'année — avec les magasins de sport, les boutiques d'aliments naturels et la pharmacie : les bikinis et les kilos en trop, c'est la grosse affaire du mois de janvier.

Quelques rares badauds lèchent les vitrines pour maintenir en vie la flamme du désir ; des adolescentes perdent leur temps comme elles peuvent en discutant des mérites respectifs des différents modèles de colifichets fluorescents ; des adolescents solitaires s'entraînent à la schizophrénie sur les nouveaux modules de jeux vidéo ; enfin, les vieillards reviennent tranquillement se regrouper autour du Caporal, qui a regagné son poste le 6 janvier, jour des Rois, et qui a repris sa litanie exactement là où il l'avait laissée un mois plus tôt : tout était tellement meilleur *avant*, quand les salaires des joueurs de hockey étaient encore raisonnables et qu'ils essayaient de contrôler la rondelle plutôt que de s'en débarrasser en la lançant dans les coins de la patinoire, et avez-vous vu la nouvelle vendeuse chez *Laurence* ? Agrippez-vous à vos déambulateurs et allez jeter un coup d'œil là-dessus, les amis, vous m'en donnerez des nouvelles, et n'oubliez pas de remplacer les piles de vos *pacemakers*, je n'avais rien vu d'aussi beau depuis longtemps !

Les Galeries de la Rive-Sud sont si tranquilles en janvier que les réunions matinales sont parfois expédiées en moins d'une minute, le record absolu étant de quinze secondes, montre en main : *Rien à signaler aujourd'hui. Des questions ? Non ? N'oubliez pas d'étudier vos catalogues pour la semaine prochaine, au cas où il y aurait un examen surprise. Fin de la réunion.*

Le fait que Michel referme son bloc-notes et range son stylo dans la poche de sa chemise ne signifie évidemment pas que l'équipe doive immédiatement se lever pour vaquer à ses occupations : si on peut rester assis quinze minutes avant d'aller passer le reste de la journée à arpenter le centre, autant en profiter. Et ce n'est pas parce que l'ordre du jour est épuisé qu'on n'a plus rien à se dire, bien au contraire...

— Nathalie a ramené ses amis prendre des nouvelles de leur tarentule préférée, annonce Sébastien. Ils n'ont pas pu venir pendant les fêtes à cause de la cohue. Il paraît qu'ils ne tenaient plus en place.

— C'est une bonne nouvelle, répond Michel. Ça signifie que la vie normale reprend son cours.

— Le plus drôle, c'est qu'ils ne sont pas restés longtemps à l'animalerie, reprend Sébastien. Avez-vous vu la nouvelle machine à crème glacée, en face ? Elle fait des spirales de menthe phosphorescentes ! C'est encore plus fascinant qu'une tarentule, mais je me demande si ce n'est pas radioactif...

— Quelqu'un a eu des nouvelles du facteur? demande Viateur. Il me semble que ça fait longtemps qu'on ne l'a pas vu...

— Normal, répond Francine. Il prend toujours ses vacances en janvier. Il devrait nous revenir début février, tout bronzé.

— Vous allez trouver que je saute du coq à l'âne, dit Sébastien, mais avez-vous vu la nouvelle employée chez *Laurence*?

— ... Celle qui défie les lois de la gravité, genre? demande Mélanie

— Exactement, oui... Pensez-vous que ce sont des vrais?

— Si oui, je la plains, répond Francine. Sinon, j'espère au moins qu'ils sont amovibles...

— Le Caporal va sûrement nous faire une syncope, dit Michel. Prépare ton défibrillateur, Sébastien, peut-être qu'il va enfin servir...

— Puisqu'il est question de perversions, avez-vous regardé la nouvelle émission de téléréalité, hier soir? demande Mélanie. On met six masochistes dans un donjon, où ils subissent les supplices d'une dominatrice. Les gars ont des électrodes sur les parties intimes. Le premier qui crie est éliminé...

— ... Comment peux-tu regarder une émission comme celle-là, Mélanie?

— C'est pour des raisons strictement professionnelles, patron. Je me tiens au courant des tendances. S'il est vrai que l'art est à l'avant-garde de la société, nous devrions avoir un déferlement de masochistes dans les prochains mois. Ça devrait tenir le Prof occupé...

— Pourquoi dis-tu ça?

— Vous êtes notre spécialiste en dépravations de toutes sortes, non ? Le collectionneur de poils, le tripoteur de mannequins...

— Ça m'étonnerait que nous ayons un déferlement de masochistes, dit Michel. Pourquoi viendraient-ils perdre leur temps dans un centre commercial de banlieue ? Je veux bien croire qu'ils aiment souffrir, mais il y a des limites...

Il arrive parfois que les membres de l'équipe n'aient rien à dire, ou plutôt qu'ils aient moins envie de parler que d'habitude. Michel et Francine partent alors un peu plus tôt pour aller ouvrir les portes de *Presque rien*, Sébastien feuillette des catalogues, Viateur complète une grille de mots croisés dans l'espoir d'améliorer ses performances au scrabble, et Mélanie lit en fronçant les sourcils un traité d'autodéfense altermondialiste que lui a chaudement recommandé Mathieu.

Au bout de quinze minutes, l'un d'eux reste au QG tandis que les autres vont faire leur ronde dans le centre, lentement, très lentement, en s'arrêtant presque à chaque magasin pour bavarder avec les vendeurs désœuvrés. Ils parlent de n'importe quoi, sauf de la pluie et du beau temps : il fait toujours beau aux Galeries de la Rive-Sud, surtout en janvier.

~

Après un sursaut d'activité à la mi-février à l'occasion de la Saint-Valentin, l'action reprend pour de bon à l'approche de Pâques, écho printanier du temps des fêtes, où l'on célèbre enfin la résurrection du commerce. Pour souligner l'heureux événement, les employés de Star Scène se surpassent en faisant éclore simultanément deux mille œufs dans un enclos aménagé autour de la fontaine. Presque tous les employés du centre s'y donnent rendez-vous pour regarder, l'œil attendri, les poussins et les canetons briser leur coquille et faire leurs premiers pas. Un voleur à l'étalage le moindrement futé ferait des affaires d'or, ce jour-là, mais encore faudrait-il qu'il soit insensible à ce spectacle. De mémoire de Michel, ce n'est jamais arrivé. L'équipe de sécurité au grand complet peut donc assister sans crainte à ce baby-boom aviaire, et personne ne s'en prive.

Le bourdonnement d'activités pascales se poursuit avec l'arrivée des collections estivales, puis avec la fête des Mères, et le service de sécurité suit le rythme imposé par le commerce. Les voleurs à l'étalage sont en effet excités par les mêmes fièvres que les consommateurs ordinaires : ils veulent se procurer des fioles de parfum et des sous-vêtements affriolants pour la Saint-Valentin, du chocolat belge à Pâques, des bibelots hideux à la fête des Mères et des chemises de golf non moins hideuses à la fête des Pères. La seule différence, c'est qu'ils ne veulent pas dépenser d'argent en échange des marchandises qu'ils convoitent. Si on veut attraper son lot de voleurs à la petite semaine, il faut donc suivre les modes, se tenir au courant des tendances, et même essayer de les prévoir : voilà pourquoi Michel insiste pour que ses employés profitent de leurs temps libres pour consulter les catalogues qu'il laisse traîner sur la table du QG.

Viateur lui-même y a pris goût, lui qui, de toute sa vie, n'a jamais eu le moindre intérêt pour la mode et qui s'est toujours habillé comme un professeur d'école secondaire, c'est-à-dire aussi mal que possible, et même un cran au-dessous. Il porte maintenant des vêtements sobres et confortables adaptés à son âge, et il risque parfois des agencements de couleurs et de textures qui dénotent un goût très sûr, voire une certaine audace.

Le changement n'a évidemment pas échappé aux autres membres de l'équipe, qui se perdent en conjectures amusées sur les causes de cette métamorphose. À force de feuilleter des catalogues et de circuler dans des magasins, on est sans doute plus sensible à la mode, bien sûr, et tout le monde a le droit de changer. Dans le cas de Viateur, cependant, ses collègues ne peuvent s'empêcher de soupçonner l'influence secrète de quelque experte en la matière...

Le chat finit par sortir du sac peu après Pâques, lorsque Viateur profite d'une réunion sans histoire pour distribuer à toute l'équipe un nouveau numéro de téléphone où on pourra désormais le contacter en cas d'urgence. Il ne faudra cependant pas biffer l'ancien numéro, attention, Viateur n'a pas *déménagé*, qu'on se comprenne bien, enfin pas *vraiment*, c'est juste qu'il est de moins en moins souvent chez lui ces temps-ci, alors il a pensé que...

— C'est noté, dit Mélanie. Toutes mes félicitations, Prof. Je trouvais que vous aviez meilleure mine, depuis quelque temps...

— En cas d'urgence vraiment urgente, est-ce que je devrais commencer par le deuxième numéro ou par le premier ? demande Sébastien. Ça peut avoir une certaine importance, quand même...

— C'est quelqu'un qu'on connaît ? demande Francine avec un sourire en coin faussement naïf qui fait rougir Viateur pour de bon.

— Écoutez-moi bien, tout le monde, coupe Michel. Vous savez que je ne suis pas du genre à abuser de mon autorité, mais je trouve que vos insinuations sont déplacées. Tout le monde autour de cette table a droit à sa vie privée, c'est un principe sacré, et je ne supporterai pas qu'on asticote qui que ce soit à ce sujet. Est-ce bien clair?

— ...

— J'aimerais ne pas avoir à revenir là-dessus... Et maintenant, tout le monde au travail... *Au fait*, ajoute Michel qui affiche maintenant un sourire malicieux, j'ai un message pour toi, Viateur : Liette te demande de passer chez *Lino* chercher de la sauce rosée pour ce soir. J'imagine qu'elle est en congé, aujourd'hui?

32

Fleurs coupées

Marguerite est morte quelques jours après Pâques. Viateur et Michel ont été délégués pour représenter l'équipe aux funérailles, qui ont eu lieu au centre d'accueil, et ils en sont revenus consternés : les seules fleurs fraîches étaient celles qu'ils avaient eux-mêmes apportées – les quelques autres bouquets qui décoraient le cercueil avaient été récupérés d'autres funérailles survenues quelques jours plus tôt dans le même centre d'accueil. Un prêtre à moitié sénile a livré un discours préfabriqué, et c'est tout. L'affaire a été expédiée en vingt minutes, messe comprise. La dépouille a ensuite pris le chemin du crématorium, et les cendres ont été stockées dans un columbarium anonyme, coincé entre deux bretelles d'autoroute.

Laurent n'a pas daigné se présenter.

33

Jusqu'à la dernière goutte

— Je ne sais pas pour toi, Viateur, mais il me semble que ma vessie avait une bien plus grande contenance quand j'étais jeune... Regarde-moi ce petit jet de quinquagénaire avancé : une vraie pitié...

— On buvait beaucoup de bière, dans ce temps-là. Un pichet n'attendait pas l'autre. Je ne peux pas dire que ça me manque.

— N'empêche qu'on pissait dru.

— C'est pour ça que je persiste à croire que mon idée était meilleure. Il aurait fallu rameuter du monde. Sébastien, Mirabeau et Jean-Guy auraient été d'accord, j'en mettrais ma main au feu. Le Caporal aussi, et il aurait encouragé sa cour à suivre son exemple. Mathieu aurait pu amener quelques amis, et je suis prêt à parier ce que tu veux que Patrick nous aurait envoyé des hommes de la Sûreté si on le lui avait demandé. Imagine un peu la scène, Michel : des policiers, des anarchistes et des vieillards qui pissent ensemble dans la piscine d'un avocat...

— *Imagine all the people, pissing in the pool...* C'est une belle image, c'est vrai.

— En se mettant tous ensemble, on serait peut-être même arrivés à changer la couleur de l'eau, qui sait. Ça aurait été plutôt jouissif, non ?

— Pas sûr que Mathieu aurait pu rassembler son monde : tous ces anarchistes se seraient perdus dans des arguties idéologiques. On aurait peut-être eu plus de succès avec les policiers... Mais regarde un peu la grosseur du filtre, Viateur : l'eau de la piscine ne serait pas devenue verte, oublie ça. Laurent aurait mis un peu plus de produits chimiques pour équilibrer le pH, et c'est tout.

— On aurait pu filmer le tout et envoyer la vidéo à Maître Légaré... Chaque fois qu'il se serait baigné, il aurait eu cette image en tête...

— Je préfère qu'il ne le sache pas. La dose sera peut-être homéopathique, mais je me réjouis à l'idée qu'il se baignera dans ma pisse pendant des années et des années.

— ... Ça se défend...

— Tu es encore un jeune quinquagénaire, Viateur. J'étais idéaliste, moi aussi, à ton âge. Quand tu frôleras la soixantaine, comme moi, tu apprendras qu'il faut adapter ses révoltes à la capacité de sa vessie.

— Bien dit. On croirait une citation d'un grand auteur.

— Je peux t'en fournir d'autres comme ça, si tu veux : *Un ami, c'est quelqu'un qui pisse dans la même piscine que vous...*

— ... Sais-tu que tu es bizarre, Michel ?

— Un peu, oui, mais je préfère que ça reste entre nous.

Remerciements

Un gros merci à Suzanne, Normand, Anne-Marie, Isabelle, Charles, Sheila et Mélanie, qui ont bien voulu m'aider à me dépatouiller dans toutes ces histoires.

Un immense merci à Sébastien Perron, qui m'a initié à son métier.

Un merci colossal à Michèle, enfin, pour sa patience, sa générosité et tant d'autres choses encore.

Du même auteur chez d'autres éditeurs

Jeunesse
Corneilles, Boréal, 1989.
Zamboni, Boréal, 1989.
  • PRIX M. CHRISTIE
Deux heures et demie avant Jasmine, Boréal, 1991.
  • PRIX DU GOUVERNEUR GÉNÉRAL

SÉRIE DAVID
David et le Fantôme, Dominique et compagnie, 2000.
  • PRIX M. CHRISTIE
  • LISTE D'HONNEUR IBBY
David et les monstres de la forêt, Dominique et compagnie, 2001.
David et le précipice, Dominique et compagnie, 2001.
David et la maison de la sorcière, Dominique et compagnie, 2002.
David et l'orage, Dominique et compagnie, 2003.
David et les crabes noirs, Dominique et compagnie, 2004.
David et le salon funéraire, Dominique et compagnie, 2005.
  • PRIX TD DE LITTÉRATURE CANADIENNE POUR LA JEUNESSE

Albums
L'été de la
Madame N   **DATE DUE**
Tocson, Dc
Voyage en
Débile toi-   **1 0 JAN. 2008**

Adultes   **0 1 AVR 2008**
La Note de
Benito, Boi
L'Effet Sun
Bonheur fo